難攻不落の魔王城へようこそ
~デバフは不要と勇者パーティーを追い出された黒魔導士、
魔王軍の最高幹部に迎えられる~
3
Welcome to impregnable demon king Castle
御鷹穂積
イラスト ユウヒ

ほぉ……これは中々……
やっぱりあたしの目に
狂いは無かった
魔剣の勇者
ヘルヴォール

初めましてだねレメさん。
俺はレイス。おじさんに
あんたを呼んでもらったのも、俺さ。
用件だけど——
俺の仲間《モノ》になってよ
フラン
湖の勇者
レイス

ワタシ、この部屋が好きなのよね。
正直、あまり出たくないわ
水域の支配者
ウェパル

Contents

難攻不落の魔王城へようこそ

~デバフは不要と勇者パーティーを追い出された黒魔導士、
魔王軍の最高幹部に迎えられる~

Welcome to impregnable demon king Castle

3

御鷹穂積
mitaka hozumi
イラスト ユウヒ
yuuhi

序章　復刻！　難攻不落の魔王城レイド攻略

人類が魔族と争い、ダンジョンで命がけの戦いを繰り広げていたのは、遠い過去の話。

平和になった現代では、ダンジョン攻略はエンターテインメントと化している。

魔力体《アバター》という魔力で構築された己《おのれ》の分身を操《あやつ》り、魔物側と冒険者側に分かれて戦うのだ。

魔物サイドはダンジョンで敵を待ち構え、冒険者サイドがこれを攻略。

その映像を全世界に配信し、多くの人に観《み》てもらうという娯楽が人気を博している。

この世界では十歳になると神様が己の身体に適した【役職《ジョブ》】を教えてくれるのだが、このエンタメに関《かか》わるのは主に戦闘適性を持った者たち。

【勇者】【剣士】【魔法使い】などの適性を持った者たちだ。

そんな中、現代において不遇【役職《ジョブ》】と呼ばれる【黒魔導士】に目覚めた僕は、仲間と共になんとか世界ランク第四位まで駆け上がるも、そこで脱退を余儀なくされる。

敵を弱体化し仲間を支える黒魔法だが、目に見えぬ上に効果が分かりづらいのが難点。

特に、冒険がエンタメ化した現代においては、冒険者の見栄えというのは人気獲得における重要な要素になっている。

冴《さ》えない男が、分かりづらい黒魔法で仲間をサポートしていると言われても、視聴者は喜ばないわけだ。

これ以上パーティーに残留するのは難しいと判断した僕は、新たな仲間を探すことに。

色々あった末、出逢《であ》いに恵まれて新たな職場を見つけることができた。

とはいえ、他の冒険者パーティーに加入した、という話ではない。

新天地は、いまだかつてただの一度も完全攻略されたことのないダンジョン――『難攻不落の魔王城』だったのだ。

とある理由で人材不足となっていた魔王城にて、参謀待遇で受け入れられた僕は、新たな仲間たちと共に、かつての仲間たちと激突し、これを撃退。

その後、別の街のダンジョン再建に派遣され、その街でタッグトーナメントに参加したりもした。

我ながら、忙《せわ》しない日々を送っていると思う。

そして、そんな日々は、まだ当分続きそうだ。

◇

「おはようございます、レメさん。朝食が出来ていますよ」

優しく頭を撫《な》でるような柔らかな声で、目が覚める。

「おはよう……」

ベッドの上で、軽く目を擦《こす》りながら声の主《あるじ》を見る。

僕が魔王城の寮で生活するようになって以降、半ば共に暮らしているような状況になりつつある女性――吸血鬼ミラさんの姿がそこにあった。

彼女は月の輝きを浸透させたような金の長髪と、宝石めいた美しさを誇る赤い両目をしていた。

どうやら彼女が僕の肩を軽く揺すっていたようで、彼女の髪と両側頭部から生える蝙蝠羽《こうもりばね》のような触角が揺れ動き、加えて豊満な胸部もたゆんと跳《は》ねる。

「うふふ、今日も立派な寝癖が出来ていますね。ささ、お顔を洗うついでにそちらも直してきてください」

「うん……」

促されるまま洗面所へ向かう。鏡を見ると、冴えない顔の男が、ださい寝癖をつけていた。

顔を洗い、適当に寝癖を直すと、食卓へ向かう。

テーブルを挟んだ向かいにミラさんも腰掛けているのだが、彼女は僕の食事する様を嬉《うれ》しそうに眺めていた。

「美味《おい》しいですか？」

「んぐっ、うん。美味しいよ」

気の利《き》いた返しとは言えないそんな感想でも、彼女は「よかった」と嬉しそうに微笑《ほほえ》む。

「あ、レメさん。始まりのダンジョンで角を解放した回が、またニュースで取り上げられていますよ」

「んー、フェニクスの時はカメラを壊しちゃったからね……」

映像板《テレビ》をぼんやり眺める。

世界ランク第四位パーティー【炎の勇者】フェニクスとは、魔王城の第十層にてフロアボスとして対峙《たいじ》。一騎打ちの末になんとか打倒したのだが、僕の事情を汲んだ彼が激突の前にカメラの類《たぐい》を全《すべ》て破壊した為《ため》に、映像が残らなかったのだ。

先日、僕は世界ランク第九十九位パーティー【銀嶺《ぎんれい》の勇者】ニコラさんと共に、タッグトーナメントに出場し、優勝した。

その後、彼女のパーティーを魔物としての派遣先であった『初級・始まりのダンジョン』にて迎え撃ち、彼女との一騎打ちの末にこれを撃退。

ニコラさんたちは、その攻略映像を自分たちのチャンネルで配信したわけだ。

そしてそれを、ここ最近のニュース番組などが取り上げている。

冒険者は良い画が撮れたり話題になる何かを見出せたら、失敗動画を投稿することもある。投稿しないと費用が無駄になる、という理由で投稿するパーティーもあるか。

今回の件は彼女の意図したところではないだろうが、彼女の兄【金剛《こんごう》の勇者】フィリップさんなら、この結果を見越していてもおかしくない。

実際、この一件であのパーティーの知名度は一気にアップした。

理由は幾《いく》つかある。

「ふふふ、みんなレメゲトン様に夢中です」

一つは、今回公開された動画は、僕の角解放が映像に残った初めてのものだということ。

僕の種族は人間《ノーマル》だが、ある事情で魔人の師匠から片角を継承した。

魔人の角には魔力を圧縮・純化する機能が備わっており、僕もこれを使用可能。

通常、他種族に魔人の角の移植するなど不可能なのだが、僕の師匠はこれを実現してしまった。

だが頭に角を埋め込まれたのではない。師匠の角は、僕の体内に血液のように流れている。

この力を解放すると、不思議なことに角を形成する物質が体外に露出し、側頭部から生えたり背中から骨の翼となったり身体を覆《おお》う鎧《よろい》のようになったりするのだ。

ニコラさんとの一騎打ちで披露したのは、右角と右腕への角展開。

これが世間を騒がせた。

他の魔人の角を引き継ぐことで、角の本数を増やす魔人は、存在する。

だが、戦闘中に新たな角を生やすような魔人は、攻略動画漁《あさ》りが趣味の僕でさえ見たことがない。

師匠との約束で、僕はこの角の元の持ち主が彼であることを世に悟られたくない。

だが同時に、強者との戦いで師匠の角の力が必要になる事態は今後も巡ってくるだろう。

ダンジョン攻略・防衛はエンタメなのだから、毎回カメラを破壊するわけにもいかない。

重要なのは、バランスだ。

つまり、カメラに映ってもいい範囲で、師匠の力を引き出せる方法はないか、ということ。

師匠の正体は世界最強の魔王なので、その角を完全解放すれば、対峙した者にはその角がどういうものか分かってしまう。

だが、画面越しに魔力は伝わらない。視聴者に見えるのは画と音声のみ。

そして、『難攻不落の魔王城』第十層まで辿《たど》り着ける実力者の中に、対戦相手が敢《あ》えて隠している情報をぺらぺらと話す者はいない。

つまり、視聴者向けにどう角を展開するかを解決できれば、問題のほとんどは解決することになる。

そして僕は、既にそれを発見していた。

だからこそ、ニコラさんとの戦いで限定的とはいえ角を展開したのだ。

『【炎の勇者】フェニクス氏を一騎打ちの末に退場させた、【隻角《せきかく》の闇《やみ》魔導士】レメゲトン氏ですが、その力はカメラの損壊などによって謎《なぞ》に包まれていました。今回公開された映像によって、その一端が明らかになった形ですが、いかがでしょう』

司会が、専門家らしき人に話を振る。

『角が生えてきた件ですね。こちらに関しては、前例があります』

『ほほう？　ですがもしそうなら、攻略動画などで話題になっていてもおかしくありませんが……そのような話は聞いたことがありません』

『それはないでしょうな。というのもこの前例というのは――人魔大戦の頃のものなのです』

人魔大戦というのは、大昔にあった人類と魔族の争いのことだ。

当時は魔力体《アバター》技術もなく、生身の身体《からだ》で殺し合いが行われていた。

ダンジョン攻略が、命懸けだった時代でもある。

『人魔大戦ですか』

『はい。当時の記録の中に、「角と思《おぼ》しき物質を体外に展開する魔人」が登場するのです』

そう。僕も自分なりに色々と調べ、そこに可能性を見出した。

レメゲトンもまたそういった類の特殊な魔人である、との説が成り立つのなら、そこに乗っかることができるのではないかと。

――もしかすると、そういう例があるから師匠は僕への移植に踏み切ったのかな。

角を内包する状態で問題なく生きる魔人がいるなら、それを人間に適用させることも可能と考えたのかもしれない。実際、成功したわけだし。

まぁ、そのあたりを事前に教えておいてくれれば、もう少し話は楽だったのだが、それくらい自分で辿り着けということなのだろう。その方が、師匠らしいし。

『そのような魔人が？』

『えぇ。高位の魔人や、魔王が使用していた、と。しかし、戦後から現代に至るまでに魔人がそういった能力を使用したという公式記録は残っていませんし、その記録は魔人の強さを誇張して報告されたものとして扱われてきました』

『ではレメゲトン氏が、その記録が真実であったと証明したわけですね？』

『まさにその通りです。レメゲトン氏が特別な魔人なのか、あるいは――他にもあの能力を使える魔人たちはいるが、それを意図的に隠しているか。気になるところですね』

『隠している？』

『ダンジョン攻略はエンターテインメントですから。仮に五大魔王城の【魔王】が体内の角を隠していて、それを解放できるとしたら——四大属性の本霊契約者でもなければエンタメと言えるレベルの戦いはできないでしょう』

僕の所属する『難攻不落の魔王城』以外にも、『魔王城』を冠《かん》するダンジョンがある。

それらは『難攻不落の魔王城』を中心に東西南北に散らばっており、まとめて五大魔王城と称されることもあった。

それぞれの最深部に控える【魔王】たちは、四大精霊契約者と並んで、世界最高峰の強者だと言われている。

僕もフェニクスパーティー時代に『北の魔王城』に挑戦し、その君主【六本角の魔王】アスモデウスさんと戦ったことがあるが、凄《すさ》まじい強さだった。

なんとかパーティーとして勝利することは出来たが、あれが彼女の底だったとは到底思えない。

『なるほど。四大精霊契約者たちが、常に精霊の魔力を借りるわけではない、というのと同じでしょうか』

『そうですね。そのように考えて頂《いただ》いて問題ないかと。精霊の魔力も角の魔力も、どちらも有限であるというのも同じですし』

『ではレメゲトン氏はやはりフェニクス氏との戦いで大量の魔力を消費した状態でおり、生えている左角の魔力ではニコラ氏を撃退できないと見て、やむを得ず体内の角を解放したと?』

『そう見るべきでしょう。ニコラ氏は期せずして、高位の魔人たちが隠しているかもしれない力の一端を、カメラに収めてくれたわけです』

『世界ランク第四位のフェニクス氏、そして第九十九位のニコラ氏。両名との連戦を経《へ》て、真偽《しんぎ》不明であった魔人の秘密が一つ、証明されたと』

『まさに、その通りなわけですね』

ニュースでは、僕の想定通りに話が進んでいる。

「これで、レメゲトン様も少しは動きやすくなるでしょうか」

「多分ね。しかし、こんなにも話題になったのは、ニコラさんのパーティーのおかげだよ」

ニコラパーティーの人気が急上昇した理由の一つ目は、僕の角の話題性。

二つ目は、彼女たちの魅力だ。

ニコラさんの容姿が美しく、それでいて彼女がとても強いこと。

フェニクスパーティーを苦しめた【隻角の闇魔導士】レメゲトンと激闘を繰り広げ、角を解放させたこと。

『白銀王子』の殻を破った、ファンにとって衝撃的な回でもあったこと。

先日のタッグトーナメントで活躍した【金剛の勇者】フィリップや【清白騎士《せいはく》】マルクもパーティーメンバーとして活躍したこと。

あと魔物側ではあるが、同じくタッグトーナメント出場者である【零騎《れいき》なる射手《しゃしゅ》】オロバスへの注目が高まっていたことも関係しているか。

「むむ……まぁ確かに彼女は美しいですが……。と、とにかく、これであのダンジョンも安泰ですね」

そうそう、三つ目の理由もあった。

戦いの舞台となった『初級・始まりのダンジョン』関連だ。

件《くだん》の動画を観れば、始まりのダンジョンが明らかに初級の難度ではなかったことがわかる。

少し調べれば、賞金制度で挑戦者を募ったこと、それによってしっかり潤った新人パーティーが数多く存在することも分かるだろう。

つまり、難易度詐欺《さぎ》を行っているのではなく、隠し要素があり――『全レベル対応』ダンジョンなのではないかという推測が成り立つ。

それに伴い、事情を把握した攻略失敗パーティーが次々に情報を発信し、信憑性《しんぴょうせい》が増した。

その上で、一番の謎である、魔王軍参謀や四天王《してんのう》の参加については謎《なぞ》のまま。

あの動画だけで、話題が盛り沢山なのだ。

一日二日では語り尽くせない。

「うん。あれ以来、攻略希望者が殺到しているという話を聞いたよ」

僕があの街に派遣されたのは、ダンジョン再建の為。

それが成功したようで、胸を撫《な》で下ろす思いだ。

「さすがはレメゲトン様の采配《さいはい》です」

「あはは。……それに、僕の不安も杞憂《きゆう》に終わったようだし」

少しだけ不安に思ったこと。

ニコラさんと戦った時の角解放は、上限が五だとすれば一か二。

フェニクスと戦った時は、もちろん五だ。

そもそも、ニコラさんとの一騎打ちでは魔力の問題で三以上の解放は見せられなかったわけだが、それは視聴者には分からないこと。

だからそう……フェニクスが、僕の一に負けたのだと思われるのが嫌だった。

しかしそこは世界四位。専門家もファンもしっかりと分かっていた。

そもそも、魔人は亜人の中でも特に有名な種族なので、それも幸いした。

戦いの内容が分からずとも、フェニクス戦での第十層消滅がカメラに映ったのも良かったのだろう。

魔人の角は魔力を溜《た》めるもの。言ってしまえば貯金。

フェニクス戦でほぼ全額下ろしたのだとして、『白銀王子』に見せたものは溜め直したものを急遽《きゅうきょ》引き下ろしたようなものなのではないか。

という推測は様々な者がしてくれたし、ばっちり正解なのだ。

「あぁ……レメさんは本当に幼馴染《おさななじみ》思いなのですね」

僕の言葉を聞いたミラさんが、拗《す》ねるように呟《つぶや》いた。

「やめてよ、それ……」

どうでもいいと言うには、奴との付き合いは長すぎるというだけなのだ。

「うふふ、嫉妬《しっと》してみました」

僕の困った顔を見たミラさんは、悪戯《いたずら》が成功したみたいな満足げな表情を浮かべる。

そんなふうに、ミラさんにからかわれつつも、朝食の時間は穏やかに過ぎていく。

◇

「レメさん、今日は雨が降るそうですよ」

食後。用意を終えた僕は玄関へ向かう。

彼女が僕の上着を手に持ち、袖《そで》を通すのを手伝ってくれる。

「ありがとう。傘を持って行くね」

「はい。では、また職場で会いましょう」

「うん」

僕はこれから犬耳秘書のカシュを迎えに行くので、彼女とは別々に出勤することになる。

「一説によると、出かける前にキスをするかしないかで、不注意で事故に遭うリスクが変わるそうですよ？　事故防止、していかれますか？」

彼女がそんなことを言いながら、自身の唇《くちびる》に指を這《は》わせた。

その仕草に惹《ひ》かれるように、彼女のつややかな唇に目がいく。

胸の高鳴りを押し隠すように、僕は苦笑。

「……あはは、行ってきます」

「むぅ。レメさんがしたくなったら、いつでもどうぞ」

ミラさんは露骨に残念そうな顔をしたが、小さく笑っている。彼女も、僕が応じるとは思っていないのだろう。

――ミラさん、僕の部屋に馴染みすぎだな……？

寮を出た僕は、自分でも驚くほど彼女との生活を受け入れているなと改めて思う。

嫌ではない。助かっている。目のやり場に困ることも多いけど。

……。

………。

恥ずかしながら、僕は誰《だれ》かとお付き合いということをしたことがない。

修行と仕事に集中していた……というのは言い訳か。

フェニクスやラークなんかはモテるし、アルバはアクティブだ。リリーはそういう話題になると目が冷たくなるので聞いたことはないけど、どうだろう。分からない。

まぁ、【黒魔導士】が絶望的にモテない、というのもある。

とにかく、恋愛ごとというものがよく分かっていない。

とはいえ、さすがにミラさんが僕に向けてくれる感情が、一ファンとして応援する気持ちだけ……とは思っていない。

僕なりに考えてはいるのだ。

だが絶望的に経験値が不足していて、こう、どうしたものかと、ここのところ悩んでいる。

「うぅん……」

僕のその悩みは、その日の出勤後に起きた問題によって、更に引き伸ばされることになる。

◇

「ふふっ……」

肩に届かないくらいの栗色の髪をした、ぺたんと垂《た》れた犬耳が特徴の童女だ。

薄緑色の瞳《ひとみ》は楽しげに輝き、尻尾《しっぽ》は喜びを表すかのようにパタパタと揺れている。

「今日はご機嫌だね、カシュ」

かつて果物屋で働いていた彼女だが、今は魔王軍参謀の秘書を務めている。

まだ【役職《ジョブ》】も判明していない子供だが、人間《ノーマル》で元冒険者の僕が魔物だらけの職場に素早く馴染めたのは、彼女の存在あってこそだ。

カシュやミラさんのおかげで、僕が亜人や亜獣への偏見や差別意識を持っていないことや、本気で魔物として働こうとしていることなどが伝わり、職場のみなさんに受け入れてもらえた。

僕一人であったら、もっとずっと苦労していただろう。

「はいっ！　レメさんとしゅっきん、うれしいです！」

カシュには出張にもついてきてもらったが、タッグトーナメントあたりから一緒にいられない時間も増えたので、寂《さび》しかったようだ。

手を繋《つな》いでの出勤も久々。心なしか以前よりも距離が近い気がする。

彼女が元気ならそれが一番。

ちなみに、今日の彼女は服の上からレインコートを羽織《はお》っている。

フードには、しっかりと犬耳が収まる部分が用意されていた。

「秘書さん、僕の今日の仕事は何かな」

「はいっ。今日はまず……会議室へ集合とあります。参加者さんは、してんのーのみなさんと、レメさんと、まおうさまです！」

「へぇ、強いパーティーの予約でも入ったかな」

「ぎだいについては、ふめーです……」

彼女がしょぼんと肩を落とす。

「そっか。いや、いいんだよ。着いたら、魔王様に聞こう」

僕らは他愛のない会話をしながら、魔王城へ向かう。

◇

「あの男……！」

と、叫んだのは魔王様。

見た目は幼女だが、れっきとした僕らのボスだ。彼女の祖父である師匠や、彼女の父であるフェローさんと同じく、紅《あか》い髪と目をしている。一対の角は黒く、側頭部から生えていた。

今日の彼女は高めの位置で髪を一つに結んでおり、和装に身を包んでいた。

極東の国から伝わってきたという衣装で、僕の師匠がよく着ていたので馴染みがあった。

前開きの長着を、着る者から見て左側が上になるように体に巻き、帯を結ぶ。

魔王様は師匠と同じく、その上に羽織を纏《まと》っていた。

彼女の場合、長着が白で羽織が赤。

魔王様は髪も服装も色々と遊ぶ人だが、服に限ってはこの衣装でいることが一番多い。

というか、別衣装の場合はたまたま私服で来ているか、そうでもなければ魔王城の女性陣の勧めに従って衣装替えをしているだけだったりする。

僕が、魔王様の衣装から師匠を連想していると、彼女の言葉に反応する者があった。

「魔王様、お父上をあの男などと呼ぶものではありません」

銀の髪を後ろに撫で付けた、クールな印象の男性だ。額の両端から伸びる山羊めいた角が、彼が魔人であることを物語っている。

彼から見て右側、一房だけ垂れている前髪と、怜悧《れいり》な雰囲気を醸し出す丸眼鏡《めがね》、燕尾服《えんびふく》などが特徴的な、魔王軍四天王。

【時の悪魔】アガレスさんだ。

いつもは寛大な魔王様だが、今日の忠言は届かなかった。

「黙れアガレス、昼休みに護衛させてやらんぞ」

「はっ、失礼致しました……！」

一瞬で引き下がるアガレスさん。

誰も突っ込みを入れないのだが、昼休みも自主的に上司の護衛をするというのは、よいのだろうか。

アガレスさんは忠誠心に篤《あつ》く、真面目《まじめ》で、有能な魔物なのだが……。

一点、幼い子供の守護者を自認している点だけが、たまに気になる。

いや、魔王様にもカシュにも、全力で優しさを向けるだけで、実際に触れたりなどはしないのだが。カーミラは蔑《さげす》むような視線を向けているし、他の四天王は滅多に言及《げんきゅう》もしない。

「話を戻しましょう。魔王様、その件は確定なんですね？」

僕の軌道修正に、魔王様は乗ってくれた。

「その通りだ、レメゲトンよ」

「シトリーのフロアはきついかもー。かもかもー。狭いし、お客様が増えるとちょっとねー」

ピンクの髪を二つに結った、ネコを思わせる少女だ。夢魔《むま》の姿をしているが、実際は変身能力を持った豹《ひょう》の亜獣。可愛《かわい》い姿が好きな、僕の同僚で友人。

【恋情《れんじょう》の悪魔】シトリーさんだ。

今日も、彼女はメイド服ふうの衣装を着用している。

「一パーティーならばともかく、現状の戦力で複数パーティーへの対応は困難かと……」

ミラさんも困った様子。

いや、今は【吸血鬼の女王】カーミラと呼ぶべきか。

四天王最後の一人、【刈除騎士《かりそく》】フルカスさんは無言。

腕を組んで目を閉じているが、おそらくあれは寝ているのではないだろうか。

彼女は黒い鎧に身を包んでいることもあるが、今日は生身かつ私服姿だ。

白い髪に褐色の肌、子供と間違いそうな小柄な体形と、それに見合わぬ豊満な胸部。

言葉少なな武人である彼女は、僕にとって剣の師でもある。

「だが逃げることは出来ん。あの男は、余への引き継ぎの際にごっそりと職員を引き抜いていった上、レメゲトンが現在魔力不足だと知っているだろうに、このタイミングで――『レイド』を仕掛けてきたのだからな！」

そう、今日の議題はその件だった。

「しかも申込みについても映像板《テレビ》で発表するときた！　逃げられん！　逃げるつもりなど、毛頭ないが！」

魔王様は大層ご立腹。

彼女は全力のぶつかり合いが好きだ。そのあたり、気の合う職員も多い。

けれどフェローさんは、絡《から》め手を使ってでも目的を果たそうとする。

僕の魔法の師であり、世界最強の魔王である老魔人。

ある日忽然《こつぜん》と表舞台から姿を消した彼を、フェローさんは表舞台に連れ戻そうとしている。

そしてその為ならば、手段を選ばない。

魔王様は次なる戦いそのものではなく、それを利用する父の思惑《おもわく》が気に入らないのだろう。

五人を上限とした一つの勇者パーティーが、ダンジョンに挑む。

これが基本の形。

だが、例外があった。

かつて師匠が魔王だった時代に組まれ、冒険者が全滅して終了したという企画だ。

以後は、実施された例がない。

それが今回、彼が仕掛けてきた複数パーティーによる合同攻略――レイドだ。

「なにが『復刻‼　難攻不落の魔王城レイド攻略！』じゃ……！」

フェローさんの目的を思えば、結構単純な策だ。

『難攻不落の魔王城』は最強の魔王が君臨するダンジョン。

その名の示す通り、ただの一度も完全攻略されたことがない。

エンタメにおける設定上のものではなく、実質的にも全ての冒険者の最終目的なわけだ。

フェローさんはダンジョン攻略を無くしたい。その後で、ダンジョンを競技に再利用したい。

その為に、魔王城の完全攻略は有効と判断したのだろう。

世間に『冒険者の目的は果たされた』『ダンジョン攻略はもう終わった』と印象づけたいのだ。

実際は魔王城が攻略されても業界の終焉《しゅうえん》とはならないが、そこを彼の根回しでそういう方向に持っていくつもりなのだろう。

これ一つで終わるわけではないが、そういう『空気』を作ろうというわけだ。

「参加者もすごいですね」

会議用に配られた資料の紙束《たば》を手に取り、ぺらぺらと捲《めく》る。

僕が笑っているからか、みんなの視線が突き刺さった。

参加するは全四パーティー。

【迅雷の勇者】スカハ率いる、世界ランク五位パーティー。

【魔剣の勇者】ヘルヴォール率いる、世界ランク第三位パーティー。

【嵐《あらし》の勇者】エアリアル率いる、世界ランク第一位パーティー。

そして、つい先日存在が確認された特別な参加者。

実に六十年ぶりとなる水精霊本体との契約者――【湖の勇者】レイスと彼の集めた冒険者。

彼はまだ十歳だという。

つまり、【役職《ジョブ》】目覚めたてだ。

多くの冒険者志望者はこのあと育成機関に通うのだが、これは必須ではない。

僕だって通っていないわけだし。

【役職《ジョブ》】判明後はそれに合った訓練を積む必要があるという考えが浸透しているが、すぐに活動を始める人もゼロではないわけだ。

フェローさんが許可したくらいだから、そのレイスくんも話題性『だけ』ってことはないだろう。

「何が面白《おもしろ》いのだ、レメゲトンよ」

魔王様が怪訝な顔をしている。

「え……いや、すみません。すごく、楽しみで」

「楽しみ？」

「戦うんですよね？　みんなでどう勝とうか考えていたら楽しくて」

世界最高峰の冒険者達と、新たな四大精霊契約者と、戦えるのだ。

僕の言葉に、みんながぽかんと口を開け。

すぐに、それぞれがくすりと笑った。もちろん睡眠中らしきフルカスさんは除いて、だ。

特に魔王様は、ツボに嵌《はま》ったとばかりに大笑《たいしょう》する。

「ふ……ふふっ、ははは！　そうだな、貴様の言う通りであった！　先日のように、奴《やつ》が何を企《たくら》もうと潰《つぶ》せばよいだけのことだったな！　今回も頼りにしているぞ！　みなもだ！」

とはいえ、みんなの懸念も尤も。

実力未知数のパーティーが紛れているとはいえ、これはあまりに強大な敵。

魔王城のみんなは頼りになるが、魔王様が言ったようにかつて多くの人員が引き抜かれた現実もある。

第十層なんて召喚《しょうかん》で誤魔化《ごまか》していたが、職員はフロアボスの僕一人だ。

仲間を集めねば。

そして……これが最大の問題だが。

——足りない魔力はどうしよう。

世界ランク第四位【炎の勇者】フェニクスとの一騎打ち、世界ランク第九十九位【銀嶺の勇者】ニコラとの戦いと続いたこともあり、僕の魔力は枯渇《こかつ》気味なのだ。

第一章 引く手あまたの【黒魔導士】レメ

「ほぉ……これは中々……やっぱりあたしの目に狂いは無かった」

今、何が起こっているかというと。

世界ランク第三位の【勇者】が、僕の身体《からだ》をペタペタ触っていた。

「え……っと……？　お久しぶりです、ヘルヴォールさん」

戸惑いつつも、僕は彼女に挨拶《あいさつ》をする。

フェニクスパーティー時代、何度か顔を合わせたことがあるのだ。

「あぁ、久しいね。だがレメ、前に言っただろう。あたしのことはヘルでいい。しかし……前は訊《き》かなかったが、相当鍛えてるね。【黒魔導士】でここまでとなると……あたしは見たことがない」

ヘルさんが興味深そうに腰を曲げ、僕の腹部を触り続けている。

「あの……えぇと、ありがとうございます……？　でもですね、くすぐったいかな、とか、他のみなさんの目が痛い、とか……色々えぇと」

「その妙に遠慮した喋《しゃべ》り方だけは頂《いただ》けない。何事も相応に、だ。口のデカイ雑魚《ざこ》は論外だが、謙虚すぎる強者ってのもつまらんだろう。それなりの振る舞いをしな」

腰を上げた彼女に、バシンッと背中を叩《たた》かれる。

「……ありがとうございます。気をつけます」

【魔剣の勇者】ヘルヴォ――ヘルさんは今年で二十八になる。

二十歳のフェニクスが四位なので勘違いしてしまいそうになるが、これは相当に若い部類だ。

エアリアルさんが今年四十二歳だが、現役《げんえき》勇者では彼より年上もいる業界。

上位十パーティーの内、二十代の【勇者】は彼女とフェニクスだけ、と言えば凄《すご》さが伝わるか。

しかもフェニクスはまだ四位になって二年目だが、彼女は十八で上位十位に入ってから、ずっとランクインしている。そして今は三位。

日に焼けた健康的な肌に、鍛え抜かれた肉体。髪は灰色で、これは意外かもしれないが手入れされている。ただもちろんというか、彼女がしているわけではない。パーティーメンバーが面倒くさがりなヘルさんのケアを担当している、というのは有名な話だ。

薄く青みがかった灰色の瞳《ひとみ》は生命力に満ち、佇《たたず》まいからして只者《ただもの》ではないと伝わってくる。

「姐《ねえ》さん！　そ、そんなっ、男にベタベタしちゃダメっすよ！」

同パーティー【拳闘士《けんとうし》】の女性が、ヘルさんの腹に抱きついて、僕から引き離す。

勝ち気そうな短髪のその人物は、アメーリアさんという。

「男も女もあるか。あたしは強い奴《やつ》が好きなんだ」

「あ、あたしだって強いですけどっ？」

「知ってる」

ヘルさんに頭を撫《な》でられると、アメーリアさんは身体から力が抜けてしまったかのように、ふにゃっと表情を緩ませた。

第三位パーティーは、全員女性ということでも有名。

また、メンバー全員がヘルさんのことをとても慕っており、そういったメンバー間の交流を好むファンもいるという。

「へぇ、ヘルさんってば良いこと言うじゃん。俺《おれ》も同感だね、大事なのは強さだ」

僕の前に進み出た少年には、見覚えがない。

彼の後ろに控える、表情に乏しい少女にも。

「初めましてだね、レメさん。俺はレイス。おじさんにあんたを呼んでもらったのも、俺さ。用件だけど　――俺の仲間《モノ》になってよ」

少年……十歳くらいの美少年に、俺のモノになってよと言われた。

「………え、えぇと？」

どうしてこんなことになったかというと――。

◇

きっかけはエアリアルさんからのメールだった。

メールという通信手段は、一般にも浸透しているし、冒険者には必需品ともいえる。

世界各地を周《めぐ》る冒険者にとって、固定の連絡先というのはメールアドレスくらいだ。

電脳《ネット》に接続出来る環境と端末が必要ではあるが、連絡を取り合うことが可能。

これは個人で取得するものなので、パーティーを抜けたり、仮に冒険者登録を抹消されても使い続けることが出来る。

僕のアドレスは変わっていないので、かつての知人からメールが届いてもおかしくない。

最近だとニコラさんからよく届くし、出張時はミラさんから日に何通も来ていた。

あとは……まぁ、フェニクスかな。パーティーを抜けた時ほどではないが、たまに連絡を寄越すのだ。

師匠の家にも端末はあったが、人と関《かか》わらないようにしていた師匠にアドレスはない。かつて持っていたことはあるだろうけど、僕は知らないし……。

そんなわけで、師匠には手紙で連絡している。返事が来たことはないんだけど。

話が逸《そ》れたが、エアリアルさんからのメールだ。

文面は『魔王城のある街にまた来たので、まだいるなら逢おう』というもの。

「そっか、もう来てるんだ。いやまぁ、他のパーティーとの連携とか色々調整しないとってのもあるもんな」

魔王城はなんと寮の各部屋に端末が配備されている。ちょっと待遇が良すぎるのではないか。

メールの内容はまだあって、続きを読んでいくと……なにやら紹介したい人物もいるのだとか。

お誘い頂《いただ》いたのは大変光栄だし、時間なら作れる。仕事の後ならば、問題ない。

「誰《だれ》からですか?」

後ろから画面を覗《のぞ》き込んできたのは、ミラさんだ。

「あぁ、エアリアルさんだよ」

「まぁ、第一位から。あの方はいいですよね。タッグトーナメントでの解説も素晴らしかったです。レメさんの実力を理解しているあたりが、特に。今回は、敵として迎え撃つわけですが」

「そうだね、僕にとっても尊敬する大先輩だよ。そのレイドの件で、既に街に来てるんだって」

「そうなのですね。有名なパーティーが訪れると、それを見に他所《よそ》の街からも人が集まるといいます。魔王城のレイド戦であのメンバーとなると、大変なことになりそうですね」

「経済効果とか凄《すご》そうだよね」

電脳《ネット》に目撃情報が書き込まれただけで、熱心なファンは動いたりする。

フェニクスなんかはそういう追っかけが何人もいたようだ。というか、いる。

今回のレイド戦は公式に告知も打つらしいので、凄《すさ》まじいことになるだろう。

……それ込みで資金集めとか根回しとかしたんだろうな。フェローさんが考えそうな策ではある。

「それで、お食事のお誘いですか？」

「まぁ、そんな感じ。逢わせたい人がいるとも書いてあるけど」

「……そうなのですねぇ。女性でしょうか」

ミラさんの声に冷気が混ざる。

「いやいや……そういう系じゃないと思うよ。前にミラさんといるところを見てるし」

寂《さび》しい後輩に恋人候補を紹介……なんて話ではないだろう。

「ふふふ……前回の誤解が、本当になるのはいつなのでしょう」

「あ、あはは……」

なんとも答えに窮《きゅう》する僕だった。

ぽふっ、とミラさんが僕の両肩に優しく手を乗せる。

「日にちが決まったら教えてくださいね。その日のお夕食は一人分にしなければなので」

「うん……あ、ミラさんも来るかい？」

「ありがとうございます。でもやめておきます」

ミラさんは、自分が吸血鬼であることを気にしている。吸血鬼の自分が冒険者レメと一緒に歩くことを。

普段は変装したりするのだが、エアリアルさんには見抜かれた。

他に冒険者がいたら……と思っているのだろう。

「……僕は気にしないよ」

ミラさんが、片頬《ほお》に手を当てながら首を傾《かたむ》けた。

「恋人として紹介してくださるならご一緒しますが……？」

「あー……」

「ふふふ、冗談ですよ。私の方の事情です」

「そうなんだ……？」

「はい」

なんて会話があったりして、当日。

待ち合わせの酒場に行ったらエアリアルさんだけでなく、ヘルさんパーティーや、第五位パーティー、そして美少年がいたのだ。

◇

そして、現在に至る。

「大会観《み》たよ。面白《おもしろ》かった。魔王城四天王《してんのう》まで倒すなんてね、最高だ」

少年はニコニコと僕を見上げている。

「ありがとう……ございます。えぇと、レイスさん？」

ぴくりと、少年の眉《まゆ》が揺れ動いた。

深海のような暗い青の毛髪をしているが、ところどころに雲のように白い箇所が混じっている。深い青を宿した瞳《ひとみ》は好奇心旺盛な子供らしさと、長い時を生きた者のような老獪《ろうかい》さのどちらも備えていて、只者ではないと感じさせる。

幼さの残る甘い容姿は万人に好かれそうで、年相応《そうおう》の小柄な体格をしているが体は鍛えているのが見て取れた。

「……へぇ、良いね。凄く良い。俺みたいなガキにも敬意を払うんだ？」

既に冒険者としての衣装も揃《そろ》えているようで、勇者らしさと少年らしさを兼ね備えた衣装を身に纏《まと》っている。得物はショートソードだが、精霊の加護を受けているのだろうか。

精霊の加護を受けた武器は強度が上がる他、魔力を凝縮・純化する機能を備えるのだ。

そういった武器は、総じて聖剣と呼ばれる。個別に聖弓、聖斧《せいふ》なんて呼び分けることもあるけど。

この少年を見て僕が一番驚いたのは、対峙《たいじ》しただけで分かる魔力器官の凄まじい性能だ。

普通は隠したりするものだけど、彼にはそのつもりがないらしい。

「冒険者なら、同業者でしょう？　普通の子供であることをやめて此処《ここ》にいるんだから、当たり前ですよ」

仕事に年齢は関係ない。

冒険者として此処にいるなら、そのように扱わねば失礼というもの。

「ますます気に入っちゃったな」

レイスさんは嬉《うれ》しそうな顔をしているのだが、僕は戸惑《とまど》っていた。

「は、はぁ……。それで、さっきの話ですけど」

「あんた……いや、あなたは今、無所属なんでしょ？」

「そうですね」

「俺のパーティーに入りなよ。知ってるかな、俺、【湖の勇者】なんだ。レメさんは強い。だから資格がある。俺と一緒に最強にならないか？」

最強。シンプルで、あまりに遠く、それでいてどうしようもなく心惹《ひ》かれる称号。

子供じみた憧《あこが》れだと馬鹿《ばか》にする人もいるが、何年経《た》っても真剣に高みを目指す人を、僕は格好いいと思う。別に、目指す先が『最強』でなくとも。

目の前の少年は、共にそれを目指そうと言っている。

つまり、レイスパーティーに入らないかと、誘ってくれているわけだ。

正直、その気持ちはとても嬉しかった。

僕はかつて一度、再就職に失敗している。それはもうズタボロに。

ミラさんの誘いがあって魔王軍に入ることが出来たけれど、冒険者としての再起に失敗したという事実は心の奥に重石《おもし》みたいに残っていた。

エアリアルさんの時もそうだが、第四位パーティーから追い出された【黒魔導士】にもかかわらず、僕を評価して迎え入れようとしてくれることが、とてもありがたかった。

ただエアリアルさんの時と同じく、その誘いを受けるわけにはいかない。いや、同じではないかな。あの人は既に一位で、そこに入るのは違うという断り方をしたのだし。

「僕は……」

「いや、答えるのは今じゃなくていいよ」

レイスさんは僕の言葉を遮《さえぎ》るように、そう言った。

「第一、俺の方に信用がないだろうし。さすがにそこまで馬鹿じゃないから。今日は挨拶と、俺の気持ちを知ってもらえればそれでいいんだ」

賢い子だな、と思う。

四大精霊と契約したことで気が大きくなっている……というわけでもないようだ。

自分に力があると知りながら、それで全《すべ》て思い通りになるとは思っていない。

「そう、なんですね」

「あとさ、敬語要《い》らないよ。レメさんは仲間になるんだし」

……自信家だなぁ。

返事はまだいいと言いつつ、成功することを確信している。

でもまぁ、こういうことを素で言える心の強さは、結構大事だ。

「えぇと、うん。仲間になるかはともかく、君がそう言うなら」

「うん。あぁ、あとこいつはフラン。【役職《ジョブ》】は【破壊者】」

ぺこりと頭を下げたのは、彼と同年代くらいの少女。

長く白い髪と、赤い瞳。肌は抜けるように白く、表情にも乏しいので、まるで精巧な人形のような印象を受ける少女だ。整った容姿も、その印象を強めている。

枯れ草色のマントで首から下が隠されていて、見えるのは足首から下だ。あとは、マントの隙間《すきま》から中に着用しているのが白い衣装である、ということが窺《うかが》えるくらいか。

彼女から見て左側の髪をヘアピンで留めているのが、唯一感じ取ることができる子供らしさだ。

「よろしくお願いします、レメと言います」

——それにしても【破壊者】か……すごく珍しいな。

戦時中、一部の亜人に発現者が多かったという【役職《ジョブ》】だ。

通常、【役職《ジョブ》】は適性の組み合わせで決定されると言われている。

『黒魔法』『魔法抵抗』『魔力』『魔力感知』が全部揃っていれば、【黒魔導士】みたいな。

だが【破壊者】は少し特殊。

必須の適性が、現代に至るまで解明されていないのだ。

分かっているのは、発現者の圧倒的な強さのみ。

技術的に何々が得意ということはないが、とにかく強い。

剣術を修めず、デタラメに剣を振るうが――強い。

身のこなしが雑で、思うままに動くが――強い。

と、たとえばそんな感じ。

戦闘に特化した、分類不能の才能を持った人間に発現する【役職《ジョブ》】なのではないか……と言われている。

「……レイスと同じように、敬語、要らない……です」

声が小さいが、聞こえないほどではない。

「うん、じゃあそうさせてもらうね」

「あれ、驚かないんだ？　【破壊者】見るの初めてじゃないの？」

レイスくんが意外そうに言った。

「初めてだけど、【役職《ジョブ》】は【役職《ジョブ》】でしかないから」

「……へぇ、さすが【黒魔導士】で勇者を目指す人は違うね。俺も同感だよ。【勇者】でも雑魚《ざこ》はいるし、【黒魔導士】でも強い人はいる。大事なのは何を持ってるかじゃなくて、何を成《な》した人か。

その点、俺はまだ足りないよね」

彼は先程から上機嫌で、僕が何か言う度《たび》に嬉しそうな顔をする。

「俺が結果を出したら、きっとレメさんは仲間になりたくなるよ」

「表には出ないけど、僕は今働いているところがあるから」

「うんうん、生きていくには仕事しないとだしね。でもより良い職場があれば転職すればいい。特に、俺のところはオススメだよ」

変わらずの押しの強さに、僕は苦笑していたのだが。

「あぁ、安心して？　俺は仲間を見捨てない。絶対に、何があってもね」

その言葉に、彼がフェニクスパーティーのことを言っているのだと気づいた。

僕はかつて、世界ランク第四位まで共に駆け上がったパーティーから、脱退を余儀なくされた。

そのようなことは、彼のパーティーでは起こり得ないと、そう言っているのだ。

「ありがとう。でも……前のパーティーは自分で抜けるって決めたんだ」

「何も言われずに、自分から抜けたの？」

「…………」

「世間の噂《うわさ》なんて信じないけどさ、なんだっけ、フェニパの【戦士】……」

レイスさん……いやレイスくんか。彼がフランさんを見る。

「アルバ」

彼女が端的に答えた。

「そうそれ。その人が言ってたじゃん、追い出したって。なんかどっかのタイミングで急に言わなくなったけど、あの人が切り出したのは本当なんでしょ？」

「……そう、だね」

「俺がリーダーなら、そんな議題は却下《きゃっか》だ。まぁ前パーティーに関しては、レメさんの実力がよく分からなかったってのはあるけどね。仲間なら、見抜かないと。リーダーなら、まとめないとだよ。世間がどうとか、見栄えがどうとか、俺は気にしない。一度仲間になったら、最後まで仲間だ」

彼は僕の事情や、それを汲《く》んでくれたフェニクスの気持ちを知らない。

だからその評価は間違っていないし、彼の姿勢は素晴らしいものだ。

そんなに甘くないよ、なんて理屈を並べ立てることは出来るが、しようとは思わない。

レイスくんは分かっていて発言しているだろうから。

彼の言葉はスラスラと出てくるが、だからといって軽く響くわけではなかった。

言葉の節々に、強い感情が乗っている。

――冒険者に対して、業界に対して、何か思うところがあるのかな。

そういえば、彼にはどことなく見覚えがある。

彼自身ではないが……どこかで、似た誰かを見て……観ていたような。

「……僕とフェニクスは、今でも友達だ」

結局、そう言うに留める。

「優しいね、レメさん。でも優しい人は、損する人だ。みんながみんな優しい人ならいいけど、違うし」

……本当に十歳なのだろうかと思うが、いやでも【役職《ジョブ》】が判明した後なら、こういう考えを出来るようになる者もいるだろうという納得感もある。

僕も【黒魔導士】って判明した後、気持ちに大きな変化があったし。

子供が子供でいられなくなる最初の大きな現実が、【役職《ジョブ》】判明の儀式なのだ。

彼の場合、それだけではなさそうだけど。

「親友フェニクスはそのままでも、【勇者】フェニクスはあなたをパーティーから外した。俺はそんなことしないよって、話」

……あぁ、そうか。

僕が次のパーティーに入ることに尻込《しりご》みしていると思ったのか。

四大精霊契約者とパーティーを組んで、ランクを駆け上がり、そして捨てられる。

その道をまた辿《たど》ることはないよと、安心させようとしてくれているわけだ。

「そっか。ありがとう。話は、分かったよ」

「他に聞きたいこととかある？　あ、報酬は山分けね」

「確かに、それも大事なところだね」

「あとさ、レメさん――」

「来たばかりのレメを、いきなり独占するんじゃない」

ぽこっと、レイスくんの頭が叩かれる。

「いったいなぁ、なにすんだよ、エアおじ」

翠玉《すいぎょく》の双眼《そうがん》に嵐《あらし》の如《ごと》き緑の短髪。四十を超えてなお衰えるどころか磨きが増している鋼《はがね》の肉体。

人間《ノーマル》最強と言えば多くの人がその名を挙げるであろう、世界ランク第一位――【嵐の勇者】エアリアルさんだ。

そういえば、レイスくんの言っていたおじさんって、エアリアルさんのことなのだろうか。

というか……エアおじ……？

◇

改めて、僕が呼ばれたのは、冒険者御用達《ごようたし》の酒場だ。

実際に行ってみると貸し切りとのことで、僕以外にはレイド攻略の参加者しかいなかった。

全員集合というわけではないみたいで、この場にいない人も何人かいる。

【勇者】は揃っていて、さてエアリアルさんに挨拶《あいさつ》しようと思ったところでヘルさんに捕まったというわけだ。

そして今、そのエアリアルさんがレイスくんの後ろに立っている。

「いや、すまないね、レメ」

彼が申し訳なさそうに苦笑している。

「いえ……大丈夫です」

「そうだよ。普通に話してただけだって」

「お前のことだから、逢っていきなり勧誘したのではないのか？」

エアリアルさんの言葉に、レイスくんが図星を突かれたような顔をする。

だがすぐに開き直った。

「ぐっ……したけど？」

「そんなことされれば、誰《だれ》でも困惑するというものだろう」

「だから、返事は今度でいいって言ったし」

見ていると、二人は気心の知れた者同士という感じだ。

昨日今日ではなく、前から知り合いだったみたいな……。

「お二人は、以前から面識があったんですか……？」

「おや、鋭いね」

「おじさんが俺に馴《な》れ馴れしいからでしょ」

ぽこっ。

「叩くな！」

レイスくんはそう言うが、避けようと思えば出来る筈《はず》。しないということは、コミュニケーションの一環として受け入れている、のか。

「友人の息子でね。その縁でこの子が小さい頃から何度も逢っているんだ」

「友人じゃない。敵だろ敵！」

エアリアルさんの説明を、レイスくんが否定する。

「私は友だと思っているよ」

「それはあんたが勝者だからだ」

一瞬、エアリアルさんは悲しげな表情を見せたが、すぐに笑顔に戻る。

「……彼は——。いや、今はよそう」

「ふんっ。まぁ、そうだね」

つまらなそうな顔をしながらも、納得した様子のレイスくん。

——彼のお父さんは、冒険者だったんだろうな。

敵というと魔物を連想しがちだが、レイスくんは人間《ノーマル》だ。

僕のように人間かつ魔物役という線もないではないが、そんな例外を考慮するよりも冒険者と考えた方が自然だろう。

それに、冒険者ならばレイスくんに感じた既視感《きしかん》というか、面影のようなものにも納得。

彼のお父さんの攻略を、僕は観《み》ているのだ。まだ、誰か思い出せないけど。

「父親が誰とか、誰の知り合いとかもどうでもいいことだ」

彼はそんなふうに言うが、とても本心とは思えなかった。

そうでなければ、父親の話題になった途端、あのように感情的にはなるまい。

「またお前はそんなことを言って……。まぁいい。それで、レメ」

エアリアルさんは口から出かけた言葉を呑《の》み込《こ》み、頭を左右に振ってから、僕を見た。

「はい」

「紹介したい者というのは、この子なんだ。もう知っていると思うが、君を仲間にしたいと言って聞かなくてね」

「俺をわがままな子供みたいに言わないでよ」

「わがままな子供だぞ、お前は」

「……いつまでも一位にいられると思うなよ、おじさん」

「私はいつでも、脅威を待ち望んでいるよ。そういった者の存在が、己《おのれ》を高めてくれるものだからね。ライバル、というやつさ」

「その余裕ぶったところが、嫌いなんだ」

「そうかそうか、お前は可愛《かわい》い弟子だよ」

——弟子……⁉

「弟子じゃない」

僕の驚きをよそに、レイスくんは渋面《じゅうめん》を作って世界一位の言葉を否定する。

「ふむ、お前が頼み込むものだから、訓練をつけてやったじゃないか」

「訓練じゃない……！　あれは勝負だ……！」

「はっはっは、ならば私の全勝だな」

「……最後に勝つのは、俺だ」

「それは楽しみだな」

聞けば、【役職《ジョブ》】判明前から、時々エアリアルさんが稽古《けいこ》をつけていたのだという。

彼も多忙なので一般的な師弟関係とは違うが、その友人宅を訪ねた時は必ず相手をしていたのだとか。

全冒険者が羨《うらや》む環境だ。

ただ、それだけに恐ろしくもある。

エアリアルさんは元々、有望な冒険者の育成にも力を入れている人だ。

タイミングが合った時などは、フェニクスにも稽古をつけてくれた。

友人の子供だからという理由だけで、彼が『稽古』をつけるだろうか。付けたとして、それは子供の為《ため》にうんっと優しくしたものになるだろう。

けど、彼が冗談っぽくではあるものの、『弟子』とまで言うなら。

【役職《ジョブ》】判明前の幼い頃から、剣なり魔法なりの稽古をつけてもらったなら。

レイスくんの才覚は、それほどまでに――。

「……喧《やかま》しいガキだ。黙らせてくださいよ、エアリアルさん」

と、立ち上がったのはグラスを持った男性。

垂《た》らせば肩の下あたりまで届くだろう金の髪は後ろで馬の尾のように結ばれ、黄色い瞳は刃のように研《と》ぎ澄《す》まされている。

優れた容姿は【俳優】でもおかしくないくらいだが、服の上からでも感じ取れる強靭《きょうじん》な肉体が、彼を戦闘職の人間だと教えてくれる。

世界ランク第五位――【迅雷《じんらい》の勇者】スカハさんだ。

「ごめんね、四位センパイ。あ、間違えた……五位センパイ。【炎の勇者】パーティーに抜かれて、順位下がったんだもんね」

微笑《ほほえ》みと共に挑発するレイスくん。

確かに、同業者をガキ呼ばわりはよくないと思うが……。

「……そうだな。俺たちの冒険を観て、世間が五位だと判断した。受け入れた上でまた精進《しょうじん》するさ。それで？　お前は何者なんだよ」

「それを証明する為に、ここにいるんじゃないか」

「違うな。普通は仲間を集めてから、自分たちの価値を証明するんだよ。そうした実績を持った者が、このレイドに呼ばれたんだ。お前以外はな」

「何が言いたいのさ」

「『四大精霊に選ばれた【勇者】』って以外に、お前につけられた価値はない。それを弁《わきま》えろ。さっきから聞いてりゃ、レメには早くもリーダー面、エアリアルさんには駄々こねるガキみたいに接しやがって。冒険者やりたいなら、冒険者を舐《な》めるな」

「……別に舐めてはないけど、あんたがこの二人の為に怒ったってのは理解したよ。センパイたちみたいな実績が俺にはないってのも、その通りだね。でもね、だからって遠慮する理由にはならないよ」

「あ？」

「そもそも、あんただって高位の風の分霊に選ばれてるよね？　その分、選ばれなかった【勇者】より注目されたんじゃない？　それが『実績』に影響しなかったって言える？」

「四大精霊契約者なら、段階を飛ばしてレイドに召集される特別扱いも当然だと？」

「企画した人たちがそう判断したから、俺は此処にいるんじゃない？　そのチャンスを利用しようとするのは、悪いこと？　それとも、あんたの立場なら断るって？」

「……」

断らない筈だ。チャンスは無限に巡ってくるものではなく、幸運もまた己の力の一部であると、理解している人ならばなおさら。

「まぁでも、安心してよ。俺も、精霊ごときで冒険者人気が左右されるなんて、クソだと思ってるからさ」

「なんだと……？」

「みんな勘違いしてるけど。水精霊《こいつ》はね、観客なんだよ。『俺が勝つところを見たい奴はついて来い』って言ったら、来ただけ。俺は精霊術なんて使うつもりはないんだ。だからね、元四位センパイ。俺は増長してるんじゃなくて――元々こうなんだよ」

――精霊術を、使うつもりがない？

……確かに四大精霊は中々契約者を選ばないし、選んだとしても理由が独特だ。

火精霊も、当時【勇者】に興味がなかったフェニクスと契約したわけだし。

自分の力を借りるつもりがない【勇者】に、興味を示してもおかしくない。

一瞬、空間が揺れたと思った。違う、スカハさんの魔力が漏《も》れ出しただけだ。

だが彼も大人、すぐに収める。

「エアリアルさん、このガキ本当に入れるつもりですか？　これじゃあ勝てるものも勝てない」

正直、僕は憤《いきどお》るスカハさんの気持ちが理解できた。

今、レイスくんは、一つだけ間違ったことを口にしたから。

そして、エアリアルさんもそれは理解しているようだった。

「うぅむ、君の懸念は尤《もっと》もだスカハ。だが、その上で、私はこいつを入れたいと思う」

「それほどですか」

「あぁ」

「……分かりました」

この場には、四人の【勇者】がいる。

レイスくん以外は、全員が画面越しに観たことのある人たち。

そのレイスくんは、第一位が攻略に役立つと保証する強さの持ち主。

魔王軍参謀ということを考えると、僕は今敵地にいる。

頭の中で、仲間とどう勝とうかを考える自分がいた。

◇

上位ランクのパーティーに共通するのは、強さ。これは必須条件と言える。

ダンジョンを攻略出来ないままに人気を得ることは、とても難しい。

では強いだけで人気が取れるか、これも難しい。今でこそ数万組いる冒険者パーティーの中で第九十九位に位置する【銀嶺《ぎんれい》の勇者】ニコラさんだが、彼女とその兄である【金剛《こんごう》の勇者】フィリップさんは、それぞれ別のパーティーで人気を取れずに解散した経験を持っている。

実績を積み重ねることで、ある時それが報われるように人気に火が点《つ》くこともあるが、稀《まれ》な例だ。

だから冒険者に必要なのは、強烈なスタイルの確立。

上位に来る者たちには、それがある。

「それとだ、レイス。お前の言い分はともかくとして、先達《せんだつ》へは敬意を払うべきだ」

窘《たしな》めるようなエアリアルさんの言葉。

スカハさんへの態度の件だろう。

「敬意、ね……。まぁ、そっか。一緒に戦うってことは、一時的とはいえ仲間ってことだもんね、うん。分かった。ごめんね、スカハさん。レメさんに逢ってはしゃいじゃったんだ。ここからは静かにしてるよ」

素直というか、柔軟なのか。

個人的な好悪があっても、共に戦うならば仲間。尊重すべき。それに納得した、といった感じだ。

ニッコリと微笑むレイスくんに、スカハさんは何かを考える仕草を見せたが、この場では和解を選んだ。

僕と同様に、エアリアルさんに何かしらの意図があるのだと察したのだろう。

「……いや、俺の方こそ、お前と同じく企画に呼ばれただけの立場で、偉そうにメンバーを否定するべきじゃなかった」

「ううん、俺の方が失礼なこと言っちゃったもん。謝るよ。レイド戦で勝って、強さを証明して、四位に戻れるといいよね」

「……あぁ」

「なんだスカハ。そこは『四位じゃ物足りねぇ！　一位になってやる！』くらい言えよ」

パーティーメンバーと共に料理を食べていたヘルさんが言うと、スカハさんが挑戦的に笑う。

「はっ、お前を引きずり下ろすのは楽しそうだがな」

「いいね、調子出てきたじゃないか。ま、無理だけど」

「……俺たちが抜く時に四位に下がっていたりするなよ。落ち目を抜いても盛り上がらんからな」

「あはは、ぶっ飛ばすぞ、静電気野郎」

「出来るのか、筋肉女」

二人の掛け合いは一見物騒だが、まぁじゃれ合いのようなものだ。

スカハさんは三十三歳で、二十八歳のヘルさんとはライバルのような関係。フェニクスパーティーが台頭するまでは、三位四位とランク一つ差だったので、色々あるのだろう。

実際、二人に殺気も怒気もない。会話を楽しんでいるようにさえ見える。

そこに、何者かの声が割って入る。

「……スカハ。誰も気にしていないようだが、レメ殿に知られてよかったのか。レイド戦は、公式には発表前だが」

その言葉を聞いていた全員が「あ」という顔をした。

誰も僕の魔王城勤務を知らないので、当然の反応。

そういえば、僕も普通に話を聞いていたが、レイドの件は未発表なのだった。

僕は声の主《あるじ》へと視線を向ける。

……あれは、スーリさんかな。

第五位パーティー所属で、【無貌《むぼう》の射手《しゃしゅ》】と呼ばれる【狩人《かりゅうど》】だ。

ダンジョン攻略でもそうなのだが、顔を見せないようにケープのフードを深く被《かぶ》っている。

彼の顔を知っているのは、仲間だけなんて話もあるくらいだ。

そしてもう一つ、彼の情報で特筆すべきは——世界で三人しかいない『神速』の遣《つか》い手だということ。

『神速』は目にも止まらぬ弓術で、スーリさんの他には、同じくスカハパーティーのカリナさんという女性が使用するのだが、最後の一人は僕もよく知る人物だったりする。

第四位パーティーに所属する、エルフの【狩人】リリーだ。

フェニクスパーティー時代に聞いたのだが、リリーはスーリさんのことが好きではないらしく、彼を超えることを一つの目標にしていたほど。

スーリさんは、単純な弓の腕ならばリリー以上で、更には隠密《おんみつ》を得意とする。

スカハパーティーのスタイルは――『速さ』。

「済《す》まないレメ。このメンバーが集まっている時点で何かあるのだと想像していただろうが、この件は内密に頼めるだろうか」

エアリアルさんが気まずそうに言う。

「ええ、はい、もちろん」

「レメさんが俺の仲間になれば解決じゃん」

レイスくんが言うが、静かにする宣言の後だからか、先程よりも声量を抑えている。

「今の仕事が好きだから」

「……え、勇者になるんじゃないの？　その仕事でなれるの？」

まさか魔物になってるとは思わないだろうし、その反応は自然なものだろう。

冒険者パーティーに入っている気配もないのに、どういうことだ？　という顔をしている。

だが僕は彼をまっすぐ見て頷《うなず》く。

「あぁ、なるよ」

「ん？　よく分かんないな。……いや、言えないっぽいしいいけど。要するに、今の仕事より俺のパーティーに魅力を感じてもらえばいいわけでしょ？　いつでも言ってよ。枠、空けとくからさ」

レイスくんのパーティーはまだ完成前だが、どんなスタイルになるのだろう。

一冒険者オタクとして、大変興味を惹かれるが……。

「良い返事は出来ないよ」

「絶対はないでしょ。気が変わることもあるって」

レイスくんは自信があるようだ。

「あまりレメを困らせるな」

エアリアルさんが窘めるが。

「おじさんだってレメさん欲しかったくせに」

「そしてお前と同じく振られてしまったよ」

「俺は諦《あきら》めないし」

「本人の意思は尊重すべきだろう」

「うん、だから待つって。アピールはするけどね」

「ふむ、空きがあればこっちにも誘うんだが」

ヘルさんまで会話に混ざってきた。

「姐《ねえ》さん！　うちに男なんて要りませんって！」

ヘルさんのところは『破壊力』だろうか。近接戦闘、砲撃、多彩なサポートと、メンバーによって得意戦法に差はあるが、パーティー全体としてのカラーはやはりその攻撃力にあると思う。

特にリーダーのヘルさんは、ニコラさんも憧れた泥臭い肉弾戦がウリだ。

「おや、大人気じゃないかレメ。だが最初に目を付けたのは私だぞ」

「あたしは前パーティーにいる時から鍛えてる奴だなって気付いてたけどな」

「どっちも既に高ランクじゃん。レメさんは一から上がっていくのが好きだって。だっておじさんそれで振られたんでしょ？」

自分の話題で周囲が盛り上がるというのは、中々ない経験なので照れくさい。

……いや、最近ニコラさんとミラさんが僕の話で盛り上がってたか。僕のファンという非常に貴重な存在が邂逅《かいこう》するとあぁなるのか、と嬉しいやら気恥ずかしいやらだった。

「スカハ、お前さんとこはどうだ？」

ヘルさんに話を振られたスカハさんは、少し考えるような間を開けた後、こう答えた。

「……うちは、今の構成に満足してる」

僕に気を遣って、角が立たない言い方をしてくれたのだろう。

魔王軍参謀レメゲトンとしての正体はこの場の誰も知らず、フェニパ時代と先日のタッグトーナメントだけが僕の実力の指標なわけだが、全ての人から高評価を得られるわけではない。

タッグトーナメントの件で、確かに好意的な意見も増えた。

けれどダンジョン攻略で有用かは、また別。

あの戦い方では多人数に対応出来ないし、優秀な相手を倒す代わりに退場寸前の負傷では割に合わない。

【黒魔導士】はサポート役。戦闘に参加してサポートが疎《おろそ》かになってはダメだ。

元々大会用に考えた戦い方なので僕は問題ないが、『そのままダンジョン攻略に組み込めるか』という観点だと、ダメダメだろう。

エアリアルさん、ヘルさん、レイスくんの三人はそれぞれの理由で僕を評価してくれているが、一般的な感覚とはズレている。

そういった存在は貴重で、とてもありがたいのだけど、一般論だと勘違いしてはダメだ。

第一、あれくらいで世間の評価が引っくり返るなら、そもそもフェニパを脱退するようなことにはなっていない。

「みんな、レメに興味津々《きょうみしんしん》なのはいいが、続きは食事をしながらにしようじゃないか」

エアリアルさんの言葉に、反論は出てこない。

「そうですね。ま、先に食い始めてる奴らもいますが」

スカハさんが言い、ヘルさんが「並んでる飯を食って何が悪い」と言い返す。

「あのー、これって僕も居ていいんでしょうか？　何か違う企画の顔合わせなのではと思うんですけど」

「いや、いいんだよレメ。君が言い触らすとは思っていないしね」

「レメさん、俺の隣座りなよ。タッグトーナメントの話を聞かせてほしいな。なんで第九十九位と組むことになったのか、とかさ」

「あぁ、あたしもあいつのことは気に入ったぞ。特にトーナメントで見せた殴り合いは最高だったな！」

「……そういうことなら、俺はフルカス戦について聞きたい。あの槍《やり》の攻略法はどう気づいた？　同種の魔法具を知っていたのか、あるいは勘か？」

レイスくんに腕を引かれるまま、卓につく。

ヘルさんやスカハさんも、トーナメントについて興味があるようだ。

夢のようなメンバーに新たな冒険者を二人加えた、とても豪華な席で、その日は食事を楽しんだ。

彼らが全員敵だと思うと、改めて脅威だなと頭の隅で思いながら。

勝つ為に仲間を集めようと動いてはいるが、果たしてどうなるだろうか。

僕は、レイドが決まってすぐに送ったメールの数々について、思いを馳《は》せる。

◇

「どうですかい、【炎の】旦那《だんな》。ご注文通りに仕上がったと思いますが」

杖《つえ》をついた老店主の声に、私は頷く。

「素晴らしい出来です」

「そりゃあよかった」

店主が嬉しそうに破顔する。

小さな部屋だ。

人の精神を魔力体《アバター》に移し替える装置——繭《まゆ》がワンセット置かれていて、あとは鏡があるくらいか。

魔力体《アバター》生成店の、完成品確認用の部屋だった。

鏡に映る自分の魔物姿を確認した私は、店主の仕事に称賛の言葉を贈る。

「しかし旦那、どうしてまたこんな魔力体《アバター》を？　しっかり違法にならない範囲に収めときましたが、

【炎の勇者】が魔人のフリとは」

魔力体《アバター》は魔力で分身を作る技術だが、分身の生成には規制がある。

当人と見分けがつかなくなるような改造は、違法になるのだ。

たとえばレメが角を生やしたところで、レメと分からなくなる者はいないだろう。

仮面や顔を隠すフードなどは『装備』に該当するので、これも問題ない。

あくまで身体そのものを、他人レベルに変更することが問題。

「いつか必要になる時が来るかもしれない、と思いまして」

私の曖昧《あいまい》な返答に店主は最初首を傾《かし》げたが、すぐに納得したような声を上げた。

「？　……あぁ、アレですかい。この前映像板《テレビ》でやってた、えー、とーなめんとっちゅうやつですか。お忍びで参加するおつもりで？」

先日行われた、種族不問のタッグトーナメント。

主催者である魔人のフェローし氏は、あぁいった催しを今後も開催予定だと公式に発言。

また、ダンジョン所属の亜人には顔を隠して魔物役をやっている者が多く、そういった者たちにも配慮して素性を隠しての参加が許可されていた。

同様に、人間《ノーマル》も正体を隠して参加することが可能なので、老店主は私がそういった催しに参加するつもりなのではないかと推測したようだ。

「たまには、【勇者】フェニクスと知られないままに戦うのもよいかなと」

明確には答えず、嘘《うそ》にならない範囲で応じる。

先日レメから連絡を受けた。彼が頼み事をするのは珍しい。

内容を確認し、私はそれを快諾。

「はっはっは。確かに勇者は求められるものが多い。息抜きも必要でしょうな」

「ええ」

息抜きどころか、とても大きな戦いに臨むことになりそうだ、とは言えない。

「しっかし、あの頼りなげな美少年が、今は世界ランク第四位になるとは、時の流れってのは速いもんですな」

「一位になるまで、付き合っていただきますよ」

今後もこの店の世話になるつもりだ、と遠回しに伝える。

「こりゃまた、嬉しいことを仰《おっしゃ》る。そうなれば、世界一位の魔力体《アバター》を作ってるってことで、今よりも繁盛しそうだ」

初めてこの店を利用したのはまだ十代の頃だった。

あれから幾《いく》つかの店舗を利用したが、今ではここを頼りにしている。

魔力体《アバター》生成店といっても、経営するのは人。それも、一般人よりずっと冒険者に詳しい人間だ。

そういった者には悲しいことに、冒険者業界同様【黒魔導士】を不当に低く評価する者が多い。

パーティーで店を訪れた時の対応で分かるのだ。

レメにだけ目に見えて態度が悪くなったり、嘲笑《ちょうしょう》を浮かべる者さえいた。

そんな中、この老店主はどんな客だろうが平等に扱う。

【役職《ジョブ》】に関係なく、客は客として接する。

その姿勢に感銘を受けた私は、以来積極的にこの店を利用するようになった。

仕事柄移動が多いので中々難しいが、可能な限りこの店で魔力体《アバター》を作るようにしている。

……とはいっても、滅多に魔力体《アバター》を再生成することはないのだが。

予備の魔力体《アバター》や、細かい調整などを依頼するのが主だ。

今回は、魔人魔力体《アバター》の制作を依頼。

そしてそれは完璧《かんぺき》な仕事だった。

「そうだ、ご店主。もし映像板《テレビ》でこの姿を観ることになっても――」

「安心してくだされ。お客様の情報を流すほど耄碌《もうろく》しちょりません」

この店主ならば大丈夫だろう。

「不要な心配でしたね。……では本体に戻ります」

「えぇ」

店主が部屋を出ていく。

私は繭に入り、精神を本体に戻す。

二つある内の、本体が入っている装置が開き、私は装置から降りた。

そして、魔力体《アバター》情報の記録された登録証を繭から引き抜き、首に掛ける。親指サイズの金属板で、全ての冒険者がこれを所有している。

部屋を出て、廊下を進み、受付のある空間に戻ると――。

「お話があります」

そこには店主の他に、美女が待ち構えていた。仲間だ。エルフで、射手。

【狩人】リリーだった。

「リリー……どうして此処に？」

彼女は真剣な表情で私を見つめている。

「レメに相談があるのです。貴方を通した方がよいと考えました」

「そう、か……」

彼女はちらりと店主を見た。

「場所を移してお話出来ますか？」

半ば追放に近い形で脱退した元パーティーメンバーに相談があるなんて、只事《ただごと》ではない。

人には聞かせられない話なのだろう。

「……あぁ、もちろん」

◇

「ケイ！　ケイ！　聞いてくれさっきレメさんからメールがきて――グハァッ……！」

ノックもなしに部屋に入ってきた豚主を、後ろ足で蹴《け》り飛ばす。

スーツ姿のオークは壁面に叩きつけられ、それから派手に床に落下した。

「ノック」

わたくしは、短く相手の問題点を指摘。

「ご、ごめん……けど、罰が重すぎないかい……ごふっ」

そう言って頬《ほお》を床につける彼は、上司であり、幼馴染《おさななじみ》でもあるダンジョンマスター——トール。

「速《すみ》やかに顔を上げなさい。わたくしの部屋の床を舐めたいという貴方《あなた》の欲望は否定しないけれど、実行に移すのは控えて頂戴《ちょうだい》」

「舐めてないし舐めようと思ったこともないよ！」

トールが起き上がって抗議するが、わたくしは取り合わない。

「どうだか」

「信用がなさすぎないかい？　僕ら、子供の頃からの仲じゃないか」

「しん……よう？　良い言葉を知っているのね。わたくしに黙ってフェローに騙《だま》された豚主の辞書に、信用という言葉が載っていたとは驚きだわ」

「ぐっ……あれは君を信用してなかったとかではなく……情けなくて」

「ふっ、それこそ今更ね。出逢った時から既にでしょう」

「ねぇケイ、僕は既に身も心もズタボロだよ……」

「冗談ではないけれど、本題に入っていいわよ」

「冗談であってほしかった……。まぁ、いいか。君の毒舌だって昔からなんだし」

トールはそう言って苦笑している。

その様子からは先程の蹴りのダメージは見受けられない。

普通の人間ならば、ケンタウロスの蹴りを喰《く》らえば最低でも胸骨が粉砕されるが、オークの彼には激痛を感じる程度。

仕置きには丁度よいというもの。

「それで？」

「あ、そうそう。レメさんの……レメゲトン殿の指輪を覚えているかい？」

「当然よ。契約したじゃない。貴方も、わたくしも」

そう。お礼ではないけれど、わたくしとトールは彼と契約した。

相手の好きな時に喚び出される契約なんてぞっとするが、あの青年に限って悪用の心配は無用。

「さっそく、力を貸してほしいって連絡が来たんだ！」

トールは嬉しそうだ。

その気持ちはまぁ、分かる。借りを返す機会を得られたこともそうだし、自分たちを助けてくれた人が、自分たちの助けを求めてくれているということも、喜ばしい。

大げさに言えば、光栄だ。

「僕は受けるつもりだけど、君はどうする？」

そんなもの、答えは決まっている。

◇

「あのさ……兄さん」

「ダメだ」

おずおずと話を切り出そうとするボクに対し、メガネを掛けた神経質そうな青年が否定の言葉を口にする。

「まだ何も言って無いんだけどっ……!?」

青年はボクの兄であり、現在のパーティー方針を打ち出し成功に導いた人でもある。

【金剛の勇者】フィリップだった。

「ニコラ、お前の顔を見れば何を言いたいかは分かる。――レメ殿との逢引ならば認めん」

「あ、逢引とかじゃ、ないし……」

完全に的外れってわけじゃないから、強くは否定できない。

ボクが拗《す》ねるように視線を逸らすと、兄がフッと笑った。

「……冗談だ。彼の黒魔法があれば、万に一つも世間にバレることはないだろう。具体的な日にちが決まってから、また言え。スケジュールを調整する」

「え、いいの？」

意外にもすんなり許可が出たことに、ボクは驚いた。

「タッグトーナメントや『初級・始まりのダンジョン』の件で我がパーティーの注目度は上がり、仕事も増えているが、休みがとれない程ではない」

かつて一度冒険者活動に失敗した兄は、二度目は失敗しないようにと様々なことを学び、このパーティーの発展に活かしてくれた。

パーティーメンバーを成功させることに重きを置いているとはいえ、この兄は決して話の通じない人ではない。

そのことを、ボクは最近までよく分かっていなかったようだ。

気づかせてくれたのは、ボクの尊敬する一人の【黒魔導士】。

先日、そのレメさんから連絡が来たのだ。

もちろん協力したいけど、少しだけ問題がある。

魔力体《アバター》……どうしようかなぁ

レメゲトンに協力するということは、普通に考えれば魔物になるということ。

【銀嶺の勇者】ニコラだとバレないようにしつつ、魔物に偽装する必要がある。

レメさんのように偽物の角を生やして【魔人】に扮《ふん》するというのが無難なんだろうけど……。

【魔人】は大抵《たいてい》が【魔法使い】なので、進んで近接戦闘を選ぶ者は少ないのだ。

それでも、人間《ノーマル》に比べたら強靭な肉体を持っているので、いないこともないのだが……。

ボクの戦闘スタイルを考慮すると、近接戦闘と土属性魔法を得意とする種族に化けた方が合っているように思う。

そのような種族……。

「──あ」

いるじゃないか。

「なんだ？」

訝《いぶか》しげにこちらを見る兄に、ボクは「なんでもない」と胸の前で手を振って誤魔化《ごまか》す。

「休みの件、日程が決まったら、また改めて相談するよ」

「……あぁ」

さて、思いついたからにはすぐに行動に移さないと。

魔力体《アバター》生成が間に合わないなんてことになったら、大変だ。

第二章 魔王城で働きませんか？ アットホームな職場です

『難攻不落の魔王城』は全体に一貫したコンセプトがあるわけではない。

その分、各フロアごとには明確に定められている。

特色とか傾向、あるいは統一感と言ってもいいかもしれない。

人狼《じんろう》や吸血鬼だけとか、水棲《すいせい》魔物や武人で固めてあるとか、夢魔《むま》だらけで抵抗《レジスト》能力がないときつかったり、試練という名の難題を解かないことには先に進めなかったりとか。

僕の担当する第十層はまるっと人がいなくなっていたこともあり、僕一人だった。

そこを渾然《こんぜん》魔族領域なんて言って、大勢の仲間を呼んで乗り切ったのが、前回の対フェニクスパーティー戦。

魔力と引き換えに、予《あらかじ》め契約を済ませておいた者を召喚《しょうかん》できる指輪。

魔王様にもらったあの魔法具がなければ、どうなっていたか。

「……メさん」

剣士が名刀を求めることや、職人が道具にこだわることが悪でないように。

攻略・あるいは防衛の為《ため》に高機能の魔法具を求めることも問題ない。

そもそも、魔法具は誰《だれ》でも強くなれる道具ではない。

フェニクスパーティー所属の【戦士】アルバが持つ魔法剣だって、素人《しろうと》では思うように操《あやつ》れない。

【刈除騎士《かりそくきし》】フルカスさんの鎧《よろい》や槍《やり》も同じ。

たとえば単に力が強くなる魔法具を手に入れたところで、強くなった力を自在に操るには相当な鍛錬《たんれん》を積まねばならないだろう。

この指輪だって、魔力がなければ誰も喚《よ》べないただの装飾品だ。

だから、それはいいのだが……。

——魔力が足りない。

「……レメさん」

出向という形で参戦可能なケイさんやトールさん、再登場可能な四天王《してんのう》の面々はいいとして、召喚しないことには力を借りることが出来ないメンバーの方が多い。

だが、召喚するには、対象の魔力体《アバター》構築に必要な魔力と同等の魔力を、召喚する側が負担する必要がある。

単純に、強い人を召喚するには膨大な魔力が必要、ということ。

魔力の件をなんとかする方法も考えつつ、やはり正式な仲間が必要になってくるだろう。

今回のレイド戦だが、通常攻略とは異なるルールが幾《いく》つかある。

魔力体《アバター》が活動限界を迎えて崩壊すると、その人は退場扱いとなる。

ただし、その層を攻略できた場合、次の層では復活することが出来るのだ。

まぁ、同日に複数層の攻略を行う場合は、復活権が付与されないなどの細かいルールもあるのだが。

また、四天王などの一部の魔物も、一度限りではあるが、のちの層に再出現が可能。

だが今回、冒険者たちは一度退場すると、次の層以降でも復帰が出来ない。

そして魔物側は、レイド戦が開始されてから終了するまで、配置換えによって異なる層に出現してはならない。

前回、【人狼の首領《しゅりょう》】マルコシアスさんの部下や【黒妖犬《こくようけん》】らをこの方法で第十層に配置したが、これは出来ないというわけだ。

魔法具や魔法による召喚や、四天王を含む幹部指定魔物に与えられる、一回限りの再登場は例外。

その分……というわけではないだろうが、冒険者たちは魔力体《アバター》の損傷を修復する注射器の使用回数制限がなくなったり、フロアボス二体撃破につき一回の復活権が付与される——前述の復活不能は、このルールを適用する場合に限り覆《くつがえ》る——などの救済措置もある。

細かいところで、普段の攻略とは異なるわけだ。

「さんぽー……っ！」

可憐《かれん》な大声に、僕の意識は現実に引き戻された。

「あ、あぁ、カシュ。どうしたんだい？」

彼女にしては珍しく、頬《ほお》を膨《ふく》らませている。

「なんどもおよびしたんですよ？」

「ごめん。考え事をしてて」

謝りながら、ふと彼女の頬を指で押すと、ぷしゅうと空気が抜ける。

彼女は一瞬恥ずかしそうにはにかんだ後、すぐに心配そうな顔になった。

「しんじんさんのけん、ですか？」

僕らは、参謀用に充《あ》てがわれた執務室にいた。

木製の高級そうな机はまだ馴染《なじ》まないが、椅子《いす》の座り心地は好きだ。

そんな机の上には、第十層勤務希望の人たちから届いた履歴書が広がっている。

「それもある、かな」

魔力の問題が片付かない限り、指輪をあてに出来ない。

違うか。前回のような使い方が出来ないし、それではあいつを呼ぶなんて無理。

だが、今はそのことについて考えている場合ではない。

目の前の仕事に集中すべきだろう。

「とはいえ、紙に書かれたことを読むだけだといまいちピンとこないんだよな……」

◇

先日のこと。

「魔物を募集することとした。各フロア、希望があればあとで余かアガレスに言うように。今でもよいぞ」

と、魔王様が会議で言った。

その時ばかりは全フロアボスが集められた。

会議室も、いつもとは違う部屋だった。

「参謀殿に率いられた【黒妖犬】たちの動きを拝見してから考えていたのですが、彼らをグループ分けし、それらを率いる者がいればより効率的に敵を撃退出来るかと。【調教師】持ちがよいでしょうな」

と言ったのは、第一層フロアボス【地獄の番犬】ナベリウスさんだ。

基本的には犬の獣人。二足歩行の人型で、全身を毛が覆《おお》っている。普通と違うのは、三ツ首というところか。

全《すべ》ての頭に個別の人格があるようなのだが、全員揃《そろ》ってナベリウスさんでいいらしい。

主にコミュニケーションを担当しているのは真ん中の頭。

ちなみに、普段は三ツ首揃ってサングラスを掛けている。

「私は特には……。いえ、退場させずにダメージは与えたい。罠《わな》設置の得意な【狩人《かりゅうど》】、あるいは【工作者】がいれば迎え入れたい。お願い出来ますかな」

第二層フロアボスの【死霊統《す》べし勇将】キマリスさんだ。

現在の魔王城では年齢の高い職員ということになるだろう。四十ほどだろうか。魔人は角が生えている以外は外見が人間《ノーマル》と大差ないので、見た目から年齢を推し量ることも難しくない。

紫がかった黒い髪はサラサラで、長さは背中にギリギリ掛かる掛からないかくらい。額を出すように前髪を分けており、普段は後ろ髪を結んで左肩前に垂《た》らしている。

側頭部から上向きに生える一対の角は黒で、魔力体時《アバター》の鎧にも、今日着ているジャケット姿にも合っていた。

どこか陰鬱《いんうつ》な雰囲気を漂わせているが、基本的には騎士然《ぜん》としている人で、適性があるのか剣技も優れている。

第十層における対フェニクスパーティー戦では、訓練機関を出たばかりとはいえ、【氷の勇者】ベーラさんを打倒したほどだ。

ただ【死霊術師】としての面が強く出ると、なんて言えばいいか、熱心な蒐集家になるのだ。

【死霊術師】は、死者の骸《むくろ》を操る。もちろん現代で死体を操るのは違法なので、この【役職《ジョブ》】が役立つのは魔物くらいだろう。

退場寸前までダメージを与えた敵の魔力体《アバター》を奪い、支配下に加えるのだ。

「吸血鬼で、操血《そうけつ》能力と再生能力がそれなりにあれば他は特に求めません。雇った後で教育しますので」

第三層フロアボス【吸血鬼の女王】カーミラことミラさんは、ニコリと微笑《ほほえ》みながら言った。

僕やカシュには優しいミラさんだが、魔物としてはドSキャラで有名。

前職で若い女性ということを理由に冷遇されていたことから、実力を評価してくれた魔王様を敬愛している。

カーミラの部下はみな異様に忠実で、フロアボスを崇《あが》めてさえいた。

その人心掌握術《しょうあくじゅつ》は凄《すさ》まじいが、僕には真似できそうにない。

人にはそれぞれ、自分に合ったやり方というものがあるのだ。

目が合うと、ミラさんは嬉《うれ》しそうな顔をした。

僕も自然と笑みを返す。

「人狼の漢を頼めるだろうか、魔王様ッ！　無論魂が漢であれば、性別は問いませぬ！」

第四層フロアボス【人狼の首領】マルコシアスさんだ。

銀の髪は短く切られており、爽《さわ》やかな感じ。赤い目は燃えているようで、高い背丈は威圧感よりも頼もしさを感じる。精悍《せいかん》な顔立ちをした人間《ノーマル》に見えるが、人狼は人間状態と狼獣人状態を切り替えることが可能。

そんな彼は、色付きの『ドウギ』なる衣装を身に纏《まと》っていた。

部下を兄弟と呼び、根性論を唱えて鍛えているかと思えば、第十層ではフェニクスに一撃を食らわせるなど、戦闘での立ち回りは考えなしのそれではない。

熱い魂に、冷静な思考。魔王城のフロアボスを務めるだけある強者で、快男児。

「はいはーい、五層は可愛《かわい》い夢魔ちゃん限定でーす」

元気よく答えたのは第五層フロアボス【恋情《れんじょう》の悪魔】シトリーさん。

元々喫茶店くらいの規模だった第五層は、レイド戦開始までに『改築』するそうだ。少し広くするらしい。

「うーん、水魔法が使える子がいると助かるかしら」

第六層フロアボス【水域の支配者】ウェパルさんは美しい人魚だ。

波打つように伸びた金の長髪は青みを帯びており、下半身の鱗《うろこ》はその一つ一つが宝石のように光を反射している。上半身は胸部を貝殻っぽいデザインの水着で隠しているだけで、他は白い肌を惜しげもなく晒《さら》していた。

彼女は下半身を人のそれに変化させることも出来るというが、二足歩行している姿を見た者はいないと言われていた。

地上に出る際は、台車と浴槽を合体させたようなものを活用。彼女は水がなみなみと注《そそ》がれた磁器製の白い浴槽に浸かり、それを部下が押すのだ。

「ありがたいですが、我が第七層に追加人員は不要でございます」

第七層フロアボス【雄弁なる鶫公《つぐみこう》】カイムさんは中々ユニークな格好をしている。

彼は鳥人という種族で、鳥の頭部に羽毛や翼を備えているのだが、その上にどういうわけか——鳥の着ぐるみを着ているのだ。

テーマパークのマスコットキャラクターのような格好をしているわけで、中の人の姿は隠されてしまっている。

着ぐるみは中の人をデフォルメしたようなデザインをしており、ハテナマークの描かれた派手な色合いのトップハットを被《かぶ》っている他、紳士めいたステッキも持っている。

クイズを出すのが好きで、その時は杖《つえ》をくるくる回しながら喋《しゃべ》るのだ。

「……心身共に、強き者を」

そう言うのは、私服姿で参加の第八層フロアボス【刈除騎士】フルカスさん。

我が剣の師は、今日の会議では起きているようだった。大体《だいたい》寝てるから、少し心配だったのだ。

「ふむ。参謀殿はいかがですか？」

第九層フロアボス【時の悪魔】アガレスさんが僕を見た。

銀髪のオールバック、露出した額の両端から山羊《やぎ》のような角を生やした魔人。

彼のフロアは魔人ばかりが出てくる。純粋な武力が第八層だとすれば、大規模な魔法戦が行われるのが第九層。

新たに雇うとしたら、それも魔人だろう。

気づけば、全員の視線が僕に向いていた。

「えぇと……やる気がある人、でしょうか」

時間が止まったかと思った。

もちろん違う。全員が同時にぽかんとしたので、そんな錯覚に襲われただけだ。

しばらくして、時が動き出したように各人が反応した。

「うむ！　分かるぞ参謀殿ッ！　重要なのは能力以前に心、ということだな！」

マルコシアスさんが感心したとばかりに何度も頷《うなず》いている。

「参謀殿は手許《てもと》の戦力で勝利への道を築く御方。部下に求めるのは能力ではなく、意気ということなのでしょうな」

ナベリウスさんも腕を組んで納得げ。

「元より種族にこだわらない参謀殿のことです、それらを制限するような条件は設けぬということであリましょう」

キマリスさんまで。

ミラさんは少し困ったように、シトリーさんは楽しげに、それぞれ笑っていた。

カイムさんは着ぐるみの奥から、愉快そうな笑い声を上げる。

「うむ。だがレメゲトンよ、それでは希望者が殺到するぞ。条件など無いに等しいからだ」

魔王様の言う通り。

確かに、やる気のある人歓迎というだけだと、よくある誘い文句でしかない。

「そうしたら……自分が勇者を倒すんだって気概のある人……で、どうでしょう」

魔王様ことルーシーさんは僕の言葉につぶらな瞳《ひとみ》をぱちくりさせたが、すぐに小さく吹き出した。

「……ふっ、よいだろう。応募者は、勇者を打倒せんと貴様の許《もと》に集うわけか」

そんなこんなで会議が終わり、みんなが部屋を出ていった後のこと。

魔王様に残れと言われていた僕は、言う通りに部屋にいた。

魔王様と二人きりになる。

アガレスさんは同席したがったが、魔王様に追い出されて寂《さび》しそうに去っていった。

「第十層・渾然魔族領域、か。あらゆる強者たちが差別なく共闘する、魔王軍参謀の領域。求める者に種族や【役職《ジョブ》】の制限を設けないのは、その為か？」

魔王様の問いに、僕は頷く。

「……【黒魔導士】でも勇者になっていいし、勇者に勝っていい。僕はそう思います。誰でも気軽にとは言えないけれど、その気があって、その為に努力した人を、最初の段階で弾《はじ》きたくないと思いました」

フェニクスパーティーを抜け、再就職先を探していた時。

【黒魔導士】というだけで忌避《きひ》され、面談さえもままならなかった。

今回は自分が面接する側になったが、当時の自分と同じような想《おも》いを誰かに強《し》いたくはない。

「ははっ、それをレイド戦、更には自身が魔力不足の状態で吠《ほ》えるのだから貴様は大物だな。あるいは大馬鹿者《ばか》か？　どちらにせよ、見ていて飽きん」

「……ありがとうございます、でいいんでしょうか」

「さぁなぁ。おっと、本題を忘れるところであった」

魔王様から笑みが消えた。

「魔力を急速に溜《た》められる方法がある、と言ったらどうする？」

「――――」

「ただし、険しい道だ。余もあの男も習得出来ていないのだ。そしておそらく……現代でこれを習得しているのは、世界中で三人もいないだろう。その内の一人がお祖父様だ」

フェロ―さんと魔王様が習得出来なかった、ある方法。

【魔王】の才があっても身に付けることの出来ない技能。

あるいは、必要なのは才能だけではないのか。

「ほとんど不可能事と言っていいだろう。このようなことに時を割《さ》くくらいならば、他の鍛錬《たんれん》に費やすべきだ。だが、その不可能を可能に変えられたのならば、貴様は【炎の勇者】を打倒した時以上の魔力を得られる」

「やります」

「即答か」

魔王様が、ニヤリと笑う。

「無茶は、師匠との訓練で慣れていますから」

「ふっ。さすがは、人の身でお祖父様の角を継承した男ということか。よかろう、では不可能事を覆してみせよ、我が参謀レメゲトン」

魔王様の命に、僕は臣下の礼を以《も》って応《こた》える。

「必ずや」

◇

早速修行といきたかったが、そうはいかないようで、後日改めて行うこととなった。

そしてついに、レイド戦の開催と参加メンバーが正式に発表された。

映像板《テレビ》では連日その話題で持ち切りで、電脳《ネット》上では『難攻不落の魔王城』がついに完全攻略されるのではないかという意見が大勢を占めた。

我らが魔王軍も、正式発表に合わせ人材募集の告知を開始。

ホームページ上での告知が主だが、レイド戦の報道と併せて様々な番組でも言及《げんきゅう》されているので、それらが宣伝の役割を担ってくれている。

話題性もあって、各層に募集が殺到して大変だった。

そして、面接当日。

事前に希望者たちの情報をまとめた書類などは確認済みだが、やはり直接逢わないことには分からないことというものがあるだろう。

明らかに魔物役を果たせない者や、フロアボスたちに逢いたいだけと思われる人は省《はぶ》いたが、それでもかなりの数が残った。

今日の朝、ミラさんに「レメさんが必要だと思った人材を登用してくださいな。女性を選ぶなどとは申しませんとも……ふふふ」と言われたが、実際応募者には女性も多い。

彼女らしくないと一瞬思うも、そうではないと考え直す。

ミラさんが僕の、仲間の勝利を邪魔《じゃま》したことなどないではないか。

ただ少しばかり、自分以外の女性との接近を阻《はば》もうとしているだけで……。

「さんぽー、おじかんです」

「ありがとう、カシュ。今行くよ」

秘書に導かれるまま、僕は部屋を出て面接会場へ向かう。

各フロアの志望者を面接するのは、そのフロアのボスと他幹部、あとは人事部の職員だ。

人事部の長はアガレスさんなのだとか。四天王に人事に魔王様のお世話——最後のは自主的だけれども——と、忙しそうだ。

参謀ということで形式上は魔王様のすぐ下に位置する僕は、ほぼ全フロアの面接に立ち会った。

幾つかの部屋で同時進行だったので、時間的に第十層のそれと被った階層の面接には参加出来ないが。

というわけで、第十層の面接である。

会場は既存の会議室を流用したもので、楕円《だえん》形の巨大なテーブルと、それを囲むように配置された椅子が並ぶ空間だ。今回は、円を構成する中でも曲線が緩やかな方に人が座る。

僕を含む四人の面接官と、その対面に志望者一人ずつという形だ。

面接官は僕、カーミラ、人事部の魔人さんと、フルカスさん。

魔人さん以外は魔物衣装だ。

『勇者を倒す気概のある人』で募集を掛けたが、他のフロアと違って具体的な条件が設けられていなかった所為《せい》か、希望者の数は多かった。

僕が思うより、言葉を軽く受け取られてしまったのかもしれない。

半数の面接が終わった時点で、ピンとくる人はいまだゼロ。

「能力的には及第《きゅうだい》点の志望者もおられたかと思いますが」

金髪でボブカットの魔人さんが言う。女性で、角は側頭部から生えている。渦巻状で、色は黒。

ちなみに、彼女は第九層の副官魔物も兼任している。

ダンジョン防衛時とそれ以外をきっちり分けたい性格のようで、こういった時には本名であるウサグーの方で呼んでほしいとのこと。

また、魔力体《アバター》でない時は、スーツをきっちりと着込んでいる。

半数の面接が終わったところで、そんなウサグーさんが声を掛けてきた。

僕は目許を隠す仮面を外しながら、応じる。

「そう、ですね。ただ戦いは……なんて言えばいいんでしょう、能力が数値化出来るとして、それを比べて勝敗が決する、というようなものではないので」

「だとしても、能力があるに越したことはないのでは？」

「ええ、でも能力だけがあっても意味がない」

「『勇者を倒す気概』こそが、重要であると？」

「僕が一番大事だと思うのは、意志です。これを成すのだという目的と、その為にどんな努力も惜しまない意志。複数人で一緒に戦う時、その部分を共有しなければ厳しいと思います。性格も年齢も性別も主義もバラバラでいいけど、目的だけは一致しないと。集団として一つになる為に、唯一必要なことがあるとすればそれじゃないかなと思うんです」

「……これまでの志望者の中に、自分こそが勇者を倒すと言った者も多かったですが」

「口先だけの者ばかりでしたよ。見ていれば分かるでしょう」

カーミラ状態のミラさんが口を挟んだ。

「魔力器官も身体《からだ》もろくに鍛えていない者が、理想ばかり吠えたところで意味はない」

黒騎士状態のフルカスさんも続く。

「……お三方がそう仰《おっしゃ》られるのであれば。ですが、この調子で採用者ナシということになると、困るのは参謀殿かと」

人員強化の為に人を募っているのに、誰も彼もを不採用にしていては目的を達せない。

彼女の懸念も尤《もっと》もだった。

理想の人材を追い求めるあまり、誰も採用できなかったなんてことになったら、結局第十層の構成員は僕一人のままになってしまう。

「そうですね。そうなんですけど……」

それでも、やはり求める人材を妥協することはできなかった。

そんなこんなで、後半戦。

僕は再び仮面を装着した。

「次の方は――人間《ノーマル》の志望者ですね。五人組での採用希望で、かつ短期契約限定とのことです。

まぁそれもそうでしょう、なにせ……冒険者ですから」

僕の例があるように、冒険者が魔物になっても規定違反などにはあたらない。

ただ、移動の多い冒険者と待ち構える魔物の兼業は非常に難しい。

このパーティーは、それをレイド戦終了までの短期間に限定することで解決しようというわけだ。

「あっ。私、このパーティー気になっていたんです。【黒魔導士】二人、【白魔導士】二人、【勇者】一人という構成でランク百位以内に入っている、非常に珍しい冒険者ですから」

ミラさんの言う通りだった。

いつだったか彼女が言っていたが、ランク百位以内の【黒魔導士】は僕含め三人。

僕はもうフェニクスパーティーではないので、現在は二人。

その二人は一つのパーティーに所属している。

業界で冷遇されている【黒魔導士】と【白魔導士】を各二人ずつ組み込むということで逆に目立つことに成功したわけだが、それだけで生き残れるほど冒険者は甘くない。

異色なだけならば、一時的に注目を集めてもすぐに飽きられる。

彼女のパーティーは――。

「待ちくたびれたわ！」

扉が開く。

すると扉の方から何かが転がってきて、床に広がった。レッドカーペットだった。

そして、華美な椅子に腰掛ける美女が宙に浮きながら入室。

違う。彼女の座る椅子を、二人の男性が持ち上げているのだ。

カーペットを広げる係、彼女を運ぶ係二人、そして異様に大きい扇《おうぎ》で涼を提供する係。

最後が、それらの待遇を当たり前のように享受する美女。計五人。

【黒魔導士】は黒スーツ、【白魔導士】は白スーツ。四人ともに青年で、イケメン。

そしてそれを従える彼女の名は――【絶世の勇者】エリー。

銀灰の髪と瞳をした、勝ち気そうな美女だ。

重量感のある髪は二つに結われ、螺旋《らせん》を描くように巻かれている。貴族のドレスをド派手に改造したような衣装はヒラヒラのふわふわで、彼女によく似合っていた。

「よろしく魔王軍！　そして感謝なさい魔王軍！　レイド戦限定とはいえ、このアタシと可愛《かわい》い下僕《しもべ》たちの力を借りられることにね！」

彼女たちはランク九十五位。

第九十九位のフィリップさんやニコラさんのパーティーよりもランクでは上。

その戦法は極《きわ》めてシンプル。

【黒魔導士】の二人が敵を弱らせ、【白魔導士】の二人がエリーさんを強化。

そしてエリーさんが全ての敵を打倒する。

シンプルだが、彼女たちの凄まじいところは攻略結果だ。

彼女たちは、投稿されている全ての攻略映像の中でただの一度も退場せず、またエリーさんはただの一度もダメージを負ったことがない。

足手まといを四人抱えていると考えた者も、このパーティーの攻略映像を見ると何も言えなくなる。いや、違うか。否定したい人たちはこう言う。

勇者の能力が群を抜いて優れているだけだ、と。

四人を別の【役職《ジョブ》】で固めればもっと上に行けるのに、と。

けれどその意見は的外れだ。

このパーティーに限り、この構成は正しい。

ただパーティーの誰もそれを語らないこともあり、世間的には容姿や構成、エリーさんのキャラクターや鮮やかな攻略で目立つ『なんか派手な冒険者』という評価をされている。

最初のインパクトだけでなく、実力も伴っているからこそ、ランク上位に食い込んでいるというのに。

「は、はぁ……えぇ、では着席……は既にされているようなので、あぁ他の四名も……え、このままでいい？　……そうですか。ではまず、志望動機は？」

「アナタ、馬鹿？」

人事のウサグーさんが、目許をひくつかせた。

「勇者を倒す気概のある者、だったわよね。これを書いた者は最高だわ。アタシは、そのフレーズを見てすぐに応募したんだから。志望動機？　そんなの聞くまでもないことじゃない。それでも言えと言うなら言いましょう。拝聴なさい！　――【勇者】の撃退よ」

――へぇ。

その、あまりに堂々とした姿に、僕は感動に近い感情を覚えていた。

これまでの志望者の中にも同じことを言う者はいた。だが自信なさげであったり、恥ずかしげであったり、あるいは逆に自信満々であったりした。

【勇者】を倒すということの難しさを知っているからこそ勝利を確信出来ず、知らないからこそ大きなことが言える。その二種類に分けることができた。

だがエリーさんは違う。彼女自身が【勇者】。それを倒すということがどういうことか、分からないわけがない。

その上で、レイド戦に参加する勇者たちを倒すというのだ。

他の四人の顔にも、迷いは無い。

「ですが、貴方方《がた》はランク九十五位とありますが」

「だから？　ランクで勝敗まで決まるなら、一生変動しないじゃない」

「いえ、ですから――」

「採用だ」

「――参謀殿っ⁉」

僕の言葉に驚くウサグーさんが目を見開く。

レメゲトン口調で言う。

「よろしく頼む」

「さすが参謀ね、見る目があるじゃない。絶対に後悔させないわ、安心なさい」

エリーさんは自信に満ちた笑みを浮かべた。

単に豪胆《ごうたん》なわけではない。彼女は自分の中にルールを持っており、それに忠実なのではないか。

そういう人はしばしば、常識外ととられる行動をとる。

入室の時もそうだし、退室もそうだった。

「用は済んだわ！　アタシはこの宿に泊まっているから、連絡しなさいね。さぁアナタたち、帰るわよ！」

「はっ、エリー様！」

スーツの四人が綺麗《きれい》に声を揃える。

カーペットを敷いていた黒スーツさんが懐《ふところ》から名刺大の紙を取り出し、卓上に置く。

そのまま五人は帰ってしまった。

「あはは、動画で観るより面白《おもしろ》い人たちだ」

僕が仮面の奥で笑っていると、異なる二つの視線が向けられる。

「レメゲトン様……あぁいう女性が好みなのですか？」

「いやいや……そういう話ではなくて」

ミラさんの口許は笑みの形に歪《ゆが》んでいる。でも分かる。楽しいから笑ってるわけじゃない。

「そんなことよりも、採用不採用はこの場で決めることではありません」

ウサグーさんは苦い顔をしていた。

「そうですね。アガレスさんには僕の方から話しておきます」

彼女も彼女で仕事をしているだけ。決められた手順や慣例というものがある。

他と違って求める人材の具体的条件が無いので、彼女もやり辛《づら》いことこの上ないだろう。

気持ちを計る面談なんてものに立ち会い、他の四天王は何故《なぜ》か参謀の判断に理解がある様子。

困惑するのも無理はない。

勝手をしたのは僕なのだから、上司への説明も僕がするべきだろう。

「そうではなく……いえ、承知しました。私は進行に注力することとします。ですが、先程のようなことは……」

「気をつけます。僕だけで決めるのはよくなかったですね」

……ただ、合否の発表は後日なんて言っていたら、エリーさんはその場で帰ってしまったのではないかと、そう思うのだ。この場で判断することも出来ないのね、と。

常識や手順に則《のっと》っていては、取り零《こぼ》してしまう才能というものがある。

勘に過ぎないけど、結果的にエリーパーティーを仲間とすることが出来た。

僕は宿の名前が書かれた小さな紙を手に取り、ポケットに仕舞う。

僕が頷くと、ウサグーさんは扉へ視線を向けた。

「次の方、どうぞ」

◇

最終的に、僕がこの人と一緒に戦いたいと思った人たちにだけ、触れようと思う。

まずはラミアのメドウさん。二十三歳、女性。

ラミアは蛇の下半身を持つ亜人だ。メドウさんは全体的に白かった。下半身を覆う鱗も、上半身の人の肌も、腰のあたりまで伸びた長髪もだ。

目はどうなのだろう、分からない。前髪が長いということもあるし、そうでなくとも——包帯で目隠しされていたから。

「履歴書を見るに過去三つのダンジョンで働かれていたようですが、現在は何を？」

「ぜ、ぜんぶクビになってしまって……」

ウサグーさんの質問に対し、彼女が言いにくそうに答える。

「それは何故でしょう？」

「っ……わ、私を雇ってから、動画を投稿する冒険者さんが減ったから……と」

彼女の『特技』が圧倒的すぎる為に、攻略は失敗。そんな無様《ぶざま》な姿は晒せないと、冒険者は動画をボツに。すると世間にダンジョンを知ってもらう機会が失われ、客足は遠のく。

難しいところだ。全力で勝負すべきだが、動画を配信するかは冒険者側が決めること。

人気商売で人気が下がるような映像は公開したくないというのが人の心。

彼女の場合は特に、激しい戦いの果てに勝敗が決する……という能力ではない。

出会い頭に決着がつく類《たぐい》の力。

惜敗ならば奮闘を称える声も期待できるが、惨敗した姿は誰だって晒したがらない。

「この魔王城でなら、それは繰り返されないとお考えですか？」

「わ、分かりません」

「では、何故今回、応募を？」

「こ、此処なら……【勇者】を倒してもいいと、思ったから、です」

普通のダンジョンでは、彼女の能力は手に余る。

だが此処でなら、『難攻不落の魔王城』でなら。特定の魔物に縛られない渾然魔族領域ならば、ラミアが【勇者】を倒しても問題ないのではないか。

『お前がいては冒険者が攻略映像を投稿してくれない』なんて理由で、クビにされることはないのではないか。

そう考えたのか。

「その通りだ」

採用！　と叫びたかったが、それだけに留める。

彼女の唇がぴくりと震え、それはやがて弧を描いた。

「よかった……」

彼女の安堵《あんど》の溜息《ためいき》が、あまりに切実で。

とても印象的だった。

◇

「得意なことですか～？　ふふ、お歌を歌うのは得意なんです～」

「いえ、そういうものではなく」

額の中央から螺旋状の筋が入った一本角が生えた女性だ。

魔人ではない。本人が言うには、先祖にユニコーンの血が混ざっているのだと。

人狼のように人間状態と馬人状態を行き来出来るそうで、どちらの場合も角は残るのだとか。

複数の種族の血を引く人は、現代では珍しくない。

彼女はシアさん。二十四歳。薄紫がかった色素の薄い髪はふわふわと肩まで流れ、同色の目は笑みの形に細められていてほとんど見えない。

よく手で頰を押さえる仕草をするのだが、その度《たび》に手首をしならせるので、前腕部が豊満な胸に当たっては、ぽよんっと揺れている。

その度にミラさんが小さく舌打ちをしているような気がするのだが、気の所為だろうか。

「えぇと？　一番得意なのは、お歌なのですけれど～。他は木を圧《へ》し折ったり、岩石を叩《たた》き割ったり、【調教師】なので亜獣さんと仲良くしたりとか、それくらいしか出来なくて～」

「そちらが聞きたかったですね。素晴らしい能力です」

「本当ですか～。嬉しいです～」

「【調教師】ならば第一層にも募集が出ていたかと思いますが、何故第十層に？」

その時、シアさんの目が開かれた。

「どうしてだと思います？」

瞬間、僕を含めた面接官の全員が腰を浮かしかけた。

彼女から迸《ほとばし》る闘気に当てられ、反射的に戦闘態勢を取りかけてしまったのだ。

穏やかな人かと思えば、とんだ戦士だ。

「ふふ、募集ページに書かれていた、シンプルで素敵なフレーズに惹《ひ》かれたんです～」

再び微笑むシアさんに、一瞬前までの覇気《はき》はない。

『勇者に勝つ気概のある人』。この言葉が心に強く引っかかったということ。

あの文言を軽く受け取る応募者が多く、失敗したかと思ったが、エリーさんたち、メドウさん、シアさんとしっかりと受け止めた上で足を運んでくれた人もいるのだから、あれでよかったのだろう。

【勇者】は別格。正々堂々の一騎打ちでは、魔人か【魔王】持ちでもなければ相手にならない。

あるいは同じ【勇者】か。

それを担当フロアの立地や罠、チームワークで打ち倒すのが魔物。

自分一人でも【勇者】を倒す、倒せるという気持ちを持てる者は少ない。それはまったく悪いことではない。

けれど僕の層はとにかく人手が足りない。だからって急に何十人も部下を抱えて、上手《うま》く制御出来るだろうか。

既に完成されたフロアに助言するのとは違う。一から組み立て、全員が活きるように策を立てるのは至難。そうでなくとも課題は山積みなのだ。

助っ人のこともある。今回は、あくまで少数精鋭でいこうと思った。

短いフレーズを本気にして、此処まで来てくれるような人を待っていた。

◇

最後の一人は二十七歳の男性。ミノタウロスのラースさん。

「……十五歳以降の職歴が記載されていませんが、これは？」

「……」

ウサグーさんの質問にも、ラースさんは俯《うつむ》いて何も答えない。

「十二年、何を？」

「………」

彼が膝《ひざ》の腕で拳《こぶし》を握る。答えはない。

「この魔王城は難攻不落と言われています。どのように防衛に役立てるとお考えですか？」

「…………っ」

彼の身体が小刻みに震える。羞恥《しゅうち》に堪《た》えるように。

——人と話すのが、得意ではないのかな。

「【役職《ジョブ》】は【黒魔導士】だったな」

僕が問うと、彼がびくりと震え、数十秒経《た》ってからこくりと頷いた。

「答えるのにどれだけ掛かってもいい。声が難しいなら紙とペンを用意しよう」

「………だい……ぶ、す」

「そうか。魔力器官がよく鍛えられているな、どのような鍛錬を？」

それから僕らは、長い時間を掛けて言葉を交わした。

彼は十五の時に、当時働いていたダンジョンを追い出された。

冒険者と違い、魔物は前面に押し出されるのが【役職《ジョブ》】ではなく種族。

彼は【黒魔導士】だったが、屈強に見えるミノタウロスということで採用された。本人の希望は反映されず、求められたのは肉弾戦。それが上手くいかないと、クビにされた。

再就職は上手くいかなかった。

だが【役職《ジョブ》】は変えられない。

彼はいつか再びダンジョンで働く時の為に、自分を鍛え続けた。

それを考えついたのは、偶然だという。

彼は自分に黒魔法を掛ける、という訓練を積んだ。

奇しくも、僕が師匠に教えてもらったものと同じ。

魔力を使うほどに魔力器官は鍛えられ、より多くの魔力を生み出せるようになっていく。

沢山運動して体力をつけるのと同じだ。

そして、魔力の操作を含む魔法技術も、鍛錬して向上させていくもの。

属性魔法であれば誰にも迷惑をかけない場所でぶっ放せばいいが、対象に触れねば発動しない白魔法黒魔法ではそうはいかない。

白魔法による強化や回復ならば受け入れてくれる者もいるだろうが、黒魔法による弱体化を誰が好き好んで受け入れてくれるだろう。

これらを一挙に解決するのが、己《おのれ》を対象として黒魔法を掛ける修行だ。

この狂気的ともいえる方法に、ラースさんの場合は自力で辿《たど》り着いた。

「素晴らしい」

思わず漏《も》れた称賛の言葉に、ラースさんは驚くように顔を上げた。

それからくしゃりと表情を歪《ゆが》め、嗚咽《おえつ》を漏らす。

僕には師匠がいた。信じてくれる親友も。好かれてはいなかったけど、仲間だって。

けれどラースさんは己の【役職《ジョブ》】を否定され、追い出されたまま、十二年も一人で、自分を鍛え続けたというのだ。

そして彼は今日、魔王城を選んでくれた。

こんな幸運はない。

そうして、僕の仲間は決まった。

◇

新たに……というか、カシュを除けば初めてとなる部下は、以下の通り。

エリーパーティー所属。【絶世の勇者】エリー、双子のクールなイケメン【黒魔導士】ライナーとライアン、同郷だという【白魔導士】の二人。それぞれ爽やかな感じのケント、リーダーへの忠誠心高めのジャン。

この五人はレイド戦までの短期契約。

ラミアの【暗殺者】メドウさんは、【役職《ジョブ》】とは別に優れた特技を持つ。

一角人馬――彼女の場合、人にもケンタウロスにもなれる――のシアさんは【調教師】。ただし直接戦闘の適性も高いようだ。

ミノタウロスのラースさんは【黒魔導士】。種族的特徴である巨軀《きょく》に加え、我流で『己に黒魔法を掛ける』という鍛錬に至った。

短期が五人、職員となるのが三人の計八名。

残るは『初級・始まりのダンジョン』からトールさんとケイさん。他の職員さん方も、僕とフルカスは知らない仲ではないということで協力してくれるとのこと。ゴブリン、コボルト、オークのみなさんだ。

幾ら『全レベル対応』ダンジョンに相応《ふさわ》しい方たちだとしても、此処は魔王城。彼らの方でも話し合いがあったらしく、精強な者を選《え》りすぐって派遣してくれるのだとか。

後はフェニクスとニコラさん。

フェニクスの方は魔人魔力体《アバター》にすることで解決。角を生やして、衣装を纏って、あとは……まぁ召喚したら分かるだろう。魔力がなんとかなれば。

ニコラさんの方も、ある種族に扮《ふん》することで己の望む戦い方での参戦を叶《かな》えようとしているとのこと。

ちなみに、この二人をエリーパーティーのように短期契約で配置するのは難しい。

可能不可能で言えば可能だが、その場合は正式に雇わなければならない。

【勇者】を、魔王軍が。

ダンジョン攻略の『設定』を思えば、それは裏切り行為だ。

二人は僕に協力してくれるが、それだってノーリスクではない。

仮面が剝《は》がれて、中身がバレたら？

特にフェニクスは前回攻略を挑んだ【勇者】だ。こちらに味方したと露見《ろけん》すれば、前回の僕らの戦いが戯《たわむ》れに過ぎなかったのではないかとの噂《うわさ》が立つことも有り得る。

ニコラさんとの一騎打ちもまた同じ。

友であり敵。この内、レメゲトンと友であることは世間に知られるわけにはいかない。

出来る限りリスクは避けたいという思いがあった。ただでさえ、無理を言っているのだから。

その点、エリーパーティーは豪気《ごうき》だ。

なんと、顔を隠さず勇者パーティーとして、魔王軍参謀に味方するのだという。

他の冒険者ならばとても恐ろしくて出来ないだろうが、さすがはエリーさん。

【黒魔導士】【白魔導士】を率いてランク上位に食い込む人は違うということか。

ただ彼女は考えなしではない。そこの秘策もあるのだろう。

設定を越え、魔物に協力した上で観客を盛り上げるプランが。

そんなわけで、採用を知らせた彼ら彼女ら全員に集まってもらった。

軽く挨拶《あいさつ》をし、早速第十層を案内。

前回は広くて長い廊下という感じだったが、あれはフェニクスの奴《やつ》が消滅させてしまった。

一から作り直すならば僕の趣味に合わせていいとのことで、色々と注文を出して出来たのが新・

第十層。

なのだが。

フロアボス、つまり僕の控えるエリアに転移してすぐのこと。

「ねぇ、レメゲトン。長いからレメでいいかしら？」

「……却下だ」

エリーさんの提案は受け入れられない。その呼び方はまずい。なにせ、中の人の本名なのだ。

ちなみに今日も彼女は高そうな椅子に腰掛け、それを白スーツの二人が担《かつ》いでいる。

「あら、意外ね。呼び方にこだわるとは思わなかったわ」

「その呼称以外であれば、なんでも構わん」

彼女は気を悪くした様子もなく、納得したように頷く。

「あら、そういうこと。いいわ、望まない愛称なんて嫌がらせだものね。でもレメゲトンは長いから……ええ、メゲかゲト……呼びにくい……レン！　レンでどう？」

最初と最後を繋《つな》げたのか。

「それで構わん」

「そう、じゃあレンと呼ぶわ。ふふ、同盟者として距離が縮まったわね」

そう、彼女は書類上は部下だが、同盟者として扱うことにした。

【勇者】が魔王軍に降《くだ》ったのではなく、ワケあって共同戦線を張ることになった、という設定でいくわけだ。

反対する理由もないので許可した。

ただ、亜人の三人組は反応に困っているようだ。いや、シアさんだけは鼻歌を歌っている。

「アタシ考えたのよ。理性と感情でね。結論はこう。理性では、この層の主《あるじ》はアナタなわけだから指示には従うべき」

「感情では？」

「アタシはアタシの心に従ってきたわ。自分を裏切ったら、自分を嫌いになってしまうでしょう？　そんなのって嫌じゃない。これまでずっと、誰かの指示ではなく自分の意思を尊重してきた。今回もそうしたいと思ったの」

「そうか。それで？」

「けれど、人の家で好きにさせろと宣《のたま》うのが横暴なのも分かるわ。つまりこうよね？　好きにしてもいいと、許可を得ればいいのよ」

ふむ。指示を出すことで、逆に彼女たちの味を殺してしまうことになるのは避けたい。

ただ、負けられない戦いにおいて、どう動くか分からない、問題が起きた時に制御出来ない戦力を抱えるというのも……。

「どちらが正しいか、答えが出るものではないわ。出るとしたら、そう錯覚しただけ。アナタは今悩んだ。素敵ね。傲慢《ごうまん》ともとれる言葉でも、真剣に検討してくれた」

「答えが出ないことが正解だとすれば、貴様は何が言いたい？」

おおよそ見当はついたが、外れてほしいという思いもあり口にはしない。

「正解でなくとも、どちらかを選べばいいのよ。それを決める何かを用意しなくてはね。それはクジやジャンケンのように運に任せてもいいけれど、アタシとしては――お互いが得意なことで決めたいわ」

――あぁ、外れてくれなかった。

「仲間に魔法は使わない」

「仲間が真剣勝負を挑んできても、無視するということ?」

……かつての仲間ではあるが、フェニクスパーティー。

【黒魔導士】レメとしてではあるが、僚友《りょうゆう》であり剣の師でもあるフルカスさん。

魔王軍参謀としてではあるが、共に戦った友人ニコラさん。

それぞれと、僕は真剣に戦った。

関係性にかかわらず、勝負となれば手は抜けない。

勝負に発展する理由として、これはアリなのかと思うだけで。

「折角《せっかく》魔力体《アバター》なんだもの。いいでしょう?」

エリーさんは楽しげに微笑んでいる。

……まぁ、まともな働きも見せずに上司として信用しろというのが無理な話。

彼女たちの場合は同盟者だが、後ろの三人だってまともに僕の戦いは観ていないのだ。

丁度いい機会を得られた、と考えよう。

「ルールは?」

僕が答えると、エリーさんは椅子から飛び降りた。

「そっちが決めて。こっちは五人よ」

「そうだな……」

僕の決めたルールはシンプル。

どちらかのリーダーが退場したら、そのチームの負け。

降参は受け付ける。

降参という言葉に、エリーさんは目をほんの僅《わず》かに上げた。

「いいわ。それと修復剤と治癒魔法はなしにしない？」

何か考えるような間の後、彼女はそう言った。

「それで構わん」

「ありがと。指輪は自由に使って。同僚なら喚べるでしょう？」

確かに【人狼の首領】マルコシアスさんあたりは喜びそうだし、【吸血鬼の女王】カーミラも嫌がらないだろう。まぁ彼女はエリーさんに怒りそうだけど。

さて、どう答えたものか。

「必要と感じれば、そうしよう」

「……そうね。そうよね」

不満げだったが、彼女はそれを口にしない。

必要だと感じさせればいいと、そう考えたのだろう。

「アナタのチームは？」

僕は片足を下げ、手を背後の部下たちに向ける。

「此処に」

魔力体《アバター》なので魔物姿になっている三人を見る。

「いいか？」

短く意思確認。

「はい」「楽しそうですね～」「……」

メドウさんが静かに、シアさんが楽しげに応じる。ラースさんもゆっくりと頷いた。

「本気？　このアタシのパーティーと、バラバラの四人で戦おうってわけ？」

個々の実力を疑っているのではない。エリーさんは、チームワークの重要性を指摘しているだけ。

その懸念は尤もだが、これは防衛戦ではない。

あくまで彼女が僕を計る為のモノ。そこを忘れてはいけない。

「いえ、いいわ。それを纏《まと》められないようじゃあ『難攻不落の魔王城』で参謀なんて務められないというものよね。お手並み拝見といこうじゃない」

気づけば彼女の仲間四人が下がり、横一列に並んでいる。エリーさんだけが前に立つ形だ。

「作戦会議が必要よね？　待つわよ」

お言葉に甘え、僕は三人に作戦を伝える。

「承知、しました。ですが……」

メドウさんは頷いたものの、納得しきれていないようだ。

「参謀さんの言う通りにします～。でも、エリーちゃんが素直じゃなかったらどうしますか～？」

シアさんはニコニコしているが、メドウさんと同じ点が気になるようだ。

「……レメゲトン様のことだ、お考えがあるのでしょう」

ラースさんは元々人と話すのが苦手なようだが、魔物衣装を身に纏い仮面を付けていると幾らかマシになるのだとか。役に入りきるというか、今は『ラース』ではないと意識することで落ち着いて動けるという。

エリーパーティーとこの三人とは、今日集まる前に個別に話をする機会を設けた。

ラースさんとは特に、同じ鍛錬をしているという共通点があり、実は結構盛り上がった。

鍛錬の辛さを知っているだけに、それを耐え抜いた互いに敬意を抱いているところがある。

僕ら四人は確かに、幾度の戦いを共にくぐり抜けてきた戦友ではないけれど。

勝利を求める気持ちは共有出来ている。

抜群のコンビネーションなど期待出来ないが、それを前提に役割を決めておけばいい。

あとはそれぞれがそれぞれの仕事をするだけ。

「行くぞ」

エリーパーティーに向き直る。

「早かったのね」

「同盟者をあまり待たせては無礼というもの」

「あら紳士。じゃあ、始めましょうか」

軽い調子で紡《つむ》がれたその言葉が、開戦の合図であった。

瞬間、エリーさんは魔力を展開。自身に纏わせる。

黒魔法を弾く為の技術――抵抗《レジスト》だ。

体外に出した魔力は戻せない。魔力を纏っても徐々に空気に溶けていくので、常に放出する必要がある。常に抵抗《レジスト》する者がいないのは、魔力の無駄遣いになるからだ。

以前、第五層『夢魔の領域』において、あの【炎の勇者】フェニクスでさえ魅了《チャーム》を一瞬受けてしまったのは、それが理由。

現代の冒険者業界において、抵抗《レジスト》は必要に迫られてから使うものという意識が根付いているわけだ。

だが彼女は、最初から展開した。

僕らを、それほど警戒しているということ。

そしてそれは、僕とラースさんの黒魔法、だけではないだろう。

まだ互いの得意戦法や切り札などは話していない。だからメドウさんの特技についてもエリーさんは知らない筈《はず》だが、『目を隠している』というだけで警戒するには充分との判断か。

その考えは正しい。

不思議な力を宿した道具を魔法具という。

今は滅びた種族が、かつて創り出したと言われる不思議なアイテム群。

『伸縮自在の魔法剣』、『召喚の指輪』、『搭乗する鎧』など種類も様々。

道具は目的があって創られる。

では『不思議な力を宿した道具』はどんな目的で？

もちろん、必要に迫られて創り出したものの方が多いのだろう。

でもきっと、最初は再現だったのではないかと思う。

『不思議な力を宿した生き物』がいて、それを持たざるものが再現しようとして出来たのではないか。

大昔、精霊に授けられたものを発展させた『魔法』、一部の鬼などが使う『妖術』、【忍者】の『忍術』などなど挙げていけばキリがない。

特定部位に、特殊な力を宿すものもいる。

代表的なのは魔人の角だろう。

だが種類で言えば、『瞳』に宿すものが多い。

それを承知している者ならば、警戒するのは当然。

彼女の姿が消えた。

違う。速すぎてそう錯覚しただけだ。

彼女ならばそう——僕の目の前で拳を構えているじゃないか。

彼女が契約しているのは高位の風の分霊。

それを考慮しても、あまりに速い。一瞬とはいえ、僕が見失うとは。

「反応しなくていいの？」

優美に微笑むエリーさん。

「不遜《ふそん》」

そう言って僕と彼女の間に割って入ったのは――ラースさん。いや、この呼び名は適切ではないだろう。

【黒き探索者】フォラス。

独力で魔王の鍛錬に至った【牛人】にして、魔王軍参謀レメゲトンの新たなる部下。

果てのない魔法の道を、自らの力のみで切り開いた男。

既に三人の部下には、ダンジョンネームを与えている。

また、少数精鋭であることをより強調する為の銘《めい》も。

エリーさんの拳は、彼の構えていた大盾に激突。

「へぇ、いい動き」

声が聞こえるが、そこに主はいない。

また彼女の姿が消えていた。

【絶世の勇者】は、派手で、美しく、速く、賢く――強い勇者。

良い機会だ。

新生第十層の力を確かめるとしよう。

◇

改めて。

エリーパーティーは【勇者】一人、【黒魔導士】と【白魔導士】が二人ずつの変則的な構成だ。

攻略での役割もきっぱりと分かれている。

エリーさんが戦闘を担当し、他の四人がそれをサポートする形だ。これは変わらない。

サポート役が直接戦ったことはないし、エリーさんが四人をサポートすることもない。

というのが、一般人の捉《とら》え方。

幾ら五人が優秀でも、そのやり方で仲間を欠くことなく攻略するスタイルを貫くのは難しい。

彼女たちを侮《あなど》っているのではなく、ダンジョン攻略がそこまで易《やさ》しくないだけ。

仕組みがあるのだ。

また、人気について。

エリーさんの容姿と性格が人を惹きつけているのはもちろん、四人の見た目も整っている。

美男子を率いる美女というだけでも、惹かれる人はいるだろう。

もちろん、それだけで生き残れるほど冒険者は甘くない。

どんなに顔が良くとも、ダンジョン攻略で五人の内一人しか目立たないならばすぐに消えるというもの。

だが彼女たちはランク百位以内に入り、人気を確固たるものとしている。

「エリー様に疾風《しっぷう》の如《ごと》き速さを！　速度上昇《クイック》！」

「エリー様に迅雷の如き速さを！　速度上昇《クイック》！」

爽やかな印象のケントさんが栗色の髪を掻《か》き上げながら、四人の中でも特にエリーさんを慕っているジャンさんが拳を握りながら、それぞれ白魔法を唱える。

特に必要ないどころか、どこが強化されたか敵にも分かってしまうので本来は避けるべき。

しかし視聴者には分かりやすいし、二人はやっぱりハンサムだし、なによりも――。

「レメゲ――」

フォラスが僕を呼ぶ声は間に合わない。

多分、お気をつけくださいとか警戒を促す言葉を口にしようとしたのだろう。

だが間に合ったこともある。

僕は流れるようにフォラスから大盾を受け取り、そのまま真後ろにいる何者かに叩《たた》きつけるように回転。

「――アナタ、見えているの？」

驚いたようなエリーさんの顔が、そこにはあった。

背後から攻撃しようとしていたエリーさんは、僕の迎撃をすんでのところで回避。

今度はカメラが捉えられるギリギリの速度で距離をとった。

――やっぱり。

彼女はプロの冒険者だ。

いや公式パーティーは全員そうだが、心構えの話だ。

エリーさんは単なる勝敗だけでなく、攻略映像としての魅せ方もよく考えて動いている。

ダンジョンのカメラは高性能。目にも留まらぬ速さで動こうとも、動画編集の際にスローにでもすれば何をしたかまで視聴者に届けられる。

だからといって常に最高速度で移動していては、観る者にずっとスロー映像を見せることになってしまう。

等速で観ていても速いと分かるギリギリの速度を見極め、勝負の分け目以外ではその速度を維持。

後は、白魔法の効果か。ケントさんもジャンさんも優秀な【白魔導士】。

効力より、持続時間を伸ばすよう鍛錬したと推測される。

彼らの魔法が発動すると、エリーさんは速度を上げる。魔法効果もあるが、彼女が意図的に速度を上げるのだ。

これは非常に分かりやすい。

常人を超える速さから、目にも留まらぬ速さになるのだ。等速で観ると、白魔法を受けてからのエリーさんは消え、違う地点に現れ、消え、違う地点に……と繰り返す。

治癒以外は効果が分かりにくいとされる白魔法の弱点を、彼女の長所を伸ばす形に行使し、術者本人にアピールさせ、実際以上の恩恵を演出することで解消しているのだ。

彼女の恐ろしいところは、『パフォーマンス』と『真剣勝負』を両立させるバランス感覚。

「あはっ、さすが魔王軍参謀ね！　楽しいわ！」

僕には、魔人として働くことになった時からの課題がある。

魔人は、角の有無だけが人間《ノーマル》との違いではない。

身体も強靭なのだ。

体格、腕力、脚力、五感、魔力器官に魔力操作能力。

何を比較しても、平均的には魔人の方が優れている。

だが僕が魔人クラスなのは、角と魔力器官や魔力操作能力くらいのもの。

いくら師匠に鍛えてもらったところで、完全に魔人になったわけではないのだ。

特別な才能が開花したとか、そういうこともない。

角だって最初から今のように扱えたのではなく、移植当初は意識さえ出来なかったところから、自分の一部のように使えるところまで鍛えたのだ。

何が言いたいかというと、つまり。

魔王軍参謀の耐久や近接戦闘がしょぼいと知られないように戦わなければならない、ということ。

僕は今、エリーさんの動きを目で追ったのではない。

彼女たちの攻略映像を全て繰り返し繰り返し確認し、彼女の攻撃パターンを割り出し、想定される速度に合わせて迎撃したに過ぎないのだ。

足りない能力を、そうと知られずに立ち回る。

フェニクスパーティー戦があぁも上手くいったのは、彼らがよく知る人物だったから。

けれどこれからはそうはいかない。

映像の研究を幾らしたところで、実戦とは不測の事態が起こるもの。

それを含め、どこまで対応出来るか。

この戦いは、それを試す良い機会でもある。

「フォラス」

「はっ」

「黒魔法ね！　いいわ掛けてみなさい！　――それと！　そこ！」

僕らから距離をとったエリーさんが一度止まり、そこで大げさに腕を振るった。

それに呼応するように突風が発生し、床と壁に――巨大な刃で切りつけられたような亀裂が入る。

「わわっ。ヒヤッとしました～」

そうとは思えないのんびりした声は、シアさんもとい――【一角詩人】アムドゥシアスのもの。

彼女を襲ったのはエリーさんの風刃《ふうじん》だけではない。

リーダーであるエリーさんの声に先んじて、黒スーツ二人組からも声が上がっていたのだ。

彼らが黒魔法を唱え、直後にエリーさんが攻撃魔法を放った。その黒魔法とは――。

「我が魔法、泥に足を取られる如《ごと》きものと知れ！　速度低下《クイックダウン》！」

「我が魔法、岩を背に負うに等しいものと知れ！　速度低下《クイックダウン》！」

ちなみに魔法やスキルの名前は、一応業界で統一されている。どちらかというと分類の為で、使用時に口にする人は少ないけれど。

リリーの『神速』なんかもそうだ。実況や後から声を入れる場合に用いられることはあっても、本人はそれを叫んだりしない。まぁ、『技名は叫んでこそ』という人もいたりして、一ファンとしては共感するところもあるのだが。なにより、観ている側としても分かりやすいし。

スキルは型――どんな目的で、どのような動きをするか――そして魔法は効果で分類される。

どちらも、これまで使用者がいなかったものを編み出した場合、新たに登録することも可能。

ともかく、二人は『速度低下』を発動。対象はアムドゥシアス。

ケンタウロス状態だった彼女は四人に向かって駆けていたのだが、その速度が僅かに遅くなる。

優秀な【黒魔導士】二人が重ね掛けした魔法。彼らの場合は持続時間ではなく瞬間効力を重視している。

こちらも先程と同じ。黒魔法の効果が現れたタイミングで、エリーさんが敵を倒すのだ。

動画によっては、編集の際に画面を二分割し、黒魔法発動前と発動後の敵の動きを比べて分かりやすく効力を示すなどの工夫も凝らしている。

積極的にサポート要員の活躍をアピールしているのだ。これは冒険者では非常に珍しい。

「……へぇ、よく避けたわね」

感心するようなエリーさんの声。

そう、アムドゥシアスは先の攻撃を回避。

二人の黒魔法は優れていたし、エリーさんの攻撃のタイミングも完璧《かんぺき》。

風刃はアムドゥシアスを胴から真っ二つにする筈だった。

だが【一角詩人】はただの馬人ではない。人と人馬を行き来出来る者。

だからそう、攻撃の一瞬前に人化することで、四足歩行から二足歩行に移行することで、攻撃を避けたのだ。馬の胴部分を消失すれば、そこを狙《ねら》う攻撃が空振るのは必定《ひつじょう》。

アムドゥシアスはすぐさまケンタウロス化し直し、四人に向かって疾走《しっそう》。

「行きますよ～」

腰に吊るした布袋に手を突っ込んだ彼女が、中身を振りまく。

小さな粒――種だ。

それらは床に落ちると蠢《うごめ》き、形を変え、巨大化する。

それは、亜獣だった。植物の性質と、人間の形態を持つ亜獣だ。

四肢は植物の根を束《たば》ねたようであり、頭部には冠《かんむり》のように葉が生えている。スカートのような花びらで腰を、蔦《つた》で胸を隠していた。人間の女性を思わせる、緑色の生き物。

――アルラウネ。

【調教師】は確かに亜獣を従えるが、植物系は意思疎通が特に難しいとされており、滅多に見られない。

現れた無数のアルラウネが全員幼女から少女の年代なのは、彼女の好みだそうだ。

「いけめんさんだからって興奮してはだめですよ～。清く正しいお付き合いをしましょうね～」

アルラウネたちはニコニコとした笑顔で四人に近づく。

「チッ、人の下僕《イヌ》にわらわらと！」

苛立《いらだ》ちの声を上げながらも、エリーさんは助けには行かない。

そんなことで隙《すき》を作ったりしない。

そこが動画でもウケているところだ。彼女は四人のカバーに決して入らない。最大戦力がサポート要員の為に不利になるシーンがない。『【黒魔導士】【白魔導士】は足手まとい』という意見に発展する要素を、極限まで削《そ》ぎ落とした攻略スタイル。

では何故、四人の誰も退場しないのか。

彼女が自分の後ろに敵を通さない。ある程度までならば、これが理由。

だが全ての攻略でこうはいかない。

どうやって四人は生き残っている？

多くの視聴者は、四人が協力しながら互いを強化し、敵を弱体化し、時間を稼いでいると思っている。

そしてエリーさんの戦闘が済んでから、四人が相手した敵に彼女が止《とど》めを刺すのだ。

これは、起こっていることとしては正しい。

しかし実際、それを現実とするにあたって行われていることは、そう単純ではない。

アルラウネの両腕が伸び、白スーツのジャンさんを抱擁《ほうよう》しようと迫った。

彼はそれをギリギリのタイミングで屈《かが》むことで回避。

――やっぱり、そうか。

僕は予想が的中したことを確信。

杖を構える。

タッグトーナメントで使ったものではない。もっと長く、上を向く部分の先端がくるりと渦を巻く形状になっている木製の杖だ。

戦闘開始からずっと、これに魔力を流していた。

フォラスの構える大剣も、杖の機能が組み込まれたもの。

【勇者】エリーは世間が思う以上に仲間思いのようだ」

「……そのようですね。レメゲトン様の予想通り、風魔法で敵の攻撃を知らせている」

事前の打ち合わせ通りのセリフを、フォラスが言う。

四人がいかに優秀とはいえ、魔王に鍛えられたわけではない。魔法を鍛えて身体も鍛える、というのは難しい。ただでさえ、彼らは特定の使い方に限定することで効力を上げているのだ。

彼らの身体を見るに、普通の魔導士と比べると鍛えてはいるが、やはり戦闘職には遠く及ばない。

なのに何故見事なまでに生き残れるのだろう?

今見て分かった。

彼らは自分で攻撃を見切っているのではない。たとえば頭部を狙った攻撃が迫っているなら、額にエリーさんの風が当たる。それが途切れた瞬間にしゃがむなりすれば、攻撃を回避出来る。

通常の魔導士が着用するローブではなくぴっちりしたスーツなのは、エリーさんの風で衣装が揺れることを避ける為でもあるのだろう。

もちろん彼女の『見えないサポート』にも限度はあるから、当人たちも日々立ち回りを意識して努力を積んでいるだろう。そうでなければ、あのような芸当は出来ない。

【絶世の勇者】エリー。

彼女はどこまでも自分に正直。その態度から誤解されがちだが、単に傲慢なだけの強者がこのようなパーティーを成立させられるものか。

その実態は、己の美しさを、速さを、強さを見せつけながら。

共に戦う仲間の魅力、不遇職とされる【黒魔導士】【白魔導士】の活躍を、分かりやすく丁寧《ていねい》に視聴者に提示する、エンターテイナー。

「……ほんと、さすが参謀ね。けれど――」

彼女が直線を駆ける。稲妻の如き速度だが、既に一度体感している。反応は不可能では――。

「乙女の秘密を暴《あば》いてはいけないわ」

真正面に彼女が見えているのに、その声は僕の右半身斜め上から聞こえる。

――残像!? いや、精霊術か！ ミラージュを魔法で起こしているのか！

風の精霊術によって指定空間内の大気を弄《いじ》り、光を自在に屈折させたのだ。

フォラスは眼前に迫るエリーさんの幻影を斬るが、彼女は煙のように揺らめくだけ。

実物はそこにはいない。

――此処で、新技！

僕が見た動画のどこにも、この魔法は無かった。

「どうかこの魔法と一緒に、胸に秘めていてね」

風魔法で宙に浮いている彼女が、空中で加速。

――まずい！

死神の振るう鎌のように、彼女の蹴《け》りが僕の首に迫る。

僕は咄嗟《とっさ》に膝から力を抜き、自重で上半身を落とす。

頭上を通り過ぎる鋭い音。

避けることが出来た。だけどこの体勢では二撃目が――。

「アナタ、【黒魔導士】なのに武術の心得があるの？」

魔王と四天王の弟子をやっていたおかげだ。

「でもこれで――」

――間に合うか⁉

僕が、角の発動を覚悟したその時――。

「レメゲトン様、完了しました」

「は？」

その声に、エリーさんが呆《ほう》けた顔をする。

聞こえる筈のない声を聞いたみたいな反応。

それから相手を見て、その人物がしたことを見て、僕を見て、表情を歪めた。

「いつから……いえ、一体どうやって」

その顔は驚愕《きょうがく》に染まっている。

「貴様の方から、こちらに接近した時だ」

先程僕に報告を上げたのは、メドウさんこと――【魔眼《まがん》の暗殺者】ボティス。

作戦はこうだ。

戦闘開始と同時に、僕がエリーパーティーの五人全員に黒魔法を掛ける。

掛けるのは『混乱』。僕が修行も兼ねて日常的にやっていることの強化版。

通行人などに僕が元フェニパのレメとバレぬよう、認識を誤魔化《ごまか》しているように。

五人のボティスへの認識を阻害。つまり、彼女を意識出来なくした。

彼女は元々気配を断つことが得意な【暗殺者】だから、万が一にもバレることはない。

「有り得ないわ！　アタシは抵抗《レジスト》……を、いえ、まさかアナタ……そんなことが」

抵抗《レジスト》……魔力の鎧は燃費が悪い。

彼女はそれを常時纏いながら動き回り、風魔法を移動、攻撃、サポートに使っていた。驚嘆すべき技量だ。

僕も、黒魔法に関しては自負がある。

魔力の鎧で黒魔法を弾くことが出来るのは、自身の魔力を展開することにより、敵の魔力の侵入を阻《はば》めるからだ。

バケツに入れた水を被《かぶ》せても、相手が雨衣を被っていたらずぶ濡《ぬ》れにするのは無理、みたいな感じだろうか。

ならば、水鉄砲でピンポイントに隙間《すきま》を狙えばどうだろう。

僕は黒魔法をバケツに入れた水ではなく、糸状に形成。魔力を浴びせるのではなく、魔力の糸を通すイメージ。普段よりも神経をすり減らしたが、フォラスが防いだ一撃目で鎧の魔力状態を確認。

大盾を僕が振るった二撃目で、糸を通すことに成功。

他の四人に関しては、戦闘開始直後の一瞬で掛けた。

そして、僕とフォラスでエリーさんを引きつけながら、二人で同時に——四人に対して黒魔法を展開。

彼らのギリギリの回避を邪魔する目的もあり、選んだのは『速度低下』。

効果は抜群。【白魔導士】二人は解除に気を取られ、【黒魔導士】の二人はアムドゥシアスを遅くするどころではなくなった。

アルラウネに苦戦する四人は、アムドゥシアスの突進もあって窮地《きゅうち》に陥《おちい》る。

だからこそエリーさんは勝負を急いだ。

僕とフォラスを倒し、堂々と四人を助けようとした。

フォラスの黒魔法をエリーさんに掛けなかったのは、当然魔力の鎧があるから。

多くの魔力が弾かれるくらいなら、他の対象を選んだ方が恩恵は大きい。

僕は彼女の意識を逸《そ》らし、魔力の鎧を出し続けてもらう為にも、『混乱』とは別に弾かれる前提の黒魔法を放っていた。

「……出来るの？　……黒魔法で、そこまでのことが……でも……」

信じられないという顔をしている彼女に、レメゲトンとして問う。

「どうする【勇者】エリーよ。続けるか？」

包帯を下げたボティスの両目は、淡く赤く光っているようだった。

それに見つめられたジャンさんは、石像と化している。

彼女が持つのは、石化能力。

効果範囲と発動までに掛かる時間の問題で、彼女の存在を隠す必要があった。

エリーさんのサポートを予測していた僕は、この戦いで最も有用なのがボティスだと思った。

フォラスは僕の護衛のような立ち回りということもあり上手く動けていたが、戦闘職ではない。

アムドゥシアスもそうだが、彼女は肉弾戦の適性がある。しかしアルラウネと同様に、エリーさんのサポートで攻撃が回避されるだろう。

戦わずして退場させる力こそが、効果的だと考えた。

石化も魔法のような性質のようで、抵抗《レジスト》が可能。今回のように最初から全力で魔力を展開している【勇者】は倒せない。

予想外だったのは、エリーさんが未公開の新技を披露してまで勝とうとしたこと。

だが最後は、僕らの策が間に合った。

「待って。何故下僕《イヌ》を倒したら、アタシが降参すると思ったのよ」

「貴様の戦いを見ていれば分かる。『五人全員で勝つこと』が、貴様にとっての勝利なのだと」

五人の絆《きずな》について、僕が語れるようなことはない。

だがそれが確かにあって、強固なものなのは見ていれば分かった。

残る三人が、申し訳なさそうな顔をしている。

「――それが的外れで、戦闘続行すると言ったら？」

その可能性も当然、ある。実現してほしくはないが。

僕は角は解放せず、しかし魔力を隠すのをやめる。

魔力器官が作る魔力が、そのまま周囲に感じ取られるようになる。

「好きにしろ」

「………なるほど。これで角まで出てきたら、もっと楽しくなりそうね」

エリーさんはふふ、と妖艶《ようえん》に微笑んだ。

「降参するわ。下僕《ファン》を犠牲にしてまで、踊るつもりはないもの。そんなの、美しくないでしょう？」

ニコラさんのように泥臭く粘り強く戦うことこそを望む者もいれば、己の美学を貫き通す者もいる。

色んなやり方があるし、あっていい。それが多様性で、それが冒険者。

「あーあ、ショックだわ。まるで丸裸にされた気分。全部全部、見抜かれていたみたいで」

彼女は地上に下り立ち、戦闘態勢を解除。

僕に近づいてくる。

「アナタを認めるわ、レン。従いましょう。強くて賢いのね。でも一つ――」

そう言って、彼女が僕に耳打ちした。

「本番までに、魔力をどうにかなさい。それじゃあ全然足りないわよ」

――鋭い。

魔力器官だけでなく、内蔵されている角の魔力まで嗅《か》ぎ取ったのか。

そんなわけで、新生第十層は、ランク第九十五位パーティーとの手合わせで勝利を収めた。

◇

余談だが、この戦いの後、黒スーツのライナーさんとライアンさんが僕とフォラスの許にやってきて、修行を付けてくれと頭を下げた。

エリーさんは自分にこそ魔眼が向けられると思っていたのにそうはならなかったことで、しばらくボティスに「掛けてみなさいよアタシに。美しい石像にしてみなさいよ」と絡《から》んでいた。

スーツ組は自分たちにアルラウネをけしかけ、自身も圧倒的攻撃力で突進するアムドゥシアスが若干トラウマになったらしく、彼女に話しかけられると一瞬肩がびくりと揺れるようになった。

「エリー」

「なに、レン」

「言いたくなければ構わないが、貴様は何故このようなパーティーを結成しようと考えたのだ？」

「アナタなら分かるでしょ。分かりきったことを訊くのは嫌いよ」

「……あぁ、そうだな。問うまでもなかった」

このパーティーの秘密まで理解すると、疑問が湧《わ》くのではないか。

結局エリーさんが群を抜いて優秀で、四人を庇《かば》っているだけなのではないか、と。

違う。

彼女の強化された速度は脅威だし、その上更に黒魔法でピンポイントに弱体化させられるのは非常に厄介《やっかい》。

それだけではない。

エリーさんのサポートは彼女が優秀というだけで成立しているのではないのだ。

彼ら四人がエリーさんの背後に控えているからだ。他の冒険者ならばそうはいかない。

一人が突出し、残りがひとかたまり。これを徹底するのは難しい。ましてや後方で戦闘になれば、回避や防戦の為にバラバラになってしまうだろう。

けれど四人は大きく動かない。リーダーを信じて、その場で生き残るのだ。彼女のサポートを信じ、それを最大限活かせるように立ち回る。

仲間が前後左右にバラけているのと、後方でひとかたまりでいるのと、どちらがサポートしやすいかなど言うまでもない。

彼女の特殊な才能を活かすには、この形が最適。その形を支持する仲間が必要。

「アタシは、自分が輝く舞台がいいの」

彼女が自分らしく自分の好きなように動く為に、最高のサポートをする四人。

その四人が大事だからこそ、その価値を誰よりも認めているからこそ。

彼女は四人の能力が評価されるよう考えを巡らせ、四人をバレないように守るのだ。

いかなる宝石でも、暗闇《くらやみ》の中では輝けない。

アイドル然とした【勇者】エリーは、己の美しさを世に知らしめる為に、最高の照明を自らの意思で選んだ。

それが【黒魔導士】二人、【白魔導士】二人。

いや、ライナー、ライアン、ケント、ジャンと言うべきか。

それらは彼女にとって欠いてはならないもので、だからあの場で降参した。

だが――。

本番で仲間が欠けた時は、どうなるだろうか。

今回僕が降参を予想したのは、もちろん前述のような考えがあると思ったからだが、同時にこれが力を試す戦いという前提があったから。

今回は同盟者だが、僕らはいずれ敵同士になるかもしれない。

だからこそ、力を試しながらも、互いに実力の全てを出し切ってはいない。

新技こそ飛び出したが、あれ一つということはないだろう。

また、他の四人。エリーさんの指示かは分からないが、上昇率・低下率が事前に得た情報よりも低かった。

あのような場で、手の内を明かすわけもないか。

最後、エリーさんは戦闘続行を悩んでいたように思う。

彼女も【勇者】だ。負けたいわけがない。仲間を失ったのなら、仇《かたき》をとろうと考える方が自然。今回は自分たちの貫いてきたスタイルが砕けたとして、負けを認めただけ。

「聞いてるの？」

「……あぁ」

「まったく。だからね、レン。頼んだわよ。アナタの采配《さいはい》で、アタシを最高の【勇者】にして頂戴《ちょうだい》ね」

…………。

まさか、魔王軍参謀になって、【勇者】にそんなことを頼まれるとは。

僕は仮面の奥で微笑みながら、応えた。

「承知した。最強の【勇者】共を、我らで撃退するぞ」

「それ、とっても楽しそう」

彼女は無邪気《むじゃき》な子供のように笑った。

第三章 豚令嬢と人魚姫

新生第十層を僕の想定通りに動かすには、全《すべ》てのフロアボスの力を借りる必要がある。

僕が契約しているフロアボスは、第一層【地獄の番犬】ナベリウスさん、第二層【死霊統《す》べし勇将】キマリスさん、第三層【吸血鬼の女王】カーミラ、第四層【人狼《じんろう》の首領《しゅりょう》】マルコシアスさん、第五層【恋情《れんじょう》の悪魔】シトリーさん、第七層【雄弁なる鶫公《つぐみこう》】カイムさん、第八層【刈除《かりそく》騎士】フルカスさん、第九層【時の悪魔】アガレスさん。

カイムさんはこれまでも時々話す機会があり、今回の新生第十層について相談した際に快く契約してくれた。……いや、正確には彼の出すなぞなぞをなんとか解くことで契約してもらえた。

各層の副官魔物さんたちについても相談を進めていて、こちらの契約状況も順調だ。

残るフロアボスは第六層【水域の支配者】ウェパルさんなのだが、彼女は女性。

別にルールというわけではないが、ミラさんに無断で逢いに行くと彼女の機嫌が悪くなる。

怒った彼女が怖いからというより、避けられる怒りならば避けた方がいいだろうという考えから、彼女に相談することにした。怒った彼女が怖いからではないのだ、本当に……。

というわけで、第一運動場。

ダンジョン内に設けられた職員用の空間の一つ。

僕は自身の登録証を記録石にあてることで転移。

犬耳敏腕秘書のカシュによると、カーミラは此処《ここ》にいるとのことだが……。

「あぁんっ！」

嬌声《きょうせい》が聞こえた。

広い空間に響き渡る、女性の甘く高い声。

カーミラのもの、ではない。

【吸血鬼の女王】カーミラが鞭《むち》を持って立っている。

彼女が手首を動かすと、鞭が消えた。いや、振るったのか。確かに鞭はやりようによっては、凄《すさ》まじい速度を出すことが可能。あれ……パンッ！という炸裂音《さくれつおん》が……。

音速越えてる？

それとは別に、鞭がものを叩《たた》く音が続く。

それが嬌声の発生源。声の主《あるじ》は、同じく吸血鬼の女性。

「私、言ったわよね？新人の教育は貴女《あなた》に任せると、そう言ったわよね？」

「言いまじだっ」

「貴女は、自分に任せてください、完璧《かんぺき》に仕上げてみせますとそう答えたのではなかった？」

「ぞうでずっ。おねえざまが正じいでずぅ……！」

四つん這《ば》いになって尻《しり》を鞭で打たれているその女性は、喜悦《きえつ》の声を上げながら表情を蕩《とろ》けさせている。

生身ではないだろうから……魔力体《アバター》？　でも感覚はあっても痛覚はない筈《はず》……。

気持ちの問題だろうか。

「あら、今貴女なんて言ったの？　私を姉と呼んだのではないわよね？」

「ひぃっ」

「この【吸血鬼の女王】の妹なのだとしたら、何？　貴女って王女？」

「ご、ごめんなさっ、ひゃうぅ……！」

また鞭が振るわれた。女性は涎《よだれ》を垂《た》らして嬉《うれ》しそうに震えている。

僕は圧倒されて声を掛けられなかった。

二人は僕に気づいていない。

「貴女は王女なのかと訊《き》いているのよ？」

「ぢ、ぢがいます！　あたしは役立たずの豚です！」

「おかしいわね。豚から人の言葉が聞こえるわ」

わざとらしく首を傾《かし》げるカーミラ。

それを言われた女性は屈辱に震え、だがそれと同時に狂喜しているようでもあった。

「～～～っ！　……ぶ、ぶひぃ」

そして女性の口から、絞り出すような声真似《こえまね》が発せられる。

僕は一体、どのような状況に遭遇《そうぐう》してしまったのだろうか。

「ねぇ、もしかして、貴女まさか、私に豚の言葉を理解しろと言うの？　この私が、豚の言葉を理解できるとでも？　共通語を話しなさいよ、気の利《き》かない豚ね」

　再び鞭が振るわれる。理不尽の極《きわ》みだが、女性も喜びに震える。

「それで？　何故《なぜ》、新人の動きがトロいままなのかしら。しかも男ばかり」

「……」

「聞こえないの？　そう、私の言葉を拾えない鼓膜なら、張っている意味ないわよね。破ってしまいましょうか」

「し、仕方がなかったんですわ！　新人の女の子が可愛《かわい》かったんですもの！」

「……で？」

　カーミラの声は冷気を帯びている。

「その子を熱心に指導している中で……男共は放置していました」

「へぇ、そう」

「！　ごめんなさいごめんなさい！　あたしはおねえさま一筋です痛い！　女王様！　女王様一筋です痛いっ、痛っ、嬉しっ、幸せっ」

　なんか妙な言葉が混ざっていたような……。

「貴女の好みなんてどうでもいいのよ。遅れた仕事を完遂《かんすい》なさい」

「うぅ……で、でも女王様も悪いんですのよ。あの男がやってきてから、あたしに構ってくれなくなって……部屋にもあまり戻っていないようだし、あたしともしたことがないデートを許しただなんて噂《うわさ》まで流れてきて、それにそれに――ひゃあっ」

「私が仕事以外で何をしようと、貴女には関係のないことでしょう？」

「ぷ、プライベートでも豚にしてくれれば……」

「仕事も出来ず、欲するばかり……貴女なら、そんな部下をどうする？」

「！　します！　仕事しますわ！　だから捨てないでくださいまし！」

足に縋《すが》ろうとする女性を、カーミラは素早く後退して躱《かわ》す。

「あぅっ」

「許可も無しに人の肌に触れようだなんて、私も安く見られたものね」

「そのようなことは決して！」

「どうでもいいわ。私はこれから新装された第十層を見てくるから、貴女は貴女の仕事をなさい」

「うぅ……またあの男のところに行ってしまわれるのですね」

「私はこれから休憩時間なの。それに私だけではないわ。全てのフロアボスはレメゲトン様と相談を重ね、真の渾然《こんぜん》魔族領域完成に向かって手を取り合っているのだから」

「そしてあたしは放っておかれるのですね……うぅ、放置プレイ……興奮しますわ……」

「次サボったら、別の豚を副官にするから」

「そんなご無体《むたい》な！」

「返事」

「わ、分かりましたわ！」

そう言って女性は立ち上がり、固唾《かたず》を飲んで二人を見守っていた大勢の吸血鬼に視線を遣《や》った。

そう。此処は折檻《せっかん》部屋ではなく、運動場。

そもそもの目的は鞭打ちではなく、吸血鬼全体での訓練。

女性は先程までカーミラに向けていた甘く蕩けた声から一転、荒々しい口調になる。

「何を見てやがるんですの豚野郎共！　あたしのことをクビにする気でして⁉　血ぐらい自在に操《あやつ》れるようになりなさい！　再生は意識的に行うこと！　そうすることで再生箇所を自ら選ぶことができるようになり能力をより活かせるでしょう！　なんですって？　やり方を教えてほしい？　ふん、欲しがりな豚ですこと。よろしい手本を見せて差し上げましょう。まず貴方。先程あたしの喘《あえ》ぎ声聞いて興奮していたでしょう？　上司に性的興奮を覚えるだなんて、無礼な変態ね」

「貴女が言うと説得力がないわね」

「えへへ」

「褒《ほ》めてないわ。気持ち悪い子ね」

「……でへへ」

さすがのカーミラも、何をしても喜ぶ女性に若干引いているようだった。

「教えて欲《ほ》しいのだけど、貴女どうやったら落ち込むわけ？」

「女王様に捨てられたら泣きますわ」

「……そうならないよう、努力なさい」

「はい！」

二人の会話が収まったタイミングで、僕はカーミラに近づいていく。

「カーミラ」

「――――」

彼女の背中に声を掛けたのだが、何故か石像のように固まってしまう。

「げっ……あなたは、レメゲトン……様。女王様を奪い……迎えに？」

「あぁ。貴様は……ハーゲンティだったな」

カーミラは僕と部下をあまり逢わせたがらなかった。

だがこれからはそうもいかないので、今日は僕の方から逢いに来たのだが……。

彼女は彼女で、これから僕に逢いに来るつもりだったらしい。

「そ、そうよ……そう、ですけれども？」

彼女は言うならば、一回り小さいカーミラだった。

髪型も服装の雰囲気も寄せているが、身長も胸の大きさもカーミラには届かない。

戦い方も似ているが、男の冒険者への対処が雑で、逆に女性には丁寧《ていねい》すぎる。

これは手抜きということではなくて、男は速《すみ》やかに退場させるが、女性は捕縛《ほばく》する、ということだ。女性冒険者が棄権――自分の意思で退場――するまで苛《いじ》めるのである。

カーミラは男女平等に苛めるので、そこは差異と言えるだろう。

魔王城勤務なので、当然強い。カーミラが副官に指名するくらいだ、優秀でないわけがない。

「な、なんですの人をジロジロ見て……はっ、まさかあたしとも契約するつもり⁉　くっ、誰《だれ》が男のモノになんて……でも女王様と同じ立場というのは捨てがたい……い、いいでしょう。あたしをあなたの契約者《しもべ》にしなさいな。好き勝手喚び出して都合よく使えばいいじゃない！　あたしの心はそれでも女王様のも――ぼぉっ⁉」

人一人分の、魔力粒子が弾《はじ》けた。

何かが頭部に炸裂《さくれつ》したことによる――退場だ。

「申し訳ございません。レメゲトン様、部下がご無礼を」

迷いのない一撃だった。

「おいおいハゲ様がやられたぞ」「あんなに恐ろしいハゲ様を一撃で」「素敵……」「見えなかったけど、操血術《そうけつ》か……？」「ハゲ様、久々の女王様ではしゃぎすぎたか」「踏まれてぇ」「お前、ハゲ様に報告するからな」

などなど、吸血鬼さんたちも驚いてはいるが、絶句するほどの出来事ではないらしい。

「あぁ、大丈夫ですわ。魔力体《アバター》の生成費用はしっかりと弁償しますから。お気になさらず。ささ、参りましょう」

「……う、うむ」

カーミラから謎《なぞ》の圧力を感じた僕は、そのまま転送に利用した記録石に向かう。

「ハーゲンティが戻ってくるまで、教わったことを復習なさい」

全員が即座に「ハッ！！」と返事した。統率力はばっちりだ。

移動後、カーミラはミラさんに戻った。目許を覆《おお》う仮面を外した素顔は、真《ま》っ赤《か》になっている。

「レメゲトン様？　ど、どこから見ていたのですか？」

僕は周囲に人がいないことを確認してから、仮面をとる。

「む、鞭で打ってるところから、かな」

「～～～っ。違うんですっ！　あの子は適度に虐《いじ》めないと能率が悪くなるんです！　だから仕方なく……部下の前ですると更に喜ぶから楽で……決して……うぅ……私の趣味では……」

「そ、そっか。わかった」

「本当ですか？　『俺《おれ》には隠してるけど実はＳＭ趣味なのかよやべーな』とか思われているのではないですか？」

「思っていないし、僕はそんな喋《しゃべ》り方しないね」

「……そもそも、何故レメさんがあんなところへ？」

「え？　あぁ、ウェパルさんに逢いに行こうと思うんだけど、ミラさんから話を通してもらった方がスムーズかなって」

　ということにしておこう。

「あぁ……確かに。彼女は気分屋なので、気が向かないとずっと潜《もぐ》っていたりしますからね」

　第六層は水棲《すいせい》魔物の領域。なんと、魔力空間には海が広がっている。潜られると、見つけるのはともかく逢いに行くのは困難だ。

「ふふふ、でも嬉しいです。レメさんの方から逢いに来てくださるのは初めてですから」

「……そうだっけ」

「そうですよ。いつもいつも私からだったので、今日は記念日ですね」

ミラさんは嬉しそうだ。

「一緒にいる時間が長いから、用件とか思い出しても、あとで逢った時に話そうって思っちゃうんだよね。気を遣わせてたみたいで、ごめん」

「いいのです。むしろ当たり前になってきているのは良い兆候です……ふふ」

「ミラさん？」

「なんでもありません。それと今後、豚……部下と逢うことも増えるでしょうが、彼らが知っているのはカーミラであってミラではないので、そこのところをお願いしますね？」

彼女が真剣な表情で言った。圧力さえ感じるほど真剣だった。

「う、うん。そういえば、さっきの……」

「あぁ、ハーゲンティですか。大丈夫ですよ、彼女はやたらと予備魔力体《アバター》を作っているんです」

……多分、ミラさんに退場させられたいからじゃないかな、それ。

「契約の邪魔《じゃま》をしてしまいごめんなさい。レメゲトン様への無礼な態度に、ついカッとなってしまって。優秀ではあるので、のちほど一緒に契約に向かいましょう」

「いいの？」

「信用してますから。でも必ず私とセットで召喚《しょうかん》してくださいね？　彼女だけ喚んだりされたら……嫉妬《しっと》してしまいますよ？」

ニッコリと微笑《ほほえ》むミラさんの表情は、いつもの優しい彼女のものだった。

◇

「今世間の注目を集めているレイド攻略復活ですが、ずばりフェニクスパーティーの皆《みな》さんには打診などあったのでしょうか？」

宿の一室を使ってのインタビューだった。今日は、冒険者情報を扱う雑誌に載るものだったか。

冒険するだけが、冒険者の仕事ではない。

特に、ダンジョン攻略がエンターテインメント化した現代においては。

「興味はあるか、という話ならば一度」

私が答えると、眼鏡《めがね》を掛けた人間《ノーマル》の男性記者は目を輝かせた。

「ほうほう！　しかし現状を見るに、辞退されたということでしょうか？」

「我々は一度、魔王城攻略に失敗しています」

「人類の最高到達地点が第七層であることを考えると、快挙と言えるでしょう。記録を大幅に更新したわけですから」

かつて冒険者は、『難攻不落の魔王城』の第七層まで到達した記録がある。

しかし、階層情報はフロアボスが変わると更新されるものだ。

魔王城の各フロアについての情報は、攻略された分だけホームページに公開される形式。

私たちの攻略前までは、第三層までしか明らかになっていなかった。

つまり、四層以降のフロアボスは冒険者たちがかつて攻略した頃と変わっているということ。

まぁ、我々以前に他の冒険者が到達したというだけで、第三層までについてもフロアボスの変更はあったようなのだが。

要するに、過去と現在では次層への門番たる魔物が異なるのだ。配下でも同様のことが言えるだろう。残っている者もいるだろうが、去っていった者や新しく入った者が多い。

記録を更新したから、自分達がそれ以前の冒険者たちよりも優れている、とは思えない。

「力不足を実感した攻略でした。それでも私はこのパーティーで魔王城を攻略したい」

「なるほど。ではレイド攻略に参加されるパーティーについてはどうお考えですか？」

「【湖の勇者】レイス殿とその仲間に関しては面識がないのでなんとも言えませんが、みな素晴らしく優秀な方々だと思っています」

「複数パーティーでダンジョンに潜ることに関しては？」

「魔王城がそれだけ攻略難度の高いダンジョンということでしょう。実際あそこは各層ごとに特色が異なるので、様々な【役職《ジョブ》】を揃《そろ》えておくのは有効かと。我々がパーティー単位での攻略を選んだからといって、それが正しいと考えているわけではありません」

「世間的には、冒険者側が勝利を収めるだろうという意見が多いようですが……」

かつてレメの師が魔王だった時代、まだ若かった【嵐《あらし》の勇者】エアリアル氏を含めた複数パーティーを、魔王自らが第一層に出現して全滅させたことがある。

冒険者ファンの間では有名な話だが、この場合の『世間』とはライト層や普段はダンジョン攻略に興味の薄い者たちまで含んでいるのだろう。

メンバーがメンバーだ。そう思うのも無理はない。

「彼らの勝利を願っています」

「今回、第二位パーティーも不参加ですが、これは同様の理由なのでしょうか?」

世界ランク第二位――【漆黒《しっこく》の勇者】エクスパーティーにもレイドへの誘いがあったようだが、我々と同様に辞退したそうだ。

だが、理由まで同じとは限らない。

「そのご質問は、我々ではなく本人たちに」

「すみません、そうですね。では次に、みなさんは現在この街に――」

そうしてインタビューは続き、問題なく終了した。

「あー、だりー。パーティーへのインタビューって言ってもフェニクスばっか質問されんだからよ、オレら要《い》らなくね?」

「写真とか撮った後は、まー放置に近いよね。そのあたり上手《うま》い人もいるけど」

「何もせずにお金が貰《もら》えるなら、良い仕事だと思いますけど」

【戦士】アルバ、【聖騎士】ラーク、【氷の勇者】ベーラが口々に感想を述べる。

「んじゃあ行くか」

腰掛けていたソファーから立ち上がって伸びをしながら、アルバが言う。

「そうだね。フェニクスとリリーは、本当に来ないの?」

ラークの問いに、私とリリーは頷《うなず》いた。

私たちは現在、『難攻不落の魔王城』のある街まで来ていた。

というのも、レイド戦参加メンバーたちから連絡が来たのだ。

彼らも魔王城攻略に本気であり、経験者の話を聞きたいとのこと。

もちろん彼ら彼女らも歴戦の猛者《もさ》たち。一方的に頼ってくることはない。

彼ら程の者ともなれば、アルバたちの動きがレメ脱退後から変わったことなどお見通し。

言ってしまえば、より強くなる為《ため》の指導、あるいは訓練、もしくは手合わせ。

エアリアル氏は後進の育成に積極的だが、彼も現役《げんえき》。こういう機会が貴重なことに変わりはない。

しかも今回は三位と五位もいるのだ。

「ええ、人と逢う約束があるので」

「あ？　男でも出来たか？」

アルバの無遠慮な問いに、リリーは露骨に嫌悪感を示す。

だがさすがに慣れているのか、返答には余裕があった。

「仮にそうであっても、貴方《あなた》には関係ないことですね」

「ちっ、まぁどうでもいいけどよ」

「リリーはスーリさんに逢うのが嫌ってのもあるんじゃない？」

「【無貌《むぼう》の射手《しゃしゅ》】、でしたか。リリー先輩と何かあったのですか？」

「何もありませんよ、ベーラ」

ベーラに微笑みかけつつ、余計なことを言うなとばかりにラークを睨《ね》めつけるリリー。

ラークは降参するように両手を上げて肩を竦《すく》めつつ、視線をこちらへと移した。

「それで、フェニクスは？」

「私も同じだ。それに……鍛錬《たんれん》ならば積んでいる」

「最近一人でこそこそ練習してるやつ？　気になるね」

「君たちには明かすさ。完成したその時に」

私たちは宿で分かれ、それぞれ変装——と言っても私とリリーはフードを目深《まぶか》に被《かぶ》るだけ——しながら目的地へ向かう。

「わたくしとフェニクスが同じ人物に逢うとは、誰も思っていないようでしたね」

「私が誰と逢うかの方は、みな想像がついていたからではないかな」

此処は魔王城のある街。

魔王軍参謀レメゲトンは、【黒魔導士】レメだ。

彼は我々を退けた戦いの後で、別の街に向かう我々の見送りに来てくれた。

そこで指輪を使って配下を呼び、仮面を被ってみせた。

次もまた全滅させるという言葉と共に、我々に正体を晒《さら》した。

私とベーラは事前に気づいていたが、他の三人はそこでレメゲトンの正体を知ったわけだ。

なので、私がこの街で誰かと逢うと言えばレメだと考えたのだろう。

リリーがそれについていく理由が無いので、別々の用件と思ったようだが。

「それで、レメは何処《どこ》に？」

「あぁ、とある酒場だ。大丈夫、場所は知っている」

待ち合わせに指定されたのは、第十層挑戦前夜にレメと行った店だ。

なるべく人目に触れぬよう、人通りの少ない道を選びながら目的地へと向かう。

「あうっ」

と、小さな声がした。気がした。

「フェニクス？」

「……少し此処で待っていてくれ」

「いいえ、今の声ですね？　共に行きましょう」

リリーはフードの奥で、柔らかく微笑んでいる。

「あぁ、では行こう」

先程のは、子供の声だ。昔、よく聞いたことがある。主に私から発せられたもの。

いじめられっ子が、胸ぐらを摑《つか》まれたり押されたり小突かれたりした時に、口から溢《あふ》れる声。

もちろん、私の考えすぎならばそれでいいのだ。それがいいのだ。

だがもし考え通りなら、無視出来ない。

通路を何度か曲がり、発見。

だが想像していたのと、状況が違った。

「嫌いなんだよね、力の信奉者のフリをした雑魚《ざこ》ってさ」

おそらく被害者であろう線の細い少年が、ぼんやりとした顔でそれを見上げている。

彼の服は胸元《むなもと》にシワが出来ており、先程まで掴まれていたことが窺《うかが》える。

宙に浮かんでいるのが、おそらく加害者だろう。

混乱し動転しつつも、その手には奪ったと思われる財布が握られていた。

そして、第三者。加害者を宙に浮かせて笑っているのが。

最近世間で話題の少年——【湖の勇者】レイスだった。

「貴方——」

反射的にレイスを止めようとするリリーを、私は手で制する。

確かにひと目で状況を把握するのは困難。

だが、このレイスは被害者を助け、加害者を罰しているのだ。

「何故止めるのですか。子供の喧嘩《けんか》に魔法など、あまりに危険です」

その通り。リリーが正しい。私は彼女にだけ聞こえる声量で言う。

「……彼は【勇者】だ」

「なっ——!?　……！　まさか湖の……。これはどういう——」

「少年」

私は彼に声を掛ける。

「今、取り込み中だよ。浮いてるの悪者、俺は通りすがり。残りはあとで説明するから」

レイスの説明は簡潔。こちらに視線を向けもしない。

「た、助けて！　こ、こいつがいきなりオレを――わあああ！」

風魔法で宙に浮いている少年が、更に高度を上げる。これ以上だと、周囲の建物の高さを越えてしまう。凄まじい恐怖に襲われていることだろう。

「待って待って。助けてっておかしくない？　俺、確かに聞いたよ？　そこの子をさ、壁に押し付けて、財布取り上げてさ、お前言ってたじゃん。『嫌なら逆らえよ』とか『弱いのが悪いんだろ』ってさ。ほら、嫌なら自分で逆らえよ」

「許してくれ！」

「は？　何を許すんだよ。お前は罪を犯してないんだろ？　弱いのが悪いんだから。悪いのはその子だけなんだろ、お前の理屈ではさ。あぁそれとも、今のこと言ってるの？　でもおかしくないか？　お前は、その子の弱さを許さず攻撃したじゃないか。どうして自分だけ、弱くても優しくしてもらえると思うんだ？」

「お、オレがっ、オレが悪かったから！」

「知ってる。お前が悪いんだよ。それをごちゃごちゃ理屈付けちゃってさ、むかつくったらないね。一番最悪なのは、その理屈だよ。弱いのが悪いなら、強いのが正しいってことじゃん。そう思うなら、徹底してくれ。自分より強い奴《やつ》を前にしたら、問答無用で自分が悪いってへりくだれよ馬鹿《ばか》。お前、最初抵抗したよな？　生き方をコロコロ変える奴が、俺は大嫌いなんだ」

そして、レイスは風魔法を解く。

「えっ、あ、あ、ああああああああっ⁉」

少年が落ちる。地面へ吸い寄せられるように。そして、激突の寸前。

ふわりと再度浮き、ぽふっと地面に落ちた。

「以上、虐めと財布泥棒は悪いことだよ、という話でした」

少年のズボンに、黒いシミが広がっていく。あまりの恐怖に失禁したようだ。

レイスは少年が盗んだサイフを手に取り、いまだ呆然《ぼうぜん》とする被害者の子へと返す。

「こんなお漏《も》らし野郎なんかに怯《おび》える必要はないよ。もしまた何かされたら、しばらくはこの街にいるから……えぇと、うん、世界樹亭って宿に泊まってるから、いつでも来るといい」

「………あ、あり、がとう」

「どういたしまして」

レイスの笑顔は、年相応《そうおう》に無邪気なものだった。

サイフを持った子供が路地から消えてからようやく、レイスがこちらを向く。

「止めなかったね。なんで？」

「レイス殿だから、では答えにならないかな」

「いや、ならないでしょ。よく分かんないよ」

どうやら、彼の方は私たちに気づいていないようだ。

「仮にもエアリアルさんを師に持つ者が、力に溺《おぼ》れることはない。そこまで未熟者ならば、彼が魔王城攻略参加を認めるわけがないからだ」

暴走ではないなら、理性的な魔法の行使ということになる。

第一、痛めつけるなり恐怖を与えるならば、他にやりようは幾らでもある。

彼はイジメっ子の身体を、一切《いっさい》傷つけていない。かなり乱暴な『高い高い』をしただけ。

身体を傷つけずして、教訓を刻もうと脅した。

落下の前から、衝撃を殺す魔法だって用意されていた。

そういうのを全て考慮した上で、それでもやりすぎと思わないでもないが。

自分がかつて被害者だったからか、私には分かるのだ。

加害者側は、その場しのぎ程度では諦《あきら》めてくれない。それで何度レメが傷ついたことか。

レイスは、通りすがりと言っていた。半端《はんぱ》な救済では、後日被害者が更に痛い目に遭《あ》うと考えたのではないか。

彼は自分のルールに従い、悪行を見逃さず。

だがその行為が偽善《ぎぜん》に終わる可能性にまで考えを及ぼし、再犯防止まで行ってしまおうとしたのではないか。

それに、先程の被害者への対応。

彼は力の行使に快感を覚えてはいない。正しさを、心に備えている子だ。

「……おじさんのこと、直接知ってるみたいな口ぶりだね」

私はフードをとった。

「ご挨拶《あいさつ》が遅れたね。私は【炎の勇者】フェニクスという」

レイスが目を丸くした。

「あぁ、あんたが。そういえばおじさんが呼んだんだっけ。魔力隠すの上手だね、まったく気づかなかったよ」

「さすがに、何年も冒険者をやっていればね」

「あはは、そっか。後ろの人は彼女？　熱愛？」

「ち、違います。【狩人《かりゅうど》】リリーです」

「パーティー内恋愛？」

「違うと言っているでしょう」

「あはは。でもよかった。助かったよ。集合場所に向かってたんだけど、道に迷っちゃってさ」

「そうか、いや、だが……」

彼は私とリリーも目的地は同じだと思っているようだ。

だが、実際は違う。

とはいえ、放ってもおけない。

「私たちは今日別の目的があってね。途中までで良ければ案内しよう」

「へぇ？　うん、分かった。ありがとうセンパイ。お願いするよ」

レイスはその後、失禁した少年を起こした。レイスが何か言う前に、少年は逃げ出してしまう。

「わたくしは、やはりやりすぎだったと考えます」

私たちは通りに出て、レイスの目的地へと向かう。

「エルフだと、イジメっ子はどう罰するの？」

「罪を犯した者は樹牢《じゅろう》に閉じ込め、己《おのれ》の罪と向き合わせます」

木の虚《うろ》のような、膝《ひざ》を抱えてなんとか入れる程度の空間に閉じ込め、鍵《かぎ》を掛けるのだという。

「なるほど。そんな時間も場所もない時は？」

「……想定されていません」

エルフは集落ごとに人間関係が完結しているので、見知らぬ者と外で諍《いさか》いが起こる、ということ自体が稀《まれ》なのだという。

仮に別の集落や種族と争いになった場合は、個人間の問題ではなく集落全体の問題になる。そうなるとやはり、自分一人で解決とはいかない。

「へぇ。それで上手く回るんなら、すごいことだよね」

「……」

リリーは微妙な顔をした。思うところがあるが、口にするつもりはないのだろう。

「先程のことだが、あぁいうことはよくあるのか？」

「さぁ、俺この街に来たばっかだし」

「そういうことではなく」

「あはは、ごめんごめん。分かってるよ。そうだね、よくやるよ。弱いもの虐めっていうの？あぁいうのさ、苛々《いらいら》するんだ。それを止める為に、結局もっと強い奴がそいつらを止めなきゃいけないってのも、嫌な話だけどね。そんなつまんないことの為に、力を使うなんてさ」

「では、君はなんの為に力はあると？」

「証明だよ。力があるから、勝てる。力があるから、守れる。力があるから、自分が正しいと思ったことを実行出来る。俺の力は、その為にあるんだ」

「そう、か」

「強いのが格好いい。最後に必ず勝つのが格好いい。一番正しい勇者の形は、それだ。どんな精霊がついてるとか、顔とか年とか性別とか華があるとかないとか、そんなのはどうでもいい……って、俺は思うんだよね、あはは」

途中まで真剣味を帯びていた彼の声が、わざとらしく明るいものに変わった。

「……君、どこかで逢ったことが？」

「え、フェニセンパイと？　ないと思うよ」

「そう、か。……ふぇに、せんぱい？」

「だって今、顔隠してんじゃん。フルで呼ぶわけにはいかないでしょ」

私たちに合わせて、レイス少年も顔を隠して歩いている。

「あ、あぁ、そうか」

誰かに似ている気がする。

最後に必ず勝つ。

レメの気に入っていたフレーズだ。だが、彼オリジナルというより、あれは誰かの言葉だった気がする。ある勇者の言葉だろう。

レイスも、同じ勇者のファンなのか。

「レイス」

首から下がローブですっぽり覆《おお》われた、白い髪の少女が現れた。

「あ、フラン」

「探した」

少女に表情はないが、僅《わず》かにだが呼吸が乱れ、汗もかいている。

「迷ってたんだ」

「……レイスは方向音痴《おんち》。一人で歩かないでほしい」

「方向音痴じゃない。俺は俺の行きたい場所に足が向くだけだ」

「……どうしようもない」

「それに、いつもお前が来るから、別にそれでいいんだよ」

「……そう」

表情の変わらない少女だが、唇《くちびる》の端が僅かに上がったような。

「ありがと、フェニセンパイにリリセンパイ。ここまでで大丈夫だよ」

「そのようだね」

「あの、わたくしたちと逢ったことは……」

「うん、秘密は守るよ。熱愛は俺の胸に秘めておくさ」

「だから、違うと言っているでしょう」

「あはは。あ、そうだフェニセンパイ」

「なんだい？」

「理由は分からないけど、レメさんを捨てたよね」

彼は人懐っこい笑みを浮かべながら、刃《やいば》のように鋭い言葉を突き出す。

「――――」

「安心して。あの人は俺のパーティーで一位になる。俺は、絶対に仲間を見捨てないからね」

「……レメは、既に自分の道を見つけている」

「……この道の方が楽しそうって、思わせてみせるさ」

そう言って、彼は笑顔のまま去っていった。

◇

第六層・水棲魔物の領域。

海の上に、白い砂の道が出来ている。それはどこまでも続いているようにも、途中で途切れているようにも見える。迷路のように入り組んでいるところも、分岐路も確認出来た。

僕とミラさんは、それぞれ魔物衣装かつ魔力体《アバター》状態で第六層を訪れていた。

ちなみにフロアボスの控える各層最深部も、記録石で転移することは可能。

だが、それには担当のフロアボスに許可を得なければならない。

かつて第十層防衛に協力してくれた仲間たちに対しては、僕が許可を出したわけだ。

当然、ほとんど接点のない【水域の支配者】ウェパルさんに最深部転移許可をもらう機会などこれまでなく。

僕らは一つ前の部屋に転移し、そこから徒歩で第六層の最深部へ向かうことに。

「私は許可を得ているので、一緒に転移すればよろしかったのではないでしょうか」

「うぅん、ウェパルさんが許可を出したのはミラさんに対してだよね？　それに僕がついていくっていうのは、なんか……よくない気がして」

「ふふ、レメさんらしいです」

予想出来ていたのか、彼女は柔らかく口許《くちもと》を緩めている。

「それにしても、私を連れてきた判断はとても正しいですよ。さすがは魔王軍参謀です」

「そう、なのかな。そんなに気難しい人なの？」

ミラさんはなんだか自信に満ちている。

確かにウェパルさんは近寄りがたい雰囲気を纏《まと》っている……いや、違うか。

みんな大なり小なり人間の参謀に興味を持つ。それが好感情か悪感情かはさておき、どんな奴なのだろうと気にしているのが分かる。

それがなかったのは、食べ物関連以外では対応が普通だったフルカスさんくらいだろうか。今でこそ剣の師で、一緒に他ダンジョンに派遣された仲だけれど。

初対面の時――僕の魔王軍面接の時だ――なんて寝ていたし。

ウェパルさんは普通とも違う。関心が薄い、という感じだろうか。

「いえ、彼女は面白《おもしろ》い人ですよ。ただ、自分の好きなものの前でないと、テンションが低いだけです」

「あー、なるほど」

分かる気がする。【聖騎士】ラークは装備にこだわるタイプで、武器防具店を見に行くといつもよりテンションが上がる。【狩人】リリーはいつも毅然《きぜん》としているが、森ステージのダンジョンに挑む時はいつもより饒舌《じょうぜつ》だ。

普段冷静な人でも、スイッチが入ったように元気になることがある。

「次、右です」

「あ、うん」

左右の分かれ道で、僕らは右に曲がった。

見晴らしはいいので、正しいルートを導き出すのはそう難しくないように思える。

実際、今のような状況なら簡単だ。

ただ、ダンジョン攻略では魔物の襲撃がある。ゆっくりと正しい道を探る余裕はない。

立ち止まっていてはいい的《まと》なので、動くしかなく。

うっかり間違った道に進んだら行き止まりで、引き返すしかなく……みたいなことも多い。

「この私にどーんとお任せください。彼女の気に入りそうな品は、仕入れてあります」

「いつの間に……」

「こんなこともあろうかと……と言いたいですが、別件の為に用意したものですね」

「それを、今日使ってしまっていいのかな」

「よいのですよ。レメさんのお役に立てるのなら」

「……ありがとう」

「その言葉だけで報われる思いです」

ミラさんが胸に手を得て喜びを噛《か》みしめるような顔をする。

「いやはや、仲睦《なかむつ》まじい恋人が歩いているものですから、いつの間に此処はデートスポットになってしまったのだろうかと思いきや、参謀殿とカーミラ嬢でしたか」

海面がぶるぶると震えたかと思うと、何かがゆっくりと顔を出した。

何かというか、彼しかない。

【海の怪物】フォルネウスさん。彼は巨大な鮫《さめ》の亜獣。人語での意思疎通が可能で、物腰の柔らかい紳士だ。第六層の副官魔物でもある。

彼が出てきた拍子に、僕らは全身に水を被ることになる。彼は加減して出てきてくれたようだが、それでも大いに水が飛んでいた。

ずぶ濡《ぬ》れになった僕らを見て、彼が申し訳なさそうに目を細めた。

「これは失礼しました。参謀殿にご挨拶をと思ったのですが……」

「いや、問題ない。貴様とは中々話す機会も得られんからな」

今更感が強いが、レメゲトン口調に直す。

……さっきの会話を聞かれていたなら、威厳《いげん》も何もないのだけど。

「フォルネウス、少し遠くから顔を出してくれればよかったのではなくて？」

ミラさんもカーミラ状態に。ちょっと頬《ほお》が赤い気がする。それは僕も同じだろう。

「重ねて失礼を。丁度この下で寝ていたのです」

「ならば、邪魔をしたのは我らの方であったか」

「いえいえ、こんな身体ですからな、他にやることもないというだけのことでして。お二人は、ウェパル様にお逢いになられに？」

「ええ、そうよ」

「ふむ、なるほど。では、水を被《かぶ》せた詫びにはなりませんが、私がご案内致しましょう」

「道は分かるわ」

「承知しております。ですが此処はフロアボス直前のエリア。正しい道筋を辿《たど》るにも時間が掛かりましょう」

「……まぁ、そうね。どう致しますか、レメゲトン様。彼の申し出を受ければ、近道ではあります」

「案内というと？」

僕が問うと、フォルネウスさんは砂の道に身体を横付けした。

「お乗りください」

彼の背に乗って、連れて行ってもらうということか。

しかし砂の道がある。それが邪魔なので、どこかで潜らなくてはならないのではないか？

「心配は要りませんよ、レメゲトン様」

カーミラがそう言うので、僕はごちゃごちゃ考えるのをやめた。

「では、頼む」

「喜んで」

僕らはゆっくりとフォルネウスの背中に乗る。

大きな背びれを掴み、背に腰掛ける。

カーミラは、そんな僕の腰に掴まった。

「では行きましょうか」

そう言って、フォルネウスさんは水中に潜った。

視界が青に染まる。だが僕らがこれ以上濡れることも、肺に水が入ることもなかった。

「……なるほど」

水魔法の一種だ。水を除《よ》ける魔法。僕とカーミラの周囲には、水の入り込めない小さな空間が出来ていた。

おかげで、海中の様子を楽しむことが出来た。

「レメゲトン様、人魚が泳いでいますよ」

カーミラの指差した方向には、確かに二人の人魚が泳いでいた。

「彼女たちは優しいのですが、若い子の話は私にはよく分からないのです」

フォルネウスさんは古株だ。勤続年数を考えると、師匠の部下だった時期もある筈。

やがて、彼の身体が浮上する。

魔力空間という箱庭に創られた海の果て、そこには扉があった。

「この向こうです。海上におられるかは分かりませんが」

「えぇ、呼び出す餌は用意してあるわ」

「それはそれは」

彼が楽しげに身を揺らす。

「助かった、フォルネウス」

「えぇ、レメゲトン様。もしよろしければ、またお越しください。その際は……ルキフェル様の話でも」

「……！　必ず、また来る」

それは、師匠の魔王としてのダンジョンネームだった。

僕の角に関しては、最初は魔王様と四天王《してんのう》しか知らなかった。

第十層防衛後も、詳細は伏せられていた。

だがニコラさんとの一騎打ちで角を解放したこともあり、その配信前に主要な魔物たちには伝えていたのだ。

師匠の角だとは言っていないが、フォルネウスさんは何か理由があって気づいたのか。

「お待ちしていますぞ」

フォルネウスさんは目を細めて笑ってから、海中へと消えていった。

「レメゲトン様？　今のは……」

「あぁ、後で話す」

「承知しました。行きましょう、人魚姫を釣り上げませんと」

◇

ダンジョンにおける、『フロア』の定義。

たとえば魔王城は全十一階層だが、十一の部屋を突破すればクリア……というわけではない。

普通の建造物と同じと考えると分かりやすいか。

一つの階だからといって、一部屋とは限らないわけだ。

冒険者は、沢山ある部屋の扉を開けて回り、ようやく次の階層へ繋《つな》がる部屋を見つけると、フロアボスと戦うことになる。これに勝利することで、そのフロアは攻略成功となる。

一つの『階』をフロアと呼び、『部屋』の数や種類は自由というわけだ。

メイド姿の【夢魔《むま》】を率いる【恋情の悪魔】シトリーさんの第五層、それとフェニクスパーティー戦での第十層。これらは一つの階に一部屋で、非常に珍しい形態といえる。

荒野や森、空といった広大なステージ一つを展開するタイプを含めると、数は増えるが。

第六層の海ステージもこれに近いが、部屋数は二つ。

先程まで僕とミラさんのいた一つ目と、今いる二つ目。

「いない……ね」

部屋は正方形。床の半分は白い砂、残り半分は水で満たされている。海辺を箱に詰めたような空間だ。

天候は晴れ。時間帯なら夕方や夜、天気なら嵐や曇りなども可能らしい。

海部分の中央には、長い柱――ではなく、管か。中が空洞になっている円柱がそびえ立っている。

透明な何かで構築されており、中は海水で満たされていた。

ダンジョン攻略ではそこにフロアボスがおり、冒険者たちを迎えたのちに戦闘に発展する。

まぁそもそも、普段からボス部屋にいる人なんて滅多にいない。あくまでステージだ。

けれど、ウェパルさんはよく籠《こ》もっているのだという。

海上でないなら、海中だろうか。

「想定通りです」

そう言ってミラさんが懐《ふところ》から何かを取り出す。

それは僕らが常に持ち歩く親指サイズの金属板――登録証に似ている。

機能としては、ほとんど同じものだ。

記憶板《メモリ》なんて呼ばれるそれは、名前まんまの機能を搭載している。

小型の記録石だが、ダンジョンの攻略映像をまるっと記録することも可能。というか、ダンジョン攻略が終わると、映像の収まったこれを受付で渡されるのだ。

「ウェパル。例のブツよ」

と、ミラさんが言う。なんだか怪しい取り引きでも始まりそうなフレーズだ。

だが反応はない。

水面は静かだし。波もないまま。

「『初級・始まりのダンジョン』兼『全レベル対応ダンジョン』の攻略映像よ。当然、全ての未公開シーンを含むフルバージョン」

……ん？

それって確か、僕とトールさんたちが、ニコラさんのパーティーと戦った時のものでは……？

レイド戦のニュースで若干勢いが収まったり、逆に僕の登場部分だけ再び取り上げられたりなどしている、話題の攻略映像だ。

「更には別ルートから、フルカスとレメゲトン様の訓練映像を始めとした指導映像も入手しているわ」

足許が揺れた、ような気がした。

いや、揺れているのはフロアか。

砂粒がずず、ずずと絶えず位置を変え、水面が荒れる。

「どうぞ、レメゲトン様」

ミラさんが、僕に傘を掛けた。

持っていなかった筈だが、それもその筈。彼女の血で出来た傘だった。

「相合い傘ですね……ふふふ」

二人一緒に一つの傘に入っている。先の展開が読めた僕は、静かに頷いた。

次の瞬間、海中央の管から、流星のような速度で何かが飛び出してきた。

大量の水が撒《ま》き散らされる中、空を泳ぐのは第六層フロアボス——ウェパルさん。

青みを帯びた金色の毛髪がふわりと舞い、人魚の尾が空を掻く。惜しげもなく晒された肌は、胸のみが二つの貝殻で隠されていた。

それは、とても幻想的な光景だった。

彼女が、そのままドボンッ、と落ちるまでは。

「カーーーーミラ！」

凄まじい勢いで彼女が泳いでくる。水が透き通っているおかげでそれがよく見えた。

パラパラと落ちてくる水の粒を傘が弾く中、ミラさんが口を開いた。

「合図を出したら左右に分かれましょう」

慣れているのか、彼女は冷静。

「今です」

僕が左に、ミラさんが右に、それぞれ跳躍。

するとその間を、海中から弾丸のように放たれたウェパルさんの身体が通った。

ずざざざ、と砂の上を滑るウェパルさん。

——普段のイメージと違うなぁ……。

でもそうだ、説明を受けていた。好きなものを前にするとテンションが上がるのだと。

「随分と酷《ひど》いことをするのね、胸に飛び込んでくる美女は受け止めるものではないかしら」

全身を砂だらけにしたのも一瞬。ウェパルさんは水魔法で身体を洗っている。

「貴女、若干レメゲトン様側に飛び込みましたね？」

「途中で、アナタは性格的に避けるって気づいたから。参謀サンまでそんな冷酷だなんて思わなかったけれど」

「あー……」

「いえ、無視してくださいレメゲトン様。あんなものを受け止めては、魔人と言えど身体が吹き飛びます。貴女、水魔法で加速したでしょう」

「ふっ……まぁいいじゃない」

あ、誤魔化《ごまか》した。

確かに今のは単に飛び出してきたというには速すぎた。

水棲魔物には、海中での移動を補助する水魔法を扱える者が多い。その応用で、超加速したのかもしれない。

「それよりも、ブツを渡しなさい」

彼女の足許から水が溢れ、それが盛り上がる。くねくね動く、水の柱。それがミラさんに向かって伸び、ウェパルさんはその中を移動。

会議の時もそうだったが、二本足に変化することも出来る筈だが、しないようだ。

「話が先よ」

「中身を改めるのが先……と言いたいところだけど、そこは信用するわ」

ウェパルさんは肩を竦める。

その言葉から、信用を築くだけの取引が、これまでも行われていたと推察出来る。

「参謀サンも賢いわね。お一人で来ていたら、多分出てこなかったわ。あぁ、アナタが嫌いとかではなくてね？」

「この子は集中していると、周囲を気にしなくなるんです。そんな時でも特定のワードには反応するので、都合のいい耳ですが」

呆《あき》れた様子のミラさんに、ウェパルさんは後ろ髪をふぁさぁ、と搔き上げる。

「進化した耳と言って頂戴《ちょうだい》」

「進化……」

僕は思わず呟《つぶや》いた。

攻略映像や魔物の訓練映像を餌にすると、驚くくらいに食いつく。

つまり、彼女は。

「ウェパルは魔物オタクなのです」

「オタクはやめて頂戴。どうしても言うなら、マニアね」

ウェパルさんがつまらなそうに唇を歪《ゆが》めて言う。

「それって、何が違うのかしら」

「語感よ」

ミラさんが首を傾《かし》げると、ウェパルさんは言い切る。

オタクとマニア。

特定の分野に熱中する者という意味合いの言葉だが、明確な差異はあるのだろうか。あっても人によって違っていたりして、辞書的な意味での差異はよく分からなかったりする。

「そう。よく分からないけれど、分かったわ。魔物マニアのウェパル」

「ご理解をどうもありがとう。【黒魔導士】レメの熱心なファン、カーミラ」

ウェパルさんも知っているようだ。あるいは、こう、マニア仲間的な存在なのかもしれない。

ミラさんのことは既に知っているとはいえ、何度言われても照れくさいものがある。

「それで？　ワタシは参謀サンとどんな話をすればいいの？」

「レイド戦の件よ」

「あぁ、あれ。そういえば、みんなを集めているそうね。ワタシもお呼ばれするのかしら」

彼女の視線が僕に向く。

「あぁ、そのつもりだ」

「ふぅん」

彼女の表情は読めない。

「ワタシ、この部屋が好きなのよね。正直、あまり出たくないわ」

そう言いながら、彼女は水の柱を操る。それは僕を中心に渦を巻くように走り、彼女がその中を泳ぐ。丁度、彼女と僕と頭の位置が同じになるくらいでウェパルさんは止まる。

「彼女は引きこもり気質なのです」

「インドア派と言って頂戴」

「それも語感の好みかしら」

「ニュアンスの違いよ」

二人の掛け合いは軽《かろ》やか。

「ではインドア派のウェパル。いい加減レメゲトン様から離れなさい。ちょっと近すぎるのではなくて？」

「最近のアナタより？」

「……わ、私は許可を得てから、ちゃんと……」

「ふふふ、【吸血鬼の女王】がまるで乙女《おとめ》ね。アナタの信者たちが見たら、どう思うかしら」

「……折角《せっかく》用意したこれは、要らないようね」

ミラさんが記憶板《メモリ》の表面に血の爪《つめ》を立てる。

「落ち着きなさい。……まったく冗談の通じない子ね」

ウェパルさんの口調は冷静だが、焦《あせ》りが滲《にじ》んでいるのが分かる。

「話は聞くわ。まずはそこからでしょう？」

僕は頷き、新生第十層の構想を彼女に話す。

それを聞いた彼女は――。

「これは参謀サンが考えたの？」

顎《あご》に手をあてがいながら、彼女が尋ねる。

「あぁ」

「そう……」

何かを考えるように視線を落とすウェパルさん。

次に顔を上げた時、彼女の瞳《ひとみ》の中は――光り輝いていた。

実際に発光しているのではなく、わくわくする子供みたいな目。

「面白いわ。聞いたこともないし、そもそも実行出来る者なんて世界に五人といないでしょう。ええ、実現すればとても楽しそう。認めるわ。けれど問題もそこよ。本当に実現出来るの？」

彼女の言う通り。

新生第十層の実現に必要なのは、多くの仲間、指輪、膨大な魔力、そして僕の立ち回り。

大きな問題は魔力と、僕の動き。

「魔力はなんとかする」

「そう、分かったわ」

表には出さなかったが、僕は内心驚いた。

魔力をなんとかすると言っても、普通はそんな方法など無い。僕だって魔王様に聞くまでは知らなかった。

彼女がその方法を知っていたとしても、それは常人が習得できるものではないので、やはり考慮に入れるものではない。

そして、僕の魔力不足は誰でも想像出来ること。

【炎の勇者】フェニクスに一騎打ちで勝利するということは、そういうこと。

全ての魔力を賭《と》して挑まねば、あの結果は得られなかっただろうと考えるのは普通のこと。

となると、だ。

ウェパルさんは今、不可能事を口にした者の言葉を、ノータイムで信じたことになる。

「アナタがなんとかすると言うのなら、するのね。だってそうでしょう？　出来もしないことを語るような男に、カーミラが惹《ひ》かれるわけがないもの」

理由が判明。

彼女は僕を信じたのではない。当然だ。僕と彼女の間に、個人的な信頼関係はない。築けてもいないものを、どう活用出来ようか。

ウェパルさんは、ミラさんの人を見る目を信じたのだ。

「けれど、それと協力するかどうかは別の話よね」

「……あぁ」

それもまた、当然の話。

僕に協力するということは、仕事が増えるということ。

たとえばフェニクスパーティー戦だ。

フルカスさんは一回の協力に一回の食事という契約が始まりだし、【死霊統べし勇将】キマリスさんは【氷の勇者】ベーラさんの魔力体《アバター》狙《ねら》いで協力してくれた。

他の人たちだって、彼ら自身が再戦を望んでいたから共に戦ってくれたというところが大きい。

それでいいのだし、その形が健全だ。

どちらか一方だけが利を得るのは、好ましくない。利の部分は満足するとか、楽しむとかに置き換えてもいい。

魔王様や僕からの命令となれば聞く他ないが、そんなことをするつもりはない。

感情的にも合わないし、そもそも嫌々戦って十全《じゅうぜん》の力は引き出せまい。

一緒に働くなら、気持ちよく全力で、というのがいい。それだけ。

「幸い、参謀サンは取引材料に困らないでしょう？　なんといっても、元フェニクスパーティーなのだから」

そう。フェニクスパーティーの攻略映像ならば僕も所持しているし、コピーしたものを差し出すことは出来る。ノーカット版で、色んなダンジョンの様々な魔物たちを拝《おが》むことが出来るだろう。

だが。

「あれは渡せない」

「あら、何故？」

「【黒魔導士】レメだけのものではないからだ」

あれはフェニクスと、アルバと、ラークと、リリーと共に戦った記録。

僕が誰かに頼み事をする為に、利用していいものではない。少なくとも、僕にとっては。

第九十九位パーティーの攻略映像は、ニコラさんを通して全員の許可を得ている筈。

また始まりのダンジョンの指導映像に関しては……おそらくだが、ミラさんがトールさんにこう持ちかけたのではないか。

レメさんとフルカス、ひいては魔王城の為です、とか。そうすれば、あのダンジョンで提出を嫌がる人はいないだろう。みんな良い人だし、僕らに恩義を感じてくれている。

そうなると、元々の用途だったという別の取引とやらが気になるが、今は横に置いておく。

「そう、残念ね。じゃあ、ワタシをどう説得するつもり？」

「説得が必要とは思わない」

彼女が首を傾げる。

「何故そう思うの？」

「貴様だけが欠けた第十層防衛を、のちに観《み》た時。魔物マニアのウェパルは何を感じる？」

ウェパルさんは目を丸くし、そしてすぐに――微笑んだ。

「……あぁ、そういうこと。確かに、それはとても嫌ね。折角面白い試みなのに、人魚一人いない所為《せい》で不完全に終わるなんて、そんなの美しくないし、苛立たしい。ワタシが参加することで、視聴者としてのワタシは満足を得る。なるほど、これはむしろワタシの方からお願いしなければならなかったのね」

彼女は魔物マニア。

新しい試みに参加しないことで、新生第十層が不完全に終わる。

そんなものはなによりも、彼女自身が認められないだろう。

「いいわ。協力しましょう。今から出来上がりが楽しみね」

そう言ってウェパルさんが僕の手を掴み、恋人のように絡《から》ませる。

指輪に魔力を流し、彼女が協力の意思を表明。

契約は此処に完了した。

「よろしくね、参謀サン」

「よろしく頼む」

「……ウェパル。その手は何？」

「指輪に触れただけよ。必要なことでしょう？」

「絡ませる必要はないのだけれど？」

「そうね。でもそれをアナタが言うのはおかしいわ？　だって自慢していたじゃない？　自分は指輪に口づ――」

「吸血鬼と人魚のどちらが強いか、此処で試してみましょうか？」

ウェパルさんが僕から離れた。

ミラさんから伸びた血の刃を回避する為だ。

「うふふ、それは魅力的な提案ね。でもやめておくわ。それよりもほら、話は終わったわよ？」

ウェパルさんが手を出すと、ミラさんはまだ不機嫌そうではあったが、応じた。記憶板《メモリ》を彼女に渡す。

「ありがとう。良い取引だったわ。じゃあワタシは早速これを観るから――」

「ウェパル」

「あら、なにかしら参謀サン」

水の柱を海に向けていたウェパルさんが、振り返る。

「貴様を説得する必要は無かった。だが、それはこちらが何も与えなくていいということにはならない」

そもそも魔物マニアだと知ったのは此処に来てから。

説得に必要なものがあるなら、しっかりと用意するつもりでいたのだ。

「律儀なのね。参謀サンに関《かか》わる動画となると……あぁ、一番聞きたい話を忘れていたわ。【炎の勇者】フェニクスをどう倒したのか。カメラが破壊された後の戦いについて、知りたいわ」

「……いいだろう」

角を持った人間だということは、既にバレている。

師匠の角だということやあの戦闘について、魔王様と四天王は知っている。

そもそも師匠は魔物に角を隠すなとは言わなかった。カメラを破壊し、攻略後に黙っているよう脅せとは言っていたけど、さすがにあれは冗談だろう。あとはそう、師匠の角だと分かれば誰も口外はしまいというようなことも言っていたか。

僕とフェニクスの会話内容だとか、あのあたりは恥ずかしくてとても人には語れないが。

戦闘内容ならば構うまい。

「だが……」

「もちろん口外しないわ。お宝映像や情報は、持っていることに意味があるの」

「そうか」

「今からでもいいかしら？　ワタシの部屋に来るといいわ。お茶くらい出すから。この下にあるのだけど、快適性は保証するわよ。じゃあ、行きましょうか」

ウェパルさんは目を輝かせながら、僕の手をぐいぐい引く。

この下というのは、海中か。

「待ちなさい、ウェパル」

「あらカーミラ、まだいたのね」

「レメゲトン様、私もお供します」

「アナタは別に要らないのだけど」

「お供します」

ミラさんからの圧が凄《すご》い。

「……まぁ、いいわ。行きましょうか」

もう片方の手でミラさんの腕を摑んだウェパルさん。

その後、僕はあの戦いについて語った。

ウェパルさんは、それを実に楽しそうに聞いていた。

そうして、僕はまた一人、契約者を得たのだった。

第四章 勇者の面影

目が回る忙しさなんて言い回しがあるが、まさにそれだった。

直属の部下の確保と、連携の訓練。

全《すべ》てのフロアボスとレア魔物との契約、加えて各層固有の魔物さんたちの配置換え交渉。

別ダンジョンなどからの助っ人対応。

また、参謀として各フロアへのアドバイスを考え、レイド攻略挑戦者たちの情報収集と研究も平行して進めていた。

自分の鍛錬《たんれん》もあるし、魔力不足も解消しなければならない。

秘書として各フロアや助っ人さんたちと僕を繋《つな》げてくれているカシュも、大忙し。

みんな自分の層の強化や、新人育成もあるのだ。

更に普段の仕事――冒険者たちへの対応もある。

多くが第三層までで撃退出来ているとはいえ、最近では四層まで達するパーティーも現れるようになった。

「済《す》まない、待たせたかな」

これはフェニクスパーティーをきっかけに、多くの攻略映像が世に出回ることになったことも一因だろう。先人の動きを参考にする、ということが出来るようになった。

数が増えたことで、自分たちのパーティーに合った突破方法も見つけやすくなったわけだ。

あとは単純に……高い実力を備えた挑戦者が増えてきた、というのもある。

「予想外の人物と遭遇《そうぐう》しまして……こちらから呼んだのに、ごめんなさい」

前にフェニクスとご飯を食べた酒場だ。

フェニクスとリリーが遅れてやってきて、僕の座っていた卓に近づいてくる。

僕は思考を切り上げ、二人を見遣《や》った。

「大丈夫。予想外の人物って？」

二人が席につき、飲み物を注文。食事の好みは把握しているので、既に注文は済ませていた。

「【湖の勇者】です」

「あぁ、合同訓練の件で？」

レイドに参加するエアリアルパーティー、ヘルヴォールパーティー、スカハパーティー、あとはレイスくんとフランさん。

そこにフェニクスパーティーを加えた冒険者たちで、意見交換と合同訓練が行われると聞いた。

「いや、私たちは不参加ということでその場には寄らなかった。彼の方が……迷っていたようでね」

話を聞くと、イジメっ子を少々過激に退治していたという。

「へぇ……」

強さの信奉者……か。

確かに彼は、強さに執着している。

自信に溢《あふ》れる態度と相まって、人によっては生意気に映るかもしれない。

ただ、未熟さからくる全能感に酔った子供とは、絶対的に違う。

彼がフランさんに向ける視線には信頼と気安さがあったし、エアリアルさんに窘《たしな》められたからというのはあるにしても、スカハさんへの非礼も詫《わ》びて態度を改めた。

そして、フェニクスから聞いた今回の話。

レイスくんは強さを背景に、傲慢《ごうまん》に振る舞っているのではないのだ。

仲間を信じ、決して捨てないという信条を持ち。

主義の異なる者であっても、協力が必要とあれば柔軟に対応し。

また、暴力によって弱者を虐《しいた》げる者があれば、これを身体的《しんたいてき》に傷つけずして撃退する。

彼の中には、明確な強者の定義がある。いや、あるのは勇者の定義か。

「なぁ、レメ。私は思ったんだが、彼はあの人に似――」

フェニクスの声は、飲み物を運んできた給仕さんの声に遮《さえぎ》られる。

「レイスくんがなんだって？」

「……いや、あとで構わないよ。今日の目的とは逸《そ》れてしまう話だし」

ちなみに店内に入ってから二人への認識も阻害しているので、客も店の人も僕らには気づかない。

もちろん『客』とは思っているが、それだけ。

「ふぅん。まぁいいか。それで、リリー。話があるんだよね？」

「え、えぇ……。その前に、少しよいですか？」

リリーは果実酒を口につけたが、唇《くちびる》を湿らせる程度だけ含んで木樽《きだる》ジョッキを卓に置いた。

「うん？」

「先程、レイスくんと言いましたが……お二人は面識が？」

「あー、うん、まぁちょっとね。エアリアルさんがこの街に来た時に少し逢ったんだけど、そこに彼もいたんだ」

「それで、仲間に誘われた？」

フェニクスが唇だけで笑っている。

「なんだよその顔……。断ったぞ、僕は」

「彼は諦《あきら》めていないようだったけれどね」

「僕にはどうしようもないだろ」

「……何故《なぜ》冷静でいられるのですか？　この時代の四大精霊契約者が、全員貴方《あなた》を求めたということなのですよ？」

【炎の勇者】【嵐《あらし》の勇者】【湖の勇者】。【泥の勇者】は空席なので、三人で全員。

「あ、あぁ、うん。そう言われると、確かに凄いことだね……」

「凄いなんてものでは……！　……いえ、魔王城の魔王に気に入られることも、充分以上に凄《すさ》まじいことなのですが」

リリーがここまで反応するのは、彼女がエルフだからというのも大きいだろう。

エルフという種族は、風精霊の子とも呼ばれる。

大昔は実際に風精霊が人に成《な》った姿だとか、人と交わって出来た種族だとか信じられていたようだが、現代ではそう考える者はほとんどいない。

人間《ノーマル》の【魔法使い】は、基本的に得意な属性というものを持たない。均等に才能があるとも言えるし、突出したものが無いとも言える。

だがエルフは生まれつき風魔法の適性を持つ者が多いのだ。

同じように、甲虫《こうちゅう》の特徴を持つ蟲人《ちゅうじん》は土精霊の子、水棲《すいせい》魔物は水精霊の子なんて呼ばれることがある。精霊契約者でもないのに一部属性に高い適性を持つことから、そう呼ばれるようになったのだろう。

とはいえ、大多数は【勇者】に遠く及ばない。あくまでほとんどの人間《ノーマル》とは比べ物にならない適性持ち、ということだ。

実際、リリーはあまり風精霊に愛されていない。これは彼女自身の言葉。

エルフは風魔法で弓の精度や威力を上げる者が多く、彼女もそこまでは出来る。

だが大規模な風魔法は使えない。

だからこそ、彼女は『神速』にこだわったのかもしれない。

とにかく、エルフにとって精霊は身近なもので、自分たちの種族に加護を与えてくれる存在という認識。

その本体は、非常に尊いもの。

四体しかいない本霊の内、三体の契約者が、一人の【黒魔導士】を仲間に迎えたがった。

その衝撃は計り知れない。

「そう、だね。けど僕は、仕事を投げ出すつもりはないから」

フェニクスに誘われた時も、エアリアルさんやレイスくんに誘われた時も。

嬉《うれ》しかった。光栄だったし、胸が熱くなったものだ。

フェニクスと一位を目指し、その夢は半ばで諦めることになった。

だがその先で得た仕事は、多くの仲間は、新しい夢は、僕にとってとても大事なものになったのだ。

「い、いえ……そもそもわたくしたちの判断で貴方を排除したことがきっかけだというのに……取り乱しました」

「もういいって。あんまり引きずられてもやりづらいし、うん……仲間ってのはもう違うけど、他人でもないんだし、友人になれないかな」

「……ゆう、じん」

「だめかな？」

リリーは、不思議なものを見る目で僕を見た。

「貴方は……いえ、貴方がよいと言うのならば」

こくり、と彼女が頷《うなず》く。

「もちろん。それじゃあ、本題に入ろうか」

僕が微笑《ほほえ》むと、彼女も弱々しくだが、笑顔を作った。

「は、い。……本日は、貴方にしか頼めないことがあって参りました」

そして、リリーは頼み事の内容を明らかにした。

「レイド攻略に限り、わたくしを貴方の部下にしてほしいのです」

まったく予想してなかったと言えば、嘘《うそ》になる。

ただ、あくまで可能性の一つとしてだ。あるいはこんな理由だったりするのかもしれない、程度の考え。

実際に言われると、やはり戸惑《とまど》ってしまう。

「えと……」

僕はフェニクスを見る。

奴は何も言わず、静かに頷いている。

いや、なんか言えよ。お察しの通り、みたいな顔だけされても困るって。

「……驚かれないのですね」

リリーが意外そうに言った。僕の反応に、彼女の方が少し驚いているくらいだ。

「ま、まぁ、このタイミングでリリーから僕に話があるって言われればね」

彼女だって僕が魔王軍参謀なのは知っている。

急ぎでなければ時間が空くまで待つ筈《はず》だ。多忙を極《きわ》めるだろう時期に時間を作ってほしいと言うのだから、理由があると考えるのは当然。

理由なんて、そう多く考えつかない。

「貴方には、その理由まで見えているのですか？」

「いや、見えてるっていうか。僕らは仲間だったわけで……君が真面目《まじめ》なのは知っているし。スーリさん関連ならあるいは、って思ったくらいだけど……」

その名前に、彼女の眉宇《びう》が歪《ゆが》む。

【無貌《むぼう》の射手】スーリさん。第五位スカハパーティーの【狩人《かりゅうど》】だ。

「……その通りです。しかし明確に彼への嫌悪を口にしたことは、そうなかった筈ですが……ラークも気づいているようでしたし、そんなに分かりやすかったのでしょうか」

「みんな知ってるよ。彼がエルフなんだろうなってことも、ね」

「──！　そこまで気づいて……」

「まぁ、うん……そこはね、分かるに決まっているというか」

リリーは森を出て最初の街で僕らに逢い、仲間になることになった。

その後、スカハパーティーの存在を知った彼女は露骨にスーリさんに嫌悪を示していた。

よく知りもしない人を一方的に嫌うような人ではないから、理由があるのだろう。

けど、僕らが同じパーティーになってから、彼女とスーリさんに目立った接点はない。

そして、彼女が森にいた時に関《かか》わったのは森の種族のみ。スーリさんの首から下は完全に人間のものなので、蟲人などということはないだろう。

森から出て、僕らと会うまでの間に何かあった……とは考えづらい。

彼女が嫌うなら彼が何かしらをしたのだろうが、だとしたら隠す必要がないからだ。

たとえばアルバの口の悪さに、毎度苦言を呈すように。

彼女は問題だと思えば、それを指摘する。

だとすれば、スーリさんが犯罪者だとか彼女を傷つけたとかではなく。

おそらくエルフで、森の掟《おきて》とか誇りなどに背《そむ》いているから、好かない。

種族の事情だから、僕らにも語らない。

そんなところなのではないかと、たまに仲間内で話していたのだ。

ということを掻《か》い摘《つま》んで話すと、彼女は複雑そうな顔をした。

「で、では……みんな、知っていたと？」

「予想してた、くらいかな」

「……不覚、です」

彼女の頬《ほお》がほんのり赤く染まっている。

普段冷静なリリーが羞恥《しゅうち》に顔を赤くするとは、珍しいものを見た。

僕とフェニクスの視線が自分に集中していると気づくと、彼女はわざとらしく咳払《せきばら》い。

「コホンっ……。そこまで知られているのであれば、話が早いというものです。ええ」

彼女の長く尖《とが》った耳の先と、頭頂部からぴょんと伸びる髪の一房が、ぴくぴくと震えている。

ここはサラッと流すのが優しさというものだろう。

「つまり、彼と戦う場が欲しい、ということかな？」

僕が確認すると、彼女は首肯《しゅこう》。

顔を隠すように、酒を呷《あお》る。

「頼む以上は隠すべきではないのでしょう。わたくしは、あの男の在り様を許容出来ないのです」

リリーは語った。

リリーとスーリさんは同郷。より正確には、彼女の父が彼に弓を教えた。

スーリさんは森の中で一生を終えるつもりはないと、故郷を出ていった。

その時の彼には、エルフとしての誇りが確かに備わっていたらしい。

数年が経《た》ち、リリーも森を出た。最初は旅のつもりだったという。

最初の街で冒険者という職業を知り、更には火精霊の本体と契約したフェニクスと出逢ったことで彼女は将来を決めた。

旅は旅でも、冒険者として各地のダンジョンを巡る生活を選んだ。

そして、見つけてしまった。兄弟子とでも言うべき、父の教えを継ぐ者を。

彼はエルフであることを隠し、エルフの弓術、その極地を『神速』として登録していた。

『神速』使用者は世界に三人。リリーとスーリさん。そしてスーリさんのパーティーメンバーの一人だ。

元はエルフの風魔法と弓術を組み合わせた神技と考えれば、使用者が極端に少ないのも頷ける。

「ここ数年で、エルフへの風当たりも弱まってきました。それでも彼は己《おのれ》を偽り続けている」

エルフの冒険者、という存在が受け入れられる空気が出来たのは、リリーという前例のおかげだ。

たった数年と思うかもしれない。だが、それまで業界で認められなかった存在が、数年間生き延びることがどれだけ大変か。

フェニクスと組むことが出来た幸運は、確かにあるだろう。

そんな僕らのパーティーだって、彼女を受け入れる時はエルフ耳を魔力体《アバター》で隠すかどうかの話し合いが行われた。

……まぁ隠せと言ったのはアルバだけだけど、その意見だって当時の空気を思えば当然。アルバは人気を得たいわけだから、わざわざ茨の道を歩こうとするのを止めるのは分かる話だ。

いつだって、最初の一歩を踏み出す者には苦難が訪れる。

道のない茨の壁を、素手で裂いて道とするような、そんな覚悟が求められる。

リリーには、それがあった。

【黒魔導士】のくせに勇者になりたがる馬鹿《ばか》な少年は、それを否定したくなかったのだ。

「そ、っか……」

リリーは、種族を隠していることが気に入らないようだ。

彼女の怒りは分かる。共感とは違うかもしれないが、話を聞いて理解は出来た。

同時に、当時種族を隠したスーリさんの判断も分かる。というか、リリーが凄いのであって、人気商売において世間の目はとても大事なものだ。

僕がパーティーを抜けることになったのだって、言ってしまえば世間人気が異様に低いからというのが大きな理由だし。

まぁリリーの場合、誇るべき種族を偽《いつわ》って冒険者をやっている同胞が許せないのだろうけど。

「しかしリリー、魔物として彼の前に立ちはだかることは、君にとって己を偽ることになってしまわないかい？」

フェニクスが言った。

冒険者はその設定上、人間《ノーマル》優遇。

エルフは大戦時、不干渉を貫いていた過去がある。

勇者と共に戦う冒険者、という設定に合わないのだ。

違和感は抵抗感を生み、それを嫌悪感にまで発展させるファンは少なくなかった。

リリーの美しさ、『神速』という強力なスキル、【炎の勇者】からの信頼、そしてなによりも
――どんな風評にも揺らがない彼女の気高さ。

それらが、人々の心を動かした。

「今回重要なのは、個人ではなく種族です。わたくしは、魔物側のエルフとして参戦するつもりでいます」

なるほど。

エルフとして彼と戦い、エルフとして勝利を収める。

そうすることで、彼に何かを伝えるつもりなのだろう。

実は、僕はあることに気づいていた。

フェニクスパーティーが第四位になり、スカハパーティーが第五位に下がった後。

リリーは彼らの動向に気を配っていた。

酒場や食堂に設置された映像板《テレビ》で彼らが映れば食い入るように見ていたし、移動中は冒険者関連の情報誌を読んでいた。

きっと、リリーはエルフでも上へ行けると証明したかったのだ。種族は、耳は、美しき金の毛髪や肌は、エルフとしての誇りは隠す必要がないのだと、彼に伝えたかった。

でも、スーリさんは正体を隠したまま。

リリーは秘密を暴露したいわけではない。彼の認識を、どうにか変えたいのだろう。

僕のパーティー脱退に負い目を感じていながら、そんな相手を頼るほどに。

「かつて、わたくしは貴方とフェニクスの考えに救われました。どちらか一人でも耳を隠す側に回っていれば、わたくしは加入を諦めていたでしょう。わたくしがわたくしのままに戦うことを、貴方は許容してくれた。その恩がありながら、わたくしは貴方を足手まといと考え、その脱退に賛成しました」

「いや、それは別々の話だ。恩があるから、間違いも見逃さなくちゃいけないなんてことはないんだから。僕は自分の判断が一位への最短距離だと思っていたけど、それは失敗したわけだし」

「いえ、ベーラが言っていた通りです。気づくべきだったのです。事実、わたくしは違和感自体は抱いたことがあります。鍛錬よりも本番の方が、矢が当たると。……お恥ずかしい話ですが、わたくしはそれを、自分が本番に強いのだと解釈しました。どちらかといえば昔からそうだったこともあり、己を納得させるのは難しくありませんでした」

アルバの魔法剣なんかは、練習で動く的《まと》を用意することがまず難しい。したところで、それは生きた的とは到底言えない。

ラークの練習相手はアルバやフェニクスだったりしたが、その二人——特にフェニクス——と比べれば大抵《たいてい》の魔物の動きは遅く感じるし、攻撃力は低く感じるというもの。

加えて僕は自分の黒魔法を気づかせないように使っていたのだから、違和感を持てなくとも無理はない。

リリーの場合もアルバと同じことが言えるが、彼女は元々が森の民。狩猟経験者。的を射るまでの過程が、練習と本番で僅《わず》かに異なると無意識が拾ったのかもしれない。

「僕のやり方にも問題はあったよ。勝つことにこだわるあまり、仲間から成長の機会を奪っていたんだから」

「その『問題』がなければ、わたくしたちは今何位にいたでしょうか？　少なくとも、四位までは上がれなかったのでは？」

「どうかな。そうだとしても、急ぎたかったのは僕の事情だ」

一位になることさえ出来れば、【黒魔導士】を入れたフェニクスの判断を批判する声がやむと思った。

こいつは、僕が友達だからパーティーに入れてくれたのではなくて。

僕らは共に頂点を目指す対等な仲間で、フェニクスが僕を誘ってくれたことは間違いなんかじゃないんだって。

そう、証明したかった。

「……ともかく、わたくしは恩を返しきれぬままに貴方との縁を失いかけた」

「でも失わなかった。僕らは今日、友人になれたじゃないか」

「……なおのこと問題です。友に受けた恩を返せぬまま、更なる借りを作ろうというのですから」

「借り？　もしかして今回の頼みの件かい？」

リリーが頷いた。

僕は、明るく笑う。

「君ほどの【狩人】が防衛を手伝ってくれるっていうんだ。感謝こそすれ、恩を売る気なんてないよ。僕はそこまで、強欲ではないつもりだけど？」

リリーが目を丸くし、フェニクスが小さく微笑んだ。

「それともなにかい？　役に立てるか分からないが、友人のよしみで参加させてくれって頼みなのかな？　確かにそれなら、貸し一つってことになる」

そこまで言うと、ようやく彼女も唇を緩めた。

「……いえ。いいえ、レメ。必ずやお役に立ってみせます。わたくしに機会を、さすれば――貴方に勝利を齎《もたら》しましょう」

「いいね。ならこれは、対等な取引だ」

改めて、僕らは乾杯した。

僕が彼女の方に木樽ジョッキを差し出すと、彼女は控えめに自分のをぶつける。

こうして僕は、またまたレイド戦限りではあるものの、頼れる仲間を得た。

「……で、なんでお前は嬉しそうにしてるんだよ」

僕はフェニクスを睨《にら》む。

「いや、レメが認められるのが喜ばしくてね」

「気持ち悪いぞ」

「レメ、それは言いすぎというものです。確かにフェニクスの貴方に対する友情はその……深すぎると申しますか、正直、以前から気になってはいましたが……。とはいえ、友愛というものは得難《えがた》き宝です。わたくしたちは誤解していましたが、それによって冷静な思考が乱されるということがないのなら、尊重すべきでしょう」

あぁ、みんなはフェニクスが親友だから無能をパーティーに入れていた、と思っていたのだったか。その前提が消えた後なら、幼馴染《おさななじみ》への情は何も悪いものではないということだろう。

「それに、わたくしでも分かることはあるのです。レメ、貴方だってフェニクスの良い評判を聞いた時には、機嫌が良くなるではないですか」

「……リリー？　そんなことはないんだけど？」

そりゃ悪い気分にはならないけども。

「貴方のように人を読むことに長《た》けた者でも、自分のことは分からないものなのですね」

「いや、だからね……」

どう説明したものかと思っていると、彼女がくすくすと笑っていることに気づく。

……からかわれたようだ。

「リリーもそんなふうに笑うんだね」

「ごめんなさい。戦闘中や先程の会話では迷わない貴方なのに、フェニクスのこととなると言葉に詰まるのが、少し……」

ぐっ……。

複雑なのだ。

僕らは幼馴染。かつては僕が兄貴分で、フェニクスを狙《ねら》うイジメっ子たちを追い払ったりしていた。

けど十歳の時に【役職《ジョブ》】が判明して、世界が変わった。

僕から友達はいなくなり、唯一残ったフェニクスはなんと【勇者】だ。

それから僕らは冒険者になることを約束し、それを果たした。

幼馴染で、親友で、兄弟同然で、仲間で、宿敵。

そりゃあ、相手が馬鹿にされれば腹立たしいし、褒《ほ》められれば喜ばしい。認めよう。

ただ、単に仲がいいからそうなのかと言われると、違う気がするのだ。

「少し……少し、フェニクスの気持ちが分かった気がします。貴方は、正しさではなく、優しさではなく、本音で人を救うのですね」

その時リリーが浮かべた笑顔が、芸術作品みたいに美しかったものだから、僕はしばし固まってしまった。

カシュみたいに癒《い》やされる可憐《かれん》さでも、ミラさんみたいに心臓が高鳴る妖艶《ようえん》さでもない。

それは、美しい景色を見た時と似ていた。自然と目を奪われ、感嘆のため息が溢れるのだ。

「……よく、分からないんだけど」

「驚きました、貴方にも分からないことがあるだなんて」

「君が驚いてないのは分かるけどね」

僕は苦笑しつつ、照れを誤魔化《ごまか》すように頬を掻いた。

その後、フェニクスの魔物魔力体《アバター》についで確認したり、二人をどのタイミングで召喚《しょうかん》しどう動いてもらうか話したり、リリーと契約したりした。

「冷たい……冷たいとはなんですか。わたくしはただ、意味もなくヘラヘラ出来ないだけで……」

卓上に柔らかい頬を乗せ、耳を真《ま》っ赤《か》にしているのは——リリー。

彼女がここまで酔うのは初めて見た。

今まで仲間にも話せなかったスーリさんの件を吐き出せて、どこか気が抜けたのかもしれない。

「あ、あぁそうだね。僕は、それがリリーのいいところだと思うよ」

世間の評判について不満を垂《た》れるリリー。在り方は変えないが、だからといって傷つかないわけではない。

「……貴方の愛想笑いが、わたくしは嫌いでした」

「うん、僕もあれは好きじゃなかったかな」

「でも……先程のは…………すぅ」

「リリー？」

どうやら寝てしまったようだ。

「……私が連れて帰るよ」

「どこかに連れ込むなよ」

「酷《ひど》すぎないかい、それは」

「まぁ、それは冗談として。僕もついてくよ。お前がリリー背負って街を歩くとか、軽く明日のニュースになるからな」

認識阻害があれば、その心配は要《い》らない。

「あぁ、それは助かるよ」

僕が一人でリリーを宿まで送るという手もあるが、なんとなくよくない気がする。

具体的には「レメさん女の匂《にお》いがしますよ一体どなたと匂いがつくほどに接近されたのでしょうそういえば今日は【狩人】リリーとお逢いになられたとか……ふふ、ふふふ」的な感じで、ミラさんの機嫌が悪くなる未来が見える。

会計を済ませ、僕らは店外へ。

しばらく、僕らは無言だった。

「あ、そういえば。レイスくんの話題の時、何か言いかけてただろ」

「……ん、あぁ」

人通りの多い大通りを並んで歩くが、誰《だれ》も僕らを気にしない。

「彼がさ、誰かに似てると思うんだけど、どうしても出てこなくて。何か気づかなかったか?」

フェニクスは、僕の質問に質問を重ねた。

「……レメ、君は、『最後に勝つのが勇者』という言葉を、どこで最初に聞いたんだい?」

いや、それは質問の形をした答えだった。

「はぁ? どこって……」

僕がフェニクスの質問、その意味に気づくには数秒掛かった。

「――っ! まさか、……あの人か?」

一度気づくと、そうとしか思えない。髪色も瞳《ひとみ》の色も性格や精霊関連だって、共通点はないのに。

いや、でも顔立ちはどことなく似ている気がする。それで既視感《きしかん》があったのか。

あとは、フェニクスが言ったフレーズだ。

「確認したわけではないが、私はそう思う」

僕が知る限り一度だけ、精霊と契約していない【勇者】のパーティーが冒険者ランク第一位になったことがある。

一年でエアリアルパーティーに追い抜かれ、その後すぐに解散してしまったことから、ライトなファンたちの記憶からはすぐに消えてしまったパーティー。

でも僕は彼らを知っている。映像板《テレビ》で見かけたのは一度だが、そこからファンになり、すぐに電脳《ネット》で動画を漁《あさ》ったものだ。

親に頼み込んで買ってもらった端末で、暇さえあれば攻略動画を観ていた。弟子入りしてからは、師匠に頼んで彼のを使わせてもらっていたっけ。

「……レイスくんは、【不屈の勇者】の息子さんか」

あぁ、そうか。

僕はあることに気づく。

「フェニクス。彼は、精霊術を使わなかったんだな？」

「あぁ、風魔法を使っていた」

そもそも、精霊術ってなんだ。精霊との契約ってどういうことだ、という部分。

精霊術と魔法は、基本的には同質のものだ。

『術』とつくものは、ある者が一から生み出した『魔力の利用法』を指す。

精霊の使っていた術があり、それを人が模倣《もほう》したのが魔法。

同じように、黒魔術を人が模倣したのが、黒魔法。

鬼の生み出した妖術、シノビの生み出した忍術など、術とつくものは色々あるが、特定の種族や天才にしか使えないものばかり。

つまり、『術』の再現性や汎用性《はんよう》を上げたのが『魔法』だ。

たとえば、黒魔術はかつての魔王が生み出したもの。人はもちろん、魔人でも使える者はそうそう現れない。

術は存在するのに、使いこなせる者も、使い道もあまりない。

そんな術を、誰でも使えるように改良し、分かりやすい使い所を用意したのが魔法、というわけだ。

「妙だとは思ったが、まだ精霊術を行使していないなら有り得る。そう判断したのだけど」

フェニクスの言葉に、僕は頷く。

僕が師匠に黒魔術を教えてもらったように、精霊は契約者に精霊術を与える。

これはポンと使えるようになるのではなく、その人物の才能や能力が行使に堪《た》えるものでなければならない。

それを使えるだけの器が出来上がって初めて、その精霊術が使えるわけだ。

たとえば火の分霊契約者なら、火炎をぶっ放す程度は最初から出来るが、最初はそれだけとも言える。

フェニクスも、スタートはそこから。本人が言うには、まだ全ては会得出来ていないという。

精霊術の奥義を深奥と呼ぶが、僕の九年分の魔力を使い切ることになったあの『神々の焔《ほのお》』はその一つでしかないのだとか。

そしてここからが重要。

精霊と契約した【勇者】は、精霊の属性と異なる魔法を使えなくなる。

技術的にではなく、精霊との関係的に。

というのも、精霊がものすごく嫌がるのだ。嫉妬《しっと》するとか、不機嫌になるとか、怒るとか、精霊によって態度は色々だが、概《おおむ》ねそんな感じ。

精霊は力を貸してくれているわけで、ちゃんと心を持ったパートナーなわけで。

もし異なる属性の魔法を使おうものなら、しばらく同属性の精霊術の威力が下がる。魔法でも下がる。目に見えて威力や効果範囲など諸々低下する。そういうふうに精霊が働きかける。

【勇者】は元々オールマイティーに突き抜けているタイプだが、精霊と契約することで属性を一つに絞るわけだ。

それをデメリット、と言うことも出来る、かもしれない。あまりそう見る者はいない。

ただでさえ才能の塊の【勇者】。そこから更に、特定の属性を精霊術で伸ばすとどうなるか。

フェニクスやエアリアルさんなんかは、人類最強と呼ばれるほどの強者となった。

分霊契約者でも、ベーラさんやニコラさんのように、繊細かつ大胆な応用を見せる者もいれば、フィリップさんの『金剛《こんごう》』のように明確な強みを持つ者もいる。

精霊なしだと、こうはいかない。あるいは習得に途方もない時間が必要になる。

それに、精霊契約者の方が今の時代、ウケがいいのだ。

視聴者は器用貧乏よりも、一芸に秀でた天才を好む。

「正式に契約を結んでいないのはその通りだと思う。けど、多分彼は契約する気がないんだ」

そうだ。彼は言っていたじゃないか。精霊術を使うつもりはないと。観客の一人として誘ったら、水の精霊が乗ってきただけなのだと。

この契約というのは、『精霊の祠《ほこら》』で締結されるものではない、らしい。

僕は【勇者】ではないので断言出来ないのだが、そう言われているし、これを否定する【勇者】というのはいないので、正しいのだろう。

じゃあいつ契約が結ばれるのか。これは最初に精霊術を使った時、だそうだ。

祠への挨拶《あいさつ》がお見合いだとするると、精霊術の初行使が結婚みたいな感じだろうか。

「契約する気がない……？」

フェニクスが驚いたような声を上げるが、僕は思考に集中していて反応する余裕がない。

「そうか……そういうことだったんだ」

彼が強さにこだわるのは、強さ以外の評価基準に拒否反応を示しているのは、そういうことか。

【不屈の勇者】は、華のあるタイプではなかった。容姿が優れているわけでもないし、若くもなかった。精霊契約者と比較すると、派手な魔法もそう使えなかった。万能、あるいは器用。見る人によっては地味。奇策や強引《ごういん》な突破を選んだことはなく、いつも真っ直《す》ぐに攻略に臨んだ。

ただ、彼は強かった。

調子の波で実力がブレることはなく、確かな地力があるから攻略は安定していた。

彼らはベテランで、一位になった時は長年の苦労が報われたと祝福されたものだ。

だが、翌年エアリアルパーティーに追い抜かれ、二位へ転落。

その年に引退を決定、パーティーは解散した。

とても残念だったから、よく覚えている。

その時の、視聴者たちの反応も。

彼らの攻略内容が変わったわけではないのに、評価は激変した。

手のひらを返したように、彼らを馬鹿にする意見が溢れ返った。

「レイスくんは……」

ただのファンである僕でさえ、とても悔しかったのだ。

もし、その【勇者】が自分の父親だったら？

見た目の地味さを、精霊と契約出来なかったことを、遅咲きだったことを、解散したことを、散々に言われているのを見てしまったら？

レイスくんの年齢から考えて、リアルタイムで目の当《ま》たりに《あ》したわけではないだろう。

だが動画へのコメントも、電脳《ネット》の記事や掲示板も、時間が経てば全て消えるというものではない。

父が勇者であったことを知り、それを調べた時に出てくる言葉が……悪意に満ちたものだったら。

悔しくて当たり前。怒って当然。許せないと思うのは、普通のことではないか。

彼は父と同じやり方で一位になり、それが間違っていなかったと証明するつもり……なのか。

四大精霊の本体に気に入られた上で、精霊術を使わない。

彼が祠に赴いたのは、精霊を受け入れたのは、彼らが必要ないのだと、より強調する為。

「レイスくんは……自分の好きな勇者が正しいと、証明する為に……」

おそらくフェローさんは、それを知って彼に近づいたのだろう。

そして彼は、フェローさんの手をとった。

父親の件がニュースなどで触れられないことを考えると、情報を伏せることを条件にフェローさんの企画に協力する、といったところか。

魔王城攻略。強さを世間に見せるのに、これ以上の機会はない。

「強く、最後に勝つのが一番正しい勇者の形だと、彼は言っていたが……」

「……へぇ、それは気が合うね」

それもその筈。

僕らは同じ勇者に憧《あこが》れた。

彼は【黒魔導士】の僕を誘った。

不人気【役職《ジョブ》】だなんて、そんなことは強さと無関係だから。

僕は自分の考えをフェニクスに話した。

それを聞いたフェニクスは――。

「そう、か。なるほど。……だがレメ、それが事実だとしても、彼は……」

「分かってるよ。応援したい気持ちは確かにあるけど、うん。お前の方が、僕より思うところがあるんじゃないか？」

「あぁ。彼の想《おも》いを否定するつもりはない。だが――」

レイスくんは、あることを見落としている。

「こういうのは、口で言って『はい、分かりました』ってなるものじゃないよなぁ」

フェニクスが頷く。

「実感しないことにはね」

「……たとえば、戦いの中とかで？」

「そうだね」

それにしても、不思議な感じだ。

かつて僕が憧れた勇者がいて。

そんな僕に憧れたフェニクスが、今や世界第四位の勇者で。

魔王軍参謀な僕は、憧れた勇者の息子さんに、仲間にならないかと誘われた。

そして、僕とフェニクスは、きっと彼と戦うことになる。

彼が仲間と共に、第十層に到達すればだが。

「それでも、勝つのだろう？　レメ」

「あぁ、僕は魔物の勇者だから」

確かめるようなフェニクスの言葉に、笑顔で答える。

彼は満足げに頷き、もう一つ質問をぶつけてきた。

「その為には、膨大な魔力が必要な筈だが……大丈夫なのかい？」

「なんとかするさ」

なんとかしなければ。

僕は魔王様との訓練について思い返しながら、そう答えた。

第五章 世界と僕を区別する必要なんて最初から

時は、面接の後まで遡《さかのぼ》る。

「はっはっは！　よもや冒険者を雇うとは！　貴様はあれか？　定期的に人を驚かせなければならない呪《のろ》いでも掛かっているのか？」

僕と魔王様はダンジョン内を並んで歩いている。

ダンジョンとは言っても今歩いているのは職員専用通路で、冒険者や視聴者が見られないエリアだ。

魔王様と共に、彼女の執務室まで向かう。

彼女は驚くというより楽しげで、上機嫌に見える。

見た目は幼女。真紅の髪と目。側頭部から伸びる一対の角は、深い黒。長い上に毛量のある髪を、今日は二つに結んでいる。高い位置で結っているが、それでも普通は地面につきそうな長さ。

しかし、謎《なぞ》の力でふわふわとしていた。風魔法だろうか。

魔王様の髪型に遊びが見られる時、大体《だいたい》は本人ではなく他の女性職員の手が入っている。

シトリーさんが一番多く、次点でミラさんだ。

「そのようなことは……」

ちなみに、他に人がいないところならまだしも、職員とすれ違うこともある廊下では参謀口調を心がけている。

「貴様が決めたのならば構わん。だが協力者とはいえ冒険者であることには変わりない。どこにでもアクセス可能、というわけにはいかんぞ？」

全《すべ》ての施設への転移・利用を可能にするわけにはいかない、という話。

「承知しております」

エリーさんたちも不満を訴えはしないだろう。逆に、自由だなんて言った方が怒りそうだ。それはつまり、彼女たちなど警戒に値しないと言っているようなもの。

いずれ魔王城に挑むのが冒険者の目標。

そこの魔物達に、脅威ではないと思われるのは屈辱でしかないだろう。

「情報開示は貴様の裁量に任せるが、しかしそれにしても強気だな。敵を懐《ふところ》に入れるなど」

「此度《こたび》のレイド攻略において、あの者たちは仲間かと」

「だが敵に戻る。第十層の活動を間近で見ることが叶《かな》うのだ。短期バイトにくれてやるには、貴重な情報ではないか？」

「………………」

魔王様の言っていることは分かる。

エリーさんたちが此処で情報を得ることと、彼女たちの協力、それらの価値は釣り合っているのか。

たとえば、スパイと知りつつその者を処分しない場合。泳がせることでより大きな利を自分たちが得られると思うから、その判断に至るわけだ。

状況は違うが、言いたいのはそういうことだろう。

冒険者を内側に入れて得られる恩恵は、損に目を瞑《つぶ》ることが出来るほどか。

「確かに、私情が混ざっていることは否《いな》めません」

【黒魔導士】と【白魔導士】。不遇【役職《ジョブ》】で五人の内の四人を埋めるパーティー。

彼女たちの活躍が、躍進が、冒険者業界を変えてくれるのではないか、という希望。

リリーの活躍で、エルフの冒険者が少しずつ認められ、実際に増えてきたように。

【黒魔導士】と【白魔導士】も、地味云々《うんぬん》以前に、有用だから採用しようという考えになれば、それはとても良いことだと思う。

だが。

「ですが、問題はありますまい」

「そうか。理由を聞いても？」

エリーさんの性格的に裏でこそこそ情報収集などしないだろう、という信用を除いても、問題ないと言える。

「鼠《ねずみ》が嗅《か》ぎ回った程度で落ちる程、我が第十層は甘くない」

第十層がどんな仕組みか自体は、レイド戦で明らかになるだろうし。

エリーさんたちが他に知ることが出来るのは、職員のひととなりくらいになる。性格とか傾向とか、好きなもの嫌いなものとか。要するにプライベートな情報だ。

それも役に立たないとは言わないが、それで戦いに負けることはない。

それ以外はアクセス権の問題で、そもそも転移出来ない。他の階層などだ。

「ふっ。いいだろう。仮に問題が起きたその時は――」

「ええ、このレメゲトンが責任を持って対処致しましょう」

「それが聞ければ充分だ。余はもう口出しせん、好きにしろ」

ニッ、と魔王様が唇《くちびる》の片側を吊り上げた。

「はっ」

そんな話をしている内に、魔王様の執務室につく。

ダンジョンコアに繋《つな》がる転移用記録石は、此処《ここ》にしかない。

部屋に入る直前、僕は視線を感じて廊下の曲がり角に目を向けた。

そこには、燕尾《えんび》服の魔人――【時の悪魔】アガレスさんがいた。

……きっと、魔王様について来るなとか言われたのだろう。

とても悔しそうに僕を見ている。

「……魔王様」

「無視しろ」

「しかし」

魔王様は、はぁと一つ溜《た》め息《いき》。

「……まったく。アガレス。余はあれを食したい。『ハチミツとクマ』の特製プリンだ。貴様が戻る頃には、我々の話も終わっていーーもう行ったか」

『ハチミツとクマ』は魔王城裏にある喫茶店の名前だった筈《はず》だ。プリンやケーキなど、一部の商品はテイクアウトに対応しているのだ。

アガレスさんは敬愛する魔王様の願いを叶《かな》えるべく、一瞬で消えた。魔法で転移したのだ。

「あれは心配がすぎる。上司の保護者代わりをしようなどと……困ったものだ」

アガレスさんは危険人物なのではなく、幼くして父親と目的を異にしてダンジョン経営に励む魔王ルーシーさんを、心配してるのだろう。

魔王様も口では鬱陶《うっとお》しげだが、表情は和《なご》やか。

そして僕らは魔王様の執務室に入り、本棚裏の隠し扉の向こうに広がる小部屋に設置された記録石に触れ、転移した。

「では、行くぞ」

「これが……」

それは広大な空間。壁も床も天井《てんじょう》も光沢のある黒い何かで構築されている。

その中心に、主役が堂々と鎮座《ちんざ》していた。

淡い輝きを放つ、八面体。それはガラスのように透き通っていて、とにかく大きい。

見上げるほどに巨大なそれこそが、ダンジョンコア。

よく見れば、コアには無数の管のようなものが絡《から》みついている。

「これが、ダンジョンコア」

僕は仮面をとって、コアを見つめる。首が痛くなるほど見上げてようやく、端が見えるほどの大きさだ。

「見るのは初めてであろう？」

「はい、凄《すご》いです……圧巻というか」

無秩序に垂《た》れ流されているわけではないが、中に膨大な魔力が入っているのが分かる。

ダンジョンを支える、謎の装置。世界から魔力を汲《く》み上げ、魔力空間を作り上げることを可能にする超技術。

「そういえば、聞かぬのか？」

「？　何を、ですか？」

「『ダンジョンコアを世に役立てようとは思わないのですか？』という、人間がよく言うアレだ」

ダンジョンコアが生み出す魔力を、人々の生活で消費するあれこれの為《ため》に利用出来ないか。

これは大昔から言われていることで、今日《こんにち》まで実現していないこと。

「出来ないのではないですか？」

一般人でも考えつくことを、大昔から今までに沢山いただろう賢い人が考えないわけがない。

それでも実現していないなら、実現しなかった理由があると考えるべき。

強硬な反対があって失敗……と考えるには、ダンジョンの数は多すぎる。たとえば誰《だれ》かが無理やりダンジョンを制圧してコアを利用した……なんて話が残っていそうなものだ。

利用出来るなら、だが。

僕の答えに、魔王様は満足げに頷《うなず》いた。

「その通りだ。ダンジョンコアの魔力は、ダンジョンの維持・発展以外の用途には使用出来ない。正確には、コアが汲み上げた魔力は、ダンジョン外に持ち出すと霧散《むさん》するのだ」

たとえば魔石というものがある。

魔力を溜めておける便利な石で、映像板《テレビ》の視聴も電脳《ネット》への接続も、これが無ければ出来ない。他にも冷蔵庫や掃除機など、魔動機と呼ばれる製品群の稼働には魔石が不可欠。

これは周囲の魔力を吸収して溜める性質があるのだが、リビングなどに置いておけば勝手に満タンになる、というほど楽なものではない。

魔力の濃い地域に長期間放置する必要があるのだとか。

ダンジョンコアの魔力を解放して大量の魔石に魔力を溜める、というのは誰もが考えつくことだが、それをしても外に出ると中の魔力が消えてしまうのか。

それだと、とても売り物にはならない。ダンジョン内なら、魔石を通さずともコアからの供給でものは動くわけで、魔石は要らない。

……たとえ自分たちが敗北しても、コアの魔力を奪われない為の機能、だったのかな。

コアは人と魔族が敵同士だった頃に出来たものなので、充分有り得る話だ。

こんなもの、誰が創ったのだろう……。いや、彼らしかいないか。

魔法具を創ったのと同じ、今は滅びた幻の種族。

ならば魔法具と同じで、新たなコアを創れる者もいないだろう。外に持ち出せない機能を外したコアの改良型が登場しないのは、そういうことなのではないか。

しかし魔王様は、どうしてこのタイミングで僕を……まさか。

「察しがついたようだな。貴様には――コアの魔力を吸収してもらう」

僕は彼女の言っていることがどういうことか、数秒掛けて咀嚼《そしゃく》する。

「……待ってください。魔力の『量』は確かに申し分ありません。ですが魔人の角は、外の魔力を吸収出来るようには出来ていない。そうですよね？」

魔人の角は確かに魔力を純化・圧縮する機能を備えている。

だがそれはあくまで、体内魔力に限って、である。

「あぁ、その認識に誤りはない。だが既に話した筈だぞ？　余もあの男も習得出来なかった、と」

師匠には出来たけど、その息子も孫も出来なかった。いや、ルーシーさんはまだ若すぎるくらいに若いので将来どうなるか分からないが、少なくとも【魔王】だから身に付けられる、という技術ではないということ。

しかし、師匠に出来たのなら。

不可能というわけではないのだ。限りなく不可能に近いかもしれないが、ゼロと一はやはり違う。

可能性が僅《わず》かでも、砂粒ほどでも、確かにあるのなら。

「幸い、レイド戦は魔王城で行われる。外に出て魔力が失われる心配はないだろう。どうする？」

なるほど、外に持ち出せない魔力だが、中で戦う分には吸収・利用することに問題はないのか。

答えは決まっていた。

「やります」

「いい答えだ」

うむ、と魔王様が頷く。

「……それで、何をすれば？」

「まずは説明だな。外の魔力を取り込むことの出来る存在は幾《いく》つかある。コアもそうであるし、妖精《ようせい》や精霊は有名だな」

確かに妖精や精霊の能力を習得出来れば、と思ったことはある。魔法使い系の【役職《ジョブ》】なら誰でも一度は考えたことがある筈だ。

ただ海中を泳ぐ魚に憧《あこが》れても、人間《ノーマル》がえら呼吸を会得出来ないのと同じ。技術ではなく、備わっている機能の違いだから、再現は出来ない。

そう、世界では思われているが……違うのか？

「鬼は食物を再生能力や膂力《りょりょく》に変換する能力を持つ。魔人は魔力を角に溜め、純化・高密度化可能。エネルギーの吸収や変換自体は、珍しい能力ではない」

「は、い……」

「魔人だけは、妖精や精霊の能力を会得可能と言われている」

「魔力を取り込む、という機能を角が備えているからですか？」

魔王の角を継承した僕は、もはや純粋な人間《ノーマル》ではない。

だからこそ、チャンスがある……？

「左様。だが口で言うほど容易《たやす》くはない」

それはそうだ。簡単なら、会得者がもっと沢山いる筈。世界に三人ほどだというのは、少なすぎる。どれだけ困難な道なのか。

こう、角に体内魔力を注《つ》ぎ込《こ》むのは、井戸に桶を投げ込み、汲《く》み上げた水を別の器に入れるようなものなのだ。何も難しいことはない。量や回数によって疲労する程度。

だが体外の魔力となるとどうなるのだろう。

たとえるなら……霧を手で摑《つか》んで、器に水を溜めようとする、みたいな。

それでも、やるしかない。

「悪いが、余も指導らしき指導は出来ん。代わりではないが、この部屋への転移権限を与えよう」

彼女自身、習得しているわけではないのだ。

修行にうってつけの場所を貸してくれるだけでも、充分以上にありがたい。

「ありがとうございます」

僕はコアに近づく。

師匠の訓練と同じだ。

出来るようになるまで、鍛錬《たんれん》する。試行錯誤して、自分なりの正しい道を見つける。

別の生き物になれと言われているのと同じ。険しい道だ。

だが、それでも勝つために必要なら、身に付けてみせる。

色んな人に出来ると言ったのだ。それを嘘《うそ》にはしない。

そして、僕はコアに手を伸ばした。

◇

あれから二週間経《た》った。

いよいよレイド攻略の開始日が近づいてきていて、街も活気を見せ始めている。

というのも、師匠の息子さんでもあり魔王様のお父さんでもあるフェローさんが、またまた色々企画しているのだ。

本番でも特別な試みを用意しているのだが、この準備期間も有効活用していた。

冒険者たちの訓練風景の公開、座談会やサイン会、握手会、スタンプラリーや限定グッズの販売。

この街の商店とバッチリ手を組んで、住民やファンを巻き込んだイベントとして盛り上げている。

また、そんな試みを映像板《テレビ》が放っておくわけもなく、連日ニュースで魔王城のある街が映し出されていた。

ある時は『始まりのダンジョン』内に創られた空間――以前トールさんと契約して借りるという話になったものだ――を活用しての戦闘訓練なんかを期間限定で配信するなどして話題になった。

この時の動画は各パーティーを主役とした幾つかのバージョンが作成され、各パーティーのチャンネルで配信された。

公式パーティーは五人と決められているので、レイスくんたちのチャンネルは無い。露出を抑えることで関心を煽《あお》る結果となっているので、フェローさん的には良いことだろう。狙《ねら》い通りかもしれない。

「あ、見てくださいレメさん。魔王城フロアボス紹介というのが始まるそうです」

もぐもぐと朝食を口に入れながら、僕は考え続けていた。

「うん……」

ミラさんが何か言っていたが、生返事になってしまう。

そう、この二週間、僕は壁を破れずにいた。

コアに内蔵された魔力を感じ取ることは出来る。

放出された魔力を感じることも。

だが、角に吸収出来ない。魔力を角に触れさせて意識を集中させても何も起こらない。

あれこれ試してみたが全部ダメ。ぴくりとも反応しない。何の感触もつかめないまま、時間を空費している。

「むっ……カーミラはもっと映りの良いシーンがある筈です。手抜き仕事ですよこれは。……でもシトリーは可愛《かわい》く映ってますね……。私ももっとカメラ映りを気にするべきでしょうか……」

「うん……」

「ウェパルは登場からして仰々しいので、様になってますね。フルカスのように龍人を率いて待ち構えるというのも中々……。うぅん、私も今以上に特別な演出を考えた方がいいかもしれません。レメゲトン様は前回と同様に玉座で冒険者共を迎えるのですか？」

「うん……」

「ところで、今日の朝食はお口に合うでしょうか？」

「うん……」

「……レメさん。今日は槍《やり》の雨が降るそうですよ」

「ん……」

「私たち、とても親密になれたと思うのです。そろそろ結婚してしまいましょうか？」

「……ん？」

ケッコン？　結婚……⁉

僕は慌てて顔を上げる。

ミラさんは控えめに、だがよく見れば分かる程度に頰《ほお》を膨らませていた。

折角《せっかく》作った朝食をぼうっともそもそ食べ、自分の話も聞いていない。彼女が不機嫌になるのも当然。

「ご、ごめん……考え事してて」

僕がそう言うと、彼女は頰に溜めた空気を、ふぅと吐き出す。

「魔力不足の件ですか？」

「うん……色んな人に出来ると言い切っておいて、いまだ成果ゼロでさ……」

「……レメさんのことですから、既に色々と考え尽くしていることと思います。そういう時は、無理に考え続けるのではなく、休憩するのも大事ではありませんか？」

「そう、だね」

「私で良ければ、相談に乗りますよ？　それとも、私ではお役に立てませんか？」

首を傾《かし》げながら瞳《ひとみ》を潤ませるミラさん。

敢《あ》えて、普段の通りに演じてくれているのだろう。

ふっと気が抜けたように笑ったことで、それまで表情が固くなっていたことに気づけた。

「ありがとう、それじゃあ聞いてもらえるかな」

「もちろんです」

そして僕は話した。

まったく上手《うま》くいかなかった二週間について。

これまではこちらを気遣《づか》ってか、深く尋ねないでくれたミラさん。僕の方も自分から話すことはなかったので、詳しく話すのは今日が初めて。

「……なるほど。随分と無茶な方法に思えますが……。その、どう足掻《あが》いても他の種族は吸血鬼のように血を操《あやつ》ることが出来ませんし。同じようなことだと、私は思ってしまうのですが……」

血を操り武器防具とする吸血鬼の能力も、確か操血《そうけつ》『術』という。

「前例が無ければ、僕もそう思うんだけど」

「レメさんのお師匠様ですか……。魔王様のお祖父様でもあるという」

師匠には出来るのだ。技術的に不可能ではないなら、可能ということ。実現がどれだけ困難でも、可能ということ。

「うん、黒魔術以上に習得が困難かもしれないけど、不可能じゃない筈なんだ」

「お師匠様に、指導をお願いすることは出来ないのですか？」

「……理由は色々あるんだけど、どちらにしろ今からだと間に合わないかな」

僕とフェニクスの故郷はドがつく田舎にあるし、往復だけでレイド戦が始まってしまう。

それに師匠はメールアカウントを取得していないので、出来るのは手紙を送ることくらい。

いや、ドラゴン便なるものを利用して、行程を大幅に短縮することも可能ではあるが……。

まぁ、話を聞くという選択肢自体、僕はそもそも考えていない。

もちろん、分からないことがあれば人に聞くというのは大事だ。自分なりに考えても答えが出せないことはある。それをそのまま抱えて問題を起こすよりは、誰かを頼る方が余程《よほど》賢い。

「僕の師匠はさ、意味のない訓練はさせないんだ。理不尽だったりむちゃくちゃな指示でも、意味がある。それをこなすことで、確実に僕は何かを得て、成長することが出来た」

「素晴らしい方だったのですね」

「世間一般で言うところの『良い人』ではなかったけどね。凄い人で、恩人だ。だから思うんだけど、『体外の魔力を角に吸収する』って技術は、凄《すさ》まじいものだよね」

「はい、そう思います。精霊や妖精だけの能力、とされているわけですから」

「師匠は僕に角をくれた。勝ちたい相手が現れた時に、真っ向勝負で勝てるようにって。でも僕は、この技術に関して師匠から話を聞いたことがない」

「……え、ぇと。レメさんの勝利を願ってくれたお師匠様が、その役に立ちそうな技術について語らなかったのは、不自然、ということですか？」

ミラさんの言葉に、僕は頷きを返して続ける。

「厄介《やっかい》なことになるというなら、角の時点でそうだ。じゃあ師匠はなんで教えてくれなかったんだろう。僕はこう思う」

そして、僕は指を一本ずつ立てる。

一つ、『危険だから』。これは魔王様の話ぶりからすると、考えづらい。

一つ、『僕がまだ未熟だから』。ありそうだけど、師匠なら説明した上でそう言うと思う。

一つ、『口で言って分かることではないから』。僕は、これだと思う。

師匠は意味のない訓練はさせない。

僕にこの技術の存在を明かしても、師匠にさえ教え導くことが出来ない類《たぐい》のものだったなら。

僕はこの二週間のように、時間を無駄にしながら訓練に励んだ筈だ。

だから言わなかった。

あるいはそもそも、順番が逆なのかもしれない。

技術の存在を知ってから、習得するものではなく。

自らその境地に至ることで、初めて身に付く能力なのかも。

「な、なんだか難しいですね……」

「なんて言えばいいかな、たとえば『愛とは何か』『正義とは何か』って、辞書を引けば答えを得られるものではないと思うんだ。誰かの言葉に影響されることはあっても、結局は自分が見出すもの、だよね。師匠は、自分の言葉で僕に答えを与えられないと思ったから、言わなかった」

「なるほど、よく分かりました」

ミラさんは力強く頷いた。愛という部分に強く惹《ひ》かれたようだ。

「だから、話を聞きに行くのは無駄だと思う」

本当はもう一つある。

『僕には習得出来ないと分かっていた』というものだ。

角を継いだだけの人間《ノーマル》に習得できないなら、師匠が言わなかったのも頷ける。

師匠は厳しい人だったが、無理だとか不可能だとか、そういう言葉を使って誰かの未来を否定することはなかった。向いてないとか根性なしとか、そういうのは沢山言われたが。

勇者になれないとは、一度も言われなかった。

魔力吸収について、技術の説明と共に『儂《わし》には出来るが貴様には無理だ』とか言う人ではない。

あるとしたら、僕が勝手に気づいて相談した時に、静かに教えてくれるというところだろうか。

だが、これは考慮しても仕方がない。

出来ると言ったからには、やらねば。もちろん出来なかった場合のことも考えねばならないし、それが責任というものだが、僕は諦《あきら》めていない。

「自分で、至らなくちゃいけないものだと思う。角の扱い方というか、魔力の捉《とら》え方なんじゃないかと思うんだ。それも技術的なことではなくて、感覚的な部分だ。魔力は在って、角も在って、不可能ではないのに吸収出来ない。認識……僕の先入観が邪魔《じゃま》しているのか……？」

ぶつぶつと語り出す僕は、いつの間にか俯《うつむ》いていたようだ。

頰がそっと柔らかい何かに包まれ、顔が上を向く。

そこには、真紅の月のような瞳《ひとみ》が二つ、僕を見つめていた。

「そろそろ、カシュさんを迎えに行く時間では？」

また思考の沼に嵌《はま》っていたようだ。

時計を見ると、彼女の言う通り。

僕は急いで残りの朝食を掻《か》き込み、服を着替えた。

ぐだぐだ悩むだけでも時は過ぎる。その流れは、自分に合わせてスピードを変えてはくれない。

「……なんだか、最近ミラさんに返しきれない恩が溜まっていってる気がする」

「気になさらないでください、私が好きでやっていることですから」

なんというか、半ば彼女にお世話されているような感じだ。

家のことは彼女が完璧《かんぺき》にこなしてくれているし、仕事もプライベートもよく助けられている。

「いや、よくないよ。僕ばっかり助けられている」

少し前までは彼女の指導のもと、家事を覚えようとしていたのだが、レイド戦で一時中断。

「うふふ、私無しでは生きていけなくなりそうですか？　実はそれが狙《ねら》いなのです」

そう言って彼女は冗談っぽく笑う。

「あはは……」

ミラさんがいるのが当たり前になりかけていることに気づいて、僕は苦笑した。

「レメさん」

玄関で靴を履《は》いたところで、彼女の声が掛かる。

「なにかな」

「先程の、お師匠様が説明なさらなかった理由ですが、もう一つあると私は感じました」

……僕が言わなかったものに気づいたのか。

だが、違った。

「お師匠様はきっと、貴方《あなた》ならば自ら答えに至ると信じていたのではないでしょうか？」

「――――」

中途半端《ちゅうとはんぱ》に知識を与えなかったのは、自分で辿《たど》り着くべきものだからで。

僕ならそれが出来るだろうと、師匠は考えた？

答えは分からないし、訊いてもあの師匠が答えてくれるわけがないが。

「うん、そうだったら嬉《うれ》しいな」

その場合だと、魔王様から話を聞いてしまった僕は正規の習得ルートを外れてしまったわけだが。

せめて答えくらいは、導き出さねば。

「行ってきます。また魔王城で」

僕は微笑《ほほえ》む。自然にそうすることが出来た。

「行ってらっしゃいませ。もちろん、私もレメさんにならば出来ると信じています」

誰に無理と言われたって、勇者になることを諦めるつもりはなかった。

でも、師匠が弟子にしてくれて、フェニクスがパーティーを組もうと言ってくれて、嬉しかったんだ。

今回も同じ。

ミラさんが信じてくれているというだけで、とても嬉しい。

それは確かに、僕の力になってくれる。

「ありがとう」

◇

カシュを迎えに行く道中、僕はこれまでの二週間に手がかりがないか考えていた。

今思い返しているのは、【恋情《れんじょう》の悪魔】シトリーさんとの会話。

ネコっぽい印象を受ける少女で、夢魔《むま》の姿をとっているが、実態は豹《ひょう》の亜獣。

魔王城の四天王《してんのう》で、僕の友人でもある。

『吸収《ドレイン》？　あれは魔力を吸い取ってるんじゃないよ。レメくんも知ってると思うけど、夢魔が吸うのは精気だもん』

『知識としては知ってるんだけど、具体的にどう違うのかなって』

『ふぅん？　いいけど、ミラちゃんに聞けばいいのになぁ』

『ミラさんに？』

『だって吸血と同じだよ？　あっちは生気とかって言うけど、血も一緒に吸ってるから分かりやすいよね』

シトリーさんが説明してくれたところによると、『魔力吸収』が難しいのは、ありのままの魔力を捉えること自体が困難だから。

魔力は全ての源。

魔法も生気も精気も、魔力を加工したもの。

『魔力そのものに干渉するのって難しいんだよ。ふかのー、ってくらいに。生き物の魔力って魔力器官から生成されるでしょう？　その過程で「意識」と「操作」が出来るように加工されてるんじゃないかって話、聞いたことない？』

『……あります』

空気中にも魔力は含まれるが、それに直接命令して魔法にすることは、出来ない。

精霊や妖精さえ、それらの魔力を一度『己《おのれ》のものにする』という工程を挟む必要があるのだ。

どうして？　体内の魔力は自分の技術が伴えば、想像通りの魔法になるのに。

そこで考えられたのが、自然の魔力と魔力器官が生成する魔力は違うのではないか、という説だ。

これはおそらく事実だ。魔力は全ての源。無意識でも操作する術がなければ、人は生きていけない。魔力を生み出し、己が生きる為に加工する機能は全ての生き物が備えている。

魔法を使う生き物は、その機能を『意識的』に使えるように進化した者たち。

『精気も生気も、生命力だよね。生きてる人は目の前にいて、触れられるわけだから、エネルギーを奪うイメージって、そう難しくないんだよ。血を吸ってエネルギーを奪うのも同じ。「分かりやすい」んだ』

その説明では伝わりづらいと思ったのか、シトリーさんは更に続けた。

『ほら、水魔法でバシャアって水掛けられたらさ、濡《ぬ》れるでしょ？　その水は飲むことも出来るし、濡れた服を絞れば落とすことも出来ちゃう。「魔力」から「水」に加工されたことで、誰でも触《さわ》れる、分かりやすい何かになった』

『固有の術も魔法も、発動には認識が重要、ということですか……？』

『たぶんね。シトリーは色んな生き物になれるけど、イメージが苦手なものは再現も苦手なんだ。魔人の角もね、よく分からなくて』

『そうなんですか？』

『うん、吸血も吸収《ドレイン》もね、食事なんだ。エネルギー補給なんだよ。それって別に普通のことでしょう？　でも角のさ、体内に魔力を溜めるのって、普通のことに置き換えられなくてさ。だって食べたものは消化されちゃうじゃん。身体の中に貯金するみたいな感覚、って言われて想像出来る？』

僕はそんなふうにイメージしてます……。

まぁイメージって、ピンとくる人もいればそうでない人もいるものだろう。

『食べたものが脂肪になったりするじゃないですか、あぁいうイメージなら……』

『脂肪って響きがもう可愛《かわい》くないからムリなんだけど、それを抜きにしてもダメだよ。だって角は沢山魔力を込めても大きくならないでしょ？』

……なるほど。完全な代替イメージにはならないわけか。

シトリーさんの話は興味深い。が……。

『魔力そのものを、吸うのは不可能ですか？』

ちなみに吸収《ドレイン》も吸血も本来は生命力を吸うのだが、魔力体《アバター》戦闘時は敵の身体《からだ》も魔力で出来ているので、吸い取るのが魔力に置き換わる。

ただこれはあくまで仕様でしかなく、血や精気を吸うというイメージのまま能力は行使されるのだという。

違法だが、たとえば吸血鬼や夢魔の魔力体《アバター》を作れば再現可能、かもしれない。感覚さえ摑《つか》めば。

だがそれをしても角はついてこないので、大量の魔力は賄《まかな》えない。

僕の質問に、シトリーさんは不思議そうに首を傾《かし》げた。

『考えたこともないなぁ。だってそれってね、変でしょう？　焼いたお肉を美味《おい》しく食べられるのに、わざわざ生肉を探しにはいかなくない？　……ん、分かりにくいかな？』

『いえ、大丈夫です、分かります』

今すぐ何かを食べたいという時に、美味しい食事を摂ることが出来る。

そんな能力を持っているのに、わざわざ魔力——この場合食材とたとえるのが妥当か——を吸収しようとは思わない、という話だろう。

その通りなのだが、魔人に備わっているのは魔力を角に溜める能力。

『だからね、もし目に見えない、ただ在るとしか分からない魔力を身体の中に入れるってことに、レメくんが分かりやすいイメージを用意出来れば、スッと出来るようになるかも』

そのアドバイスは大変ありがたかった。

だけど、どれだけ頭を悩ませても上手《うま》くいかなかった。

二週間、ただ悩んでいたわけではない。

たとえば、魔法。

あまりに非効率的で効力もしょぼいので普段は使わないが、僕も一応は魔法使い系統の【役職《ジョブ》】なので、属性魔法も使える。

露出させた角に、濡らす程度の水魔法や、マッチより儚《はかな》い火魔法などを掛けてみるも、吸収する気配はない。もちろん魔力は感じ取れるのだが、角に注入することは出来なかった。

自分のものならあるいは、とも思ったのだが。

ダンジョンコアのあるフロアは最高の修行環境だ。

本来、魔力は感じ取るのも難しいもの。フェニクスの魔力を喰《く》らえばさすがに一般人でも分かるが、空気中の魔力を人は感じ取れない。薄すぎるのだ。

その点、コアから放出された魔力は濃いし多い。

それでも、敢《あ》えて魔力の少ない環境に身を置いたりもした。

魔力が『無い』ことを強く実感することで、『在る』場所でより強く感じられるのではないかと思ったからだ。

それ自体は上手くいったのだが、成果は上げられなかった。

シトリーさんのアドバイスは、あくまでシトリーさんの実体験に基づいたもの。

ありがたく胸に留めつつも、囚《とら》われてはいけない。僕は僕の答えを出さなければいけない。

分かっては、いるんだけど。

そうこう考えている内に、カシュの家の前に到着。二階建ての集合住宅。各階五部屋ある内の、一階の真ん中が彼女たちの住居。

僕は両手で顔をほぐし、思考を切り上げる。

カシュにまで心配させるわけにはいかない。

ノックの形にした手は、今日も扉を叩《たた》くことはない。

いつも誰かしらが僕の訪問に気づき、扉を開けてくれるからだ。

大抵《たいてい》はカシュだが、この前のように姉のマカさんだったり、あるいはお母さんだったり弟妹だったりする。

足音？　気配？　どうやって気づいているのだろう。

カシュに聞いてみたことがあるが、恥ずかしそうに俯くだけだった。

一瞬、鼻をひくひくさせていたような……まさか、匂《にお》い？　僕は臭《にお》うのか？

「おはようございます、レメさんっ」

カシュの花咲くような笑顔を見て、心配は霧散する。

悩んでばかりで、少々考えすぎるようになってしまったようだ。

「うん、おはよう」

「上がってください。今日のご飯は、わたしも手伝ったんですっ」

「それは楽しみだな。それじゃあ、お邪魔します」

毎日二度の朝食。一度目は寮の自室。二度目はカシュ宅。

この二度目の朝餉《あさげ》で、まさか解決の糸口を摑めるとは、この時の僕は考えもしなかった。

◇

「あ、レメさんだ。おはよーございまっす」

食卓に料理の盛られた皿を運んでいた少女が、僕に気づいて微笑む。

薄い茶色の髪はカシュより長く、料理中は後ろで一つに結っている。年は十二歳だが、キッチンは既に彼女の領域。

マカさん。【料理人】の【役職《ジョブ》】を持つ、カシュのお姉さんだ。

家族共通の薄緑の瞳が、僕を捉える。

「うん、おはよう」

「時間ぴったしですね。熱々を召し上がれ～」

「いつもありがとう」

僕は「レメしゃん……！」と足元にすりよってきたミアちゃん——カシュの妹さん——の頭を撫《な》でながら、マカさんに微笑みを返す。

「いえいえ、これくらいはさせてもらえないと逆に困りますって。うちでもまともな料理の練習が出来るようになったのも、レメさんのおかげなんですから。って、このくだり何回目ですか」

マカさんは苦笑している。

家計のやりくりが厳しかったカシュのおうちは、カシュが魔王軍の秘書になったことで余裕が出てきたという。

カシュを誘ったのはミラさんで、給料を出しているのは魔王城。

僕が感謝されるのは違うのではないかとも思うのだが、それを言うとそもそもカシュが僕と出逢っていなければ参謀秘書になる未来は拓《ひら》かれなかったわけで……という感じにまとめられてしまう。

ここのところ定番となりつつある会話を続けて料理が冷めるのもいけないので、僕は曖昧《あいまい》に頷くことに。

「それじゃあ、ご馳走になろうかな」

「どぞどぞ、今日も美味しいですからねー」

今日も今日とて僕の手を噛《か》むナツくん——カシュの弟さん——をカシュが引き剝《は》がした後で、席につく。

「あら、表情が柔らかくなりましたか？　ここのところ、何かに悩んでいたようでしたが、解決されたのでしょうか」

ヘーゼルさん——カシュたちのお母さん——が頬に手を当てながら、そんなことを言う。

「そんなに分かりやすく悩んでいましたか……」

ミラさんもそうだが、ヘーゼルさんも鋭い。あるいは僕が分かりやすいのか。

「ふふ、カシュがとても心配していたものですから」

「……精進《しょうじん》します」

この調子だと色んな人に心配を掛けていそうだ。

「いえいえ、悩むことは悪いことではありません。答えを出そうと努力している、ということなのですから。それはそれとして、うちの娘が『ひしょには相談出来ないことなのかな……』と、とても悲しそうにしていたので——」

「お、お母さんっ！」

カシュが慌てて母親の腕に縋《すが》り付き、言葉を止めるように身体を揺らしている。

ヘーゼルさんは「あらあら」と微笑みながら、ゆっくり揺れていた。

そんなこんながありながら、朝食。

和やかに食事が進む中、ナツくんが「うぇ」と表情を歪《ゆが》めながら舌を出した。

その上には、細かく刻まれてはいるものの、苦味のある野菜が乗っている。

「まじぃ」

「こらっ、ちゃんと食べな」

マカさんが叱ると、ナツくんはぷいっと顔を背《そむ》ける。

「まずいからたべたくない」

「な、なにぉ。そんなちっこい欠片《かけら》で情けないこと言うんじゃないの。栄養あるんだから食べなさい。ほら、あんた以外みんなもぐもぐ食べてるでしょ」

「べー」

活発で親しげな少女の、姉としての一面をぼんやりと眺めていた僕だったが、マカさんがぴくぴくと震えだしたので口を挟むことに。折角《せっかく》美味しいご飯の並んだ食卓に、怒声は似合わない。

「ナツくん。いいのかい？　君はお姉さんやお母さんを守れるくらいに強くなるんだろう？」

「！」

ナツくんが僕を見る。

ちょっと失礼、とみんなに言ってから、僕は立ち上がる。

分かりやすい何かは……うぅん、これでいいか。

僕は食事の並ぶ机を掴み、そのまま持ち上げる。

もちろん、料理や水が落ちないよう、細心の注意を払ってだ。食器一つに至るまで僅かも揺らさず、埃《ほこり》一つ立てずに持ち上げ、ナツくんがびっくりするのを確認してから、ゆっくり下ろす。

ちょっと行儀が悪かったかもしれない。ただ関心を引くことは出来た。

「ナツくんも知ってると思うけど、僕は戦士みたいに戦える【役職《ジョブ》】じゃない。それでもね、しっかりと栄養のあるご飯を食べて、沢山身体を鍛えたら、これくらいは出来るようになるよ。野菜の苦さに負ける子が、家族を狙う悪い男に勝てるかなぁ」

他所の家庭の教育に口を挟むべきではないが、今回はマカさんの意に沿う形だし良いだろうと判断。

「………」

ナツくんは料理の皿と僕を交互に見比べる。

「野菜を食べないナツくんからなら、カシュをとれるかもしれないなぁ」

カシュの耳がぴくんっと揺れた。

マカさんが「あたしもとられたーい」と笑っている。よかった、怒りは収まったようだ。

「……！　たべるし！　レメにカシュはやらん！」

そういってガツガツ料理を掻き込むナツくん。

うぅと苦みに顔をしかめるが、ごくんと呑《の》み込む。

「どーだ！」

「うん、えらい……じゃなくて。これなら家族を守れるね」

ふふん、と上機嫌になるナツくん。

一食ですぐにどうこうということはなくとも、食事は積み重ねだ。

身体の中に取り入れた食べ物は、自分を構成する一部に…………――ッ⁉

ガタッと立ち上がる僕に、みんなの視線が集中する。

「どうしたんですかレメさん？　また食卓持ち上げます？」

不思議そうな顔をしながら、マカさんが言う。

「あ、いやごめん。さっき言ってた悩み事に……こう、答えが出たような……ヒントくらいかな、まぁそんな感じで、うん、自分でもびっくりしたものだから」

「あはは、レメさんっていつも穏やかなのに、そういうことになったりするんですね」

僕も「あはは」と笑い、再び着席する。

今すぐ魔王城まで駆け出したい気持ちだったが、マカさんの料理を最後まで頂く。

家族に見送られ、準備の済んだカシュと共に職場に向かう。

「れ、レメさん……さっきのおはなし、ですが」

……そういえばカシュは、相談されないことに悩んでいたのか。

しかしどう説明しよう。

「うぅん……次の戦いの為にね、新しい技を考えなくちゃいけなくて。技は決まったんだけど、どうやったら覚えられるのか分からなくて悩んでたんだ」

「わざ……ひっさつわざ、ですかっ⁉」

なにやら彼女の目が輝く。

「そういう、かっこいいやつじゃないんだけどね。でも、うん、それくらい難しいものかな」

「ひっさつわざに近いわざですか……。さっき、おぼえかたを思いついたのでしょうか？」

「何か摑めた気がする、ってくらいなんだけどね」

「できます、レメさんならっ！」

「……うん、ありがとう。そう言われると、出来る気がしてきたよ」

職場についた僕はさっそくリンクルームに向かう。

そこには沢山の管で繋がれた一対の『繭《まゆ》』が複数配置されており、この装置に魔力体《アバター》情報の刻まれた登録証を差し込んだ上で入ると、精神を魔力製の写し身に移動させることができるのだ。

「何か摑めたか？」

リンクルームには、既に魔王様がいた。ちなみに今日はサイドテールだった。

彼女も気になるのか、ここ最近、毎日言われるセリフだ。

これまでなら申し訳なさから表情を曇らせる僕だが、今日は違う。

なんだか変な話だが、野菜が苦手なナツくんに助けられたことになるかもしれない。

「多分、ですが」

「ほう、それは期待だな」

僕はまず魔力体《アバター》に精神を移す。

「あ、説明してしまっていいですか？　師匠はもしかすると、これを自分で到達するものとして考えているのかなって、僕は思ったんですが」

「むっ、そうか……ならば聞かん。代わりに——カーミラ。貴様に任せよう」

すると、がこっと機材に頭をぶつけるミラさんが物陰から出てきた。

「いたっ。魔王様……私の存在は伏せてくださいとあれほど……」

「こやつの目を欺《あざむ》けるとは、貴様も思っていまい。素直に出てくればよいのだ」

応援した手前、プレッシャーを掛けてはいけないと思ってくれたのか。それでも気になったようで、隠れて見学……という感じと思われる。

「自分でも整理したいので、聞いてくれる人がいると助かります」

「！　では不肖《ふしょう》カーミラ、その大役、身命《しんめい》を賭《と》してこなしてみせましょう」

「では任せたぞ」

魔王様はそう言って部屋を出ていった。

彼女も自力で習得するつもりなのだ。

「それじゃあ、早速」

「はい！」

◇

「魔人の角はさ、自分で生んだ魔力を角に溜められるんだ。それで、魔力体《アバター》を作る時、角に溜めた魔力をどうするかっていうと、二つ方法があって」

「溜めた魔力ごと再現するか、魔力を移すかですね」

「うん。前者だと本体の魔力は失われないけど、費用がとんでもなくなる。壊れることを考えると、躊躇《ちゅうちょ》しちゃうくらい。だから普通は魔力を移すんだ。これなら必要に応じて魔力を移動させればいいから、一気に移して全壊なんてことにならなければ、魔力不足になることもあまりない」

フェニクス戦の後の僕は、まさにそれで魔力不足になったわけだけど。

まぁ、あの時は全ての魔力を注いで戦わねば勝てなかったので、仕方がなかったのだが。

「はい、そこまでは私にもなんとか」

「それって、どうやって移すか分かるかな」

「ええ、確か触れるだけでいいとか」

僕は頷く。

「そうなんだ。魔力体《アバター》で本体に触れるだけ。ちょっと変だけど、どちらも『自分』だから自分の魔力を自分の角に移す、ということに違いはない。僕はこれまで、そう思っていた」

僕は『繭』を開け、本体から魔力を少し吸う。うん、問題なく出来る。

「……そうではない、ということですか？」

「ううん、正しいと思う。ただ、説明が不十分なんじゃないかって」

「不十分……」

「吸血鬼は、魔力体《アバター》になった後で、本体の血を操ることが出来る？」

「！　や、やってみます」

ミラさんがカーミラになるべく、急いで魔力体《アバター》に精神を移した。

そして僕がやったように『繭』を開け、本体に触れる。

「………操れません」

やはり。

魔人は角の魔力を本体から魔力体《アバター》に移せるが、吸血鬼は本体の血を防衛に持ち込むことは出来ない。魔力体《アバター》の血は、あくまで機能を再現した魔力だからだ。

そこに本物の血を持ち込むのは、ルール違反。だから試す者はいなかった。

可不可以前に、挑戦する意味がないから誰もしなかった。

あるいはこれを知っている者がいたところで、何の役に立つでもない。

「多分それは、意識の問題なんだ。本体では血を操れるけど、魔力体《アバター》だと血を模《も》した魔力を操る。その違いを、無意識で捉えている」

「で、ですがこれは純粋な魔力とそれ以外の差、ということもあるのではありませんか?」

吸血鬼には『血を操る』『血を模した魔力を操る』という違いがあるが、魔人の場合は生身であろうと魔力体《アバター》であろうと『己の魔力を操る』点で同じ。

あくまで、そういうことなのではないか。ミラさんの言いたいことも分かる。

「うん、でももしそうなら、杖《つえ》に本体の魔力を込めることは出来るってことになる」

僕は手に持った参謀用の杖の先端を、自分の本体に触れさせる。

「杖に込められるのも『使用者の魔力』だけだ。角に移せるのが『自分の魔力だから』という理由なら、杖にだって……」

そして、僕は確信する。

「レメさん、これは……」

「うん、失敗したね。思った通りだ」

ちなみに、杖は魔石のように魔力を蓄えるのではなく、圧縮・純化するもの。品質にもよるが、一定時間が経つと魔力は漏《も》れ出て空気に溶けてしまう。

ので、仮にこの方法が実行可能だとしても、【魔法使い】などが生身の己から魔力を抜き出し、攻略・防衛に持ち込むことは出来ない。

やったところであまり意味がない上に、繭に入っている時は魔力器官の活動は抑えられているから、大して持っていけない。

「で、では魔人が本体の角に蓄積された魔力を、魔力体《アバター》の角に吸収することが出来るのは、それが『自らの魔力』だからではなく、角それ自体に搭載された『魔力を蓄えるという能力』によるもの、ということですか？　ですがそれは、おかしいです」

それだと、魔人の角は最初から『大気中の魔力を吸収出来るモノ』でなければおかしい。

だが、現実はそうではない。

「そうだね、だからそういう理由じゃないんだ」

「え？」

僕があっさり認めたことに、ミラさんはぽかんとする。小さな口が、丸く開かれていた。彼女のそういった表情は珍しいが、今は見惚《みほ》れている場合ではない。

「自分の魔力『だから』移せるんじゃない。自分の魔力だと『捉えている』から吸収出来たんだ」

「？　……ごめんなさい、その、少し意味が」

僕は頭の中で整理しながら、続ける。

「たとえば、僕の寮室のリビングには果物が置いてあるよね。ブリッツさんのところで買ったものなんだけど」

ブリッツさん。カシュの元雇い主で、彼女の母親の友人であり、僕の友人でもある果物屋さんだ。

「はい、ありますね」

こくり、と彼女が顎《あご》を引く。

「あれを僕らが食べる時、何も躊躇《ためら》わないし、何の問題もないよね」

「ええ、まぁ。レメさんが買われたものですから、私は一応尋ねることにしてますが……」

「……そうだったね。じゃあこの場合は、僕限定にしよう」

「それなら、その通りだと思います。レメさんのものですから、いつ口にされても構わないかと」

「じゃあ、場所が市場で、僕が無一文で、勝手に果物屋さんの商品を食べるのは？」

「……それは、問題です。盗みにあたるのではないでしょうか」

「そう。同じ果物でも、状況次第《しだい》で食べてよかったりダメだったりする。今の例は人の世のルールだから、当然従わなければならないよね。でも、魔力にそんなルールはない筈なんだ」

もちろん、魔石泥棒なんかはダメだ。人の世のルールの適用される範囲内。

でも、精霊や妖精が自然の魔力を集めることを罰する法はない。呼吸を罰する法がないように。

「…………私たちは、自分の魔力を問題なく扱えていますが、逆に自分以外の魔力を勝手に扱ってはいけないと、無意識にセーブを掛けている、ということですか？」

「僕はそう思う。杖は『使用者』——つまり同一人物の肉体が二つあろうが、今持っている個体

――の魔力を純化するモノ、という認識だからかな。意識のない本体を『使用者』のくくりに入れるのは難しい。その点、角は簡単だ。僕の角から、僕の角へ。問題なく自分の魔力だと『捉える』ことが出来る」

「そうなると……よく言われている、魔力生成における意識と操作を可能とする加工、というのは……もしかして」

「自分が作り出したものなんだから、自分のもの、という認識のことだと思う」

これは、習得者が少なくて当たり前。

空気を自分のものだと思いながら吸う者はいない。ましてや操ろうなどと誰が考えよう。

逆に、精霊や妖精が出来るのには頷ける。

精霊も妖精も、世界から『生じる』のだという。

明確な形を得ようとしたのが妖精で、元々は同じモノという説もある。

彼ら彼女らにとって、世界と自分に違いはないのだ。

世界から生まれ、世界に在り、世界である。

僕ら人間が、まったく同じ価値観を今から獲得するのは無理だろう。生き物としての意識の違いだ。

だから僕が考えたのは――。

「自分の食べたものが、自分の身体を形作る。魔力を吸収するとか考えるからダメだったんだ。これは僕のもの、僕が食べてもいいもの、僕の糧とするもの。そう考えて、ただ実行すればよかったんだ」

「な、なる……ほど……？」

「ありがとうミラさん。話してるうちに、より自分の中で理屈を整理出来たと思う。あの、それじゃあ僕はコアに向かうよ……！」

「え、あ、はい。いってらっしゃいませ……？」

僕は急いでコアのある部屋へ向かう。魔王様の執務室を経由し、コアの鎮座する空間へ。

コアに近づき、魔力の流れる管を辿り、バルブを捻《ひね》る。魔力が噴《ふ》き出す。

角を露出させ、集中。

これは僕のもの、僕のもの……僕のもの。

……。

…………。

……………。

「……あはは、そんな簡単にはいかないよね」

それはそうだ。

気づき一つでグッと成長することは、確かにある。

でも、どの分野でも構わないが、そういった瞬間の背景には膨大な努力があるものではないだろうか。

沢山頑張って、試行錯誤して、上手くいかなくて、それでも頑張って。

ある時、気づいて。それを許《もと》に努力の方向を調整したら、壁を突破出来た。上手くいった。

閃《ひらめ》きだけで、技術は身に付かない。

それでも、閃きは得た。ならば、これを許に努力の方向を調整、更なる修練に励むのみ。

バルブを締める。

集中。

自分の足元から魔力を放出する。自分の魔力だ。

次いで、水平方向に魔力を放出。

旋風《せんぷう》のように、僕の周囲で僕の魔力がぐるぐるとゆっくり回る。

魔力は放っておくとすぐ霧散するので、放出の仕方を調整することでなるべく自分の周囲に漂わせようと思ってのことだった。

コアの魔力を、いきなり自分のものだと思うのは難しい。

まずは、一瞬前まで自分の制御下にあった魔力を、再び制御下におくこと。

違うか。落とした持ち物を、拾ってポケットに戻すようなもの。

なくしてはいない。これは僕のものなのだ。

◇

朝。

もぐもぐとトーストを頬張《ほおば》る僕。

パンの上には焼かれた卵とカリカリのベーコンがどーんと乗っかっている。片手でトースト、もう片方の手は牛乳で満ちたグラスに。

咀嚼し、嚥下《えんげ》したら、ゴクゴクと牛乳を飲む。

寮室のリビングで、僕とミラさんはテレビを観ていた。

画面の向こうで流れる情報番組では、レイド戦特集が組まれている。

ここのところ何回も様々なところでやり尽くされているが、それだけ注目度の高いイベントということだろう。

「世間はとても盛り上がっていますね。こんなにも人々の注目を集めるのなら、何故《なぜ》レイド戦は長らく行われてこなかったのでしょう」

調理中のミラさんは髪を後ろで縛るのだが、たまに解き忘れたまま食事をとることがある。今日もそうだった。

普段の下ろした姿も魅力的だが、違った髪型も似合っている。

ポニーテールのミラさんの言葉に、僕はサラダをムシャムシャ食べてから、応じる。

「幾つか理由はあると思うけど、基本的に冒険者に旨味《うまみ》があまりないからじゃないかな」

「そう、なのですか？」

「攻略に関《かか》わる人間が今回だけで十七人。人が多くなると、どうしても注目は分散してしまうものだから」

「それは確かに、そうですね。ですが今回の参加者は、【湖の勇者】とその仲間である【破壊者】を除けば、超の付く有名パーティーです。目立たず注目されない、ということはないかなと思ったりしますけれど」

「それだけなら、結局メリットがない。自分たちで動画を上げても同じだと思う。一緒に攻略するとどうしても比べられてしまうし、連携も取りづらいし、【勇者】は我が強い人が多いから、他のパーティーと組むより自分たちで攻略したいって人の方が多いだろうし」

ランクが大きく離れているなら別だが、上位五パーティーだ。今更誰かの恩恵を授《さず》かるまでもなく、彼らを知らぬ者などいない。

「む、むむぅ……そうなると、視聴者へのサービスの側面が強いのでしょうか？」

「それはあるだろうね。四大精霊契約者の共闘とか、普段仲の悪い冒険者たちが手を組むとか、そういうのが好きな人は多いよね」

僕もそういうのは大好物だ。普段観られない、何かが起こりそうな期待を抱かせてくれる。

僕は更に続けた。

「実現しない理由は他に、注目度の高いパーティーは忙しいからスケジュールを押さえるのが難しいこと、映像の権利や報酬の話をまとめるのが面倒なこと、複数パーティーの攻略に堪えるダンジョンが少ないこと、それらをクリアしてまで開催に踏み切る偉い人があんまりいないこと、とかかな」

「……魔王様のお父上は、相当なやり手ということですね」

「そう思うよ。僕は今でも、あのメンバーが集まったことが不思議なくらいなんだ」

レイスくんチームは例外だが、彼らは冒険者のトップ集団。

自分たちこそがという思いはあれど、集団での攻略を承諾するとは思えなかった。

なんとなく、エアリアルさんはレイスくんの件もあって参加を決めたのかな、と思っているのだが。

「あとは……」

「まだあるのですか……？」

「前回のレイド戦で、師匠がトップクラスの冒険者たちを第一層で瞬殺《しゅんさつ》しちゃったから……。業界的にはタブーみたいになっているんだよね。興味があっても、やりたいとか言えない空気が出来上がっているというか」

「な、なるほど……」

「そういう意味でも、復活させられるのはフェローさんくらいだったかも」

師匠を最強の魔王と尊敬し、彼を隠居に追いやった業界を憎むフェローさん。

冒険者や組合に広がるイメージなど無視して、企画を提案し、押し通す力を持つ者がどれだけいるか。

街を挙げてのイベントごとに押し上げたり、参加する冒険者たちを全面に押し出したり。

かつてのイメージが大きかろうと、それを上書きするほどの楽しいイベントにしようという案が盛り沢山。

後は――。

「フェニクスたちが完全攻略寸前まで来たのも大きいよ。魔王城の攻略まであと一歩って世間が思って、その印象が薄れる前にレイド戦だからね。フェニクスたちに出来なかったことを、業界のトップともう一人の四大精霊契約者が達成する。どうなるか、気にならないファンはいないんじゃないかな」

「ふむふむ。……レメさん、一ファンとして楽しみにされていますか？」

「うん……実はそうなんだ」

魔物の勇者になると決めたからって、趣味嗜好《しゅこう》が変わるというわけではない。

僕は変わらずダンジョン攻略と冒険者が大好きで、このレイド戦も楽しみにしている。

「もちろん、全員退場してもらうつもりでいるけど、それはそれというか」

難しいところだ。

彼らが簡単に負けるとは思わないが、簡単に突破されては困る立場。

「うふふ、よいと思いますよ。私もレメさんが魔王城を攻略されていた時にはもちろん全力で戦いましたけれど、それはそれとして映像を食い入るように眺めて無限に再生……いえ、なんでもありません」

こほん、とミラさんは咳払《せきばら》い。顔が赤い。

「そ、そうですレメさん。いよいよ明日なのですから、今一度対戦相手を確認されてはっ？　ちょ、丁度、参加者紹介が流れるようですし」

と、誤魔化《ごまか》すミラさん。

その様子が可愛《かわい》くて、僕は自然と表情が綻《ほころ》んだ。

素直に流されることにして、映像板《テレビ》へと目を向ける。

確かに丁度、エアリアルパーティーの紹介が始まったところだった。

進行役の女性が、スタジオに設けられたディスプレイに手を向けながら解説を始める。

彼女の説明に合わせて、映像が流れるようだ。

『まずは、遠くヤマトの地特有の戦士系【役職《ジョブ》】である【サムライ】持ち――マサムネ氏！ カタナなる曲刀《きょくとう》は果たして魔法具なのか、なんと――魔法さえも断ち切ってしまうというから驚きです！ 己の領域に踏み込んだものは何物であろうと両断する秘技「バットウジュツ」は「神速」と並んで目にも留まらぬ攻撃スキルとして有名です！』

ヤマトという島国出身のマサムネさんは衣装も独特で、和装を身に纏《まと》っている。

師匠や魔王様が普段着ている衣装に似ているので、僕は妙な親近感を感じていたりするのだが。

彼は気さくな武人という感じで、【黒魔導士】差別も持っていない。

何度か逢ったことがあるが、朗《ほが》らかに話しかけてくれた。

『そして次は彼女！ 【炎の勇者】出現まで最強の火属性遣いと言われていた【紅蓮《ぐれん》の魔法使い】こと――ミシェル氏！ エアリアル氏との合体魔法「大爆風」はあまりに破壊力が大きく、ダンジョン攻略を予約する時点で使用を控えるよう頼まれるほどだとか！ その高火力は今回何を焼き尽くし、破壊するのか！』

ミシェルさんは基本的にほんわかしていて可憐な印象なのだけど、ダンジョンに潜《もぐ》ると性格が豹変《ひょうへん》する。ちょっと危うい言動と強すぎる魔法で一部から絶大な人気を集めている美女だ。

人間《ノーマル》の魔法使いは得意属性と言えるものを持たない万能型が多いが、ミシェルさんは火属性に対し類《たぐい》まれな適性を持っており、その破壊力は業界でも有名。

『【剣《つるぎ》の錬金術師】リューイ氏をみなさんご存知ですか？　【錬金術師】の冒険者は非常に珍しいですが、彼は戦闘適性も持っているようで、ダンジョン内で武器や防具を作りながら戦うのです！もちろんユニークなだけでなく、武器の性能も戦闘能力も非常に高い！』

リューイさんは寡黙で小柄な職人気質。

ダンジョン内にあるもので武器防具や道具を作るので、毎回違った画が見れて楽しい。

洞窟ダンジョンなら『岩石の盾《たて》』、海ダンジョンなら『海水の槍』みたいな感じ。

そして次は。

『こちらはまだ馴染みのない方が多いかもしれません。先日引退を表明された、世界最高峰の【白魔導士】――【大聖女】パナケア氏。彼は、そんなパナケア氏の後任として入りました――』

【大聖女】パナケアさんは、白魔法に極《きわ》めて高い適性を持つ女性。もちろん本人の努力がなければ、あそこまでの効力を発揮する白魔法など発動出来なかっただろう。

致命傷でなければ確実に癒《い》やしてしまう白魔法の極地。あれは『奇跡』とか『白魔術』と呼ぶべき魔法だった。

快活な性格で、本人は聖女という異名は自分に合っていないと苦笑していた。

三十二歳で子持ちだが、十代の冒険者ファンでも彼女の虜《とりこ》になる者は多い。その美貌《びぼう》は衰えることがなく、年々磨きが掛かっているようにさえ思える。

そんな彼女も、三人目の子供を懐妊《かいにん》したタイミングで引退を決意。

そんな事情があって、入れ替わりに入るメンバーとして僕が勧誘された過去がある。

僕は断ったので、エアリアルパーティーは違う誰かを誘うことになった。

そのメンバーというのが――。

『【疾風《しっぷう》の勇者】ユアン氏ッ！　格の高い風の分霊と契約している彼は今年で十三歳！　エアリアル氏が育成機関《スクール》に特別講師として招かれた際に出逢った人材で、加入後は若き日の【嵐《あらし》の勇者】を思わせる活躍で、聖女脱退に落ち込むファンの心を沸かせました！』

このユアンくん、実は【氷の勇者】ベーラさんと同期らしい。

今年の新人は豊作だという記事をどこかで読んだことがあり、ベーラさんとユアンくんもばっちり載っていた。特にこの二人はランク上位パーティーに加入したことで、知名度で他の同期に大きくリードしていると言えるだろう。

そして、力不足と批判されない程度に、優秀。

一位と四位パーティーでその評価となると、群を抜いて有能ということ。

僕も話したことがあるが、なんというか、エアリアルさんが先に僕を勧誘していたことでライバル視されてしまったのか、友好的とは言えなかった。

礼儀正しい少年で、しっかりと会話には応じてくれるのだが、ほんの僅かに棘《とげ》を感じた。

彼からすれば、僕は尊敬する【嵐の勇者】の誘いを断った男で。自分はレメが断った『おかげ』で誘いが回ってきた。複雑な気持ちだろうし、仕方がない。

「最近は冒険者も美形が多いですね」

レイスくんが明るい美少年だとすれば、ユアンくんはクールな美少年。

「ミラさんは、見る時にそういうの気にするの？」

「どうでしょう。目の保養なんて言いますが、確かに美しいものを視界に収めるのは、それだけでなんとなく気分が良いかもしれません」

ミラさんは何気なく答える。

「そういうもの、か」

確かにフェニクスは白皙《はくせき》の美青年って感じで女性ファンがわんさかいるし、ラークは眠たげな目をしているけれどイケメンなこともあり、モテモテだ。

近年では、以前よりも冒険者の容姿も重要視されるようになってきたのは事実。

ライト層を取り込むのに、美男美女という分かりやすい魅力は効果的。

そういう意味でも、僕は不人気だった。

ミラさんの言っていることは分かるのに、何故か、ほんの僅かに引っかかりのようなものを覚える僕。

「ですが、私にとってはあくまで芸術品を愛《め》でるようなものです。鑑賞に近いですね」

「あぁ、なるほど」

続く彼女の言葉に、自分でも驚くほど――安堵《あんど》していた。

――あれ……？

僕は自分で自分の気持ちに戸惑《とまど》う。

今のって……もしかして。

「ふふふ、嫉妬《しっと》してくださいましたか？」

見透《す》かしたような、彼女の視線。

「えっ、いや……」

彼女が席から立ち上がり、卓上の僕の手に、自分のそれを重ねる。

陽《ひ》だまりのように温かく、陶器のようにすべらかな、白魚《しらうお》の手。

血のように赤く、宝石のように美しい、両の瞳《ひとみ》。

氷菓《ひょうか》のように甘く、酒のようにこちらを酔わせる、美しい声。

「二年前から、私が夢中になっている殿方《とのがた》は、たった一人ですよ」

ミラさんはそう言って、ニッコリと微笑む。

心臓を鷲掴《わしづか》みにするような、強烈で美しい笑顔だった。

「あ、ありが、とう……？」

頬が熱を持つのを感じながら、僕はなんとか言葉を紡《つむ》ぐ。

「ふふ、どういたしまして？」

僕らの会話中、映像板《テレビ》ではエアリアルさんの紹介が流れていた。

『そして最後はこの方！　全冒険者の頂点に立つ人類最強！　――【嵐の勇者】エアリアル氏！もはや説明は不要と思いますが、四大精霊本体と契約し、風の精霊術を操る彼の武勇は誰もが知るところ！　このレイド戦で、同じく四大精霊契約者であるフェニクス氏が敗れた魔王軍参謀を、いかにして破るのか！　要注目です！』

「……ところで、今の説明ですが、まるでレメゲトン様が負けることが決まっているかのような言い様に私は凄まじい怒りを覚えるのですが。スポンサーにクレームを入れてやりましょう」

しっかりと聞いていたらしいミラさんが、画面を睨《にら》みつけていた。

「いやいや……」

「レメさんは悔しくないのですか。そもそもがあぁいった些細《ささい》な言動に『魔物はやられ役』という意識が滲《にじ》み出ているのです。それらを払拭《ふっしょく》せんと立ち上がったレメさんにとって、彼女の発言は度《ど》し難《がた》いものの筈では？」

まぁ、気にならないと言えば嘘になるけれど。

「注意して変わるものなら、とうの昔に変わっていると思う」

「それは、そうですが」

ミラさんはまだ納得出来ない様子。

気持ちは分かる。

「証明すればいいよ」

ミラさんは何か言おうとしていた口を、すぅと閉じた。

「勝てばいい。今の世間の認識は、もちろんダンジョン攻略の設定もあるかもしれないけれど、冒険者たちが無数に積み上げた勝利の功績とも言える。だから、僕らも積み上げればいい。同じくらい勝って、強い人たちだって倒して、どちらが勝つか分からないのがダンジョン攻略なんだって、みんなに思わせるんだ」

フェローさんのように、急いでダンジョン攻略を無くさなくとも。

時間は掛かるが、僕はこの方法でいきたい。

今回は、大きなチャンスだ。

冒険者の頂点を含めたトップの強者たちを、一度に撃退出来るのだから。

「……さすが、レメさんです」

また、ミラさんは微笑んだ。

だが先程と違い、とても、誇らしげな微笑。

「魔物が勝つこともあるのだと、世間に見せつけてやりましょう。第一位であろうと、敗北とは無縁ではいられないのだと——我ら魔王軍が、証明するのです」

「あぁ、そうだね」

第六章 最強を引きずり下ろすのが愛なんてものなら

いつからかは、覚えていない。物心つく頃には、もう攻略映像にハマっていた。

中でも、一番格好いいのは【勇者】で。

その中の頂点は、やっぱりお父さんだ。

敵がどれだけ大きくても、どれだけ強くても、決して諦《あきら》めない。立ち止まらない。戦って戦って戦い続けて、最後に立っているのは、いつも父たちの方だった。

あぁ、なんて格好いいんだろう。

お父さんたちは強くて、格好いい。母に聞けば、なんと世界ランク一位だったこともあるのだとか。

子供心に誇らしくてならなかった。父親が世界最強の【勇者】なのである。ちょっと力持ちというだけでも父親自慢になるのだから、これ以上に自慢出来る父親はいない。

けれど、少しずつ、それを歪《ゆが》めるものが現れ始めた。

たとえば、友人だ。いつからか、親に聞いたのかなんなのか、父の悪口を言う者たちが増えてきた。

『一位といってもたった一年』だとか、『年下に追い抜かれたのが悔しくて辞めた腰抜け』とか、

『精霊術もないのに一位なんて不正でもしたんだ』とか。

心無い言葉を浴びせられることが多かった。

俺《おれ》の父親自慢が鬱陶《うっとお》しかった、というのがあるにしても、だ。

許せなかった。

自分が言い負けるのは構わない。どうでもいい。自分が間違っていて、相手が正しいなら、ごめんなさいを言う。それくらいは躾けられている。

ただ、そう。大好きなものを、心無い言葉で貶められるのが、とても悲しくて。

俺は父に尋ねた。

冒険者を辞め、何人かの弟子をとって家族と共に暮らす、誇るべき父に。

どうして辞めたの、と。

どうして二位になった後、もう一度一位を目指さなかったの、と。

お父さんは【不屈の勇者】でしょう。【嵐《あらし》の勇者】がどれだけ強くたって、諦めなければまた一位になることも出来たんじゃないの。

父は言った。

『勇者よりも、ずっと大事な仕事が出来たんだ』

と。

俺の頭を撫《な》でながら。

その仕事とやらが、父親ってものなのは、子供にも分かった。

じゃあ、なんだ。

俺がこの世に生じたばかりに、最強の勇者は一線を退き。

投稿動画にはクソみたいなコメントが寄せられ、電脳掲示板《ネット》には謂《いわ》れのない中傷が無数に刻まれ、
近所のガキでさえお父さんを馬鹿《ばか》にしている。

精霊術なんてなくても、若くなくても、華やかな容姿や技がなくとも。

父は強いのに。

なんでそれを、みんな認めない。なんでそれだけじゃだめなんだ。

勝つのが勇者だろ。

お父さんはその役目を立派に果たして、頂点に立って、今だって父を頼って家を訪れる者は多い。

でも、分かってくれるのはほんの一部。

大多数の一般人は、父のことを覚えてすらいないか、覚えていても下に見ている。

彼らにとって、強さ以外に価値のあるものが多すぎるからだろう。

あぁ、そう。そうかよ。分かったよ。

俺がいなければ、お父さんはもう一度一位を目指したのだろう。きっと達成した筈《はず》だ。

それを邪魔《じゃま》したのは、俺だ。

最も憎むべきは、自分だったのだ。

だが悔やんでも時間は巻き戻せない。

どうすればいいか、幼い頭で一生懸命考えた。そしてある時、思いついたのだ。

証明すればいい。

ただ強く在ればいい。仲間と共に、最後に勝利を収めるのが勇者パーティーの仕事だ。

強く、頼れる仲間を集める。

世間でどう思われているとか、そんなことはどうでもいい。

自分と共に戦う意思を見せてくれた、【破壊者】持ちの幼馴染《おさななじみ》。

世間の評判に屈することなく、パーティーを追い出されてなお、勝利を積み上げる為《ため》に努力を続ける【黒魔導士】。

仲間を集め、ダンジョンを攻略し続ける。

精霊なんて要《い》らない。見た目は問わない。【役職《ジョブ》】は気にしない。流行など無視。

ただ、勝つ。

フェローとかいうおじさんが話を持ってきた時、チャンスだと思った。

今、上位に居座っているパーティーと共に攻略に臨む。

強さを証明するのに、これ以上の機会は無い。

母は心配していたが、止めはしなかった。父は複雑な表情をしていた。

二人共、俺の目的は知らない。

「レメさん、やっぱりダメかな？」

目の前には仲間候補の【黒魔導士】、レメさんがいる。

エアリアル経由でなんとか時間を作ってもらったのだ。

一方向につばのついた帽子を目深《まぶか》に被《かぶ》る俺と、ローブのフードを被るレメさん。

俺たちはこじんまりとした喫茶店の中で、向い合わせに座っている。

客席の埋まり具合は半分にも満たないが、静かな雰囲気は嫌いじゃない。

「僕には、もう仕事があるから」

「そう、それね。気になったんだけど、やっぱりどのパーティーにも入ってないよね」

彼に振られた後、自分なりに調べたのだ。と言ってもフェローおじさんに訊《き》いただけだけど。

「入るのが決まっただけって段階なのかな。誰《だれ》にも言ったりしないからさ、どこのパーティーか教えてよ」

レメさんは申し訳なさそうな顔をするだけで、答えてはくれない。

俺の中に、ある疑念が浮かぶ。

「まさか、子供出来た？」

レメさんが口に含んだ紅茶を吹き出しかける。

「こ、子供……？　いや、いないけど。どうしてまた」

彼の様子を見るに、嘘《うそ》ではないようだ。

「別に……どっかの【勇者】と同じ理由で消えるのかと思って」

彼は勇者になるのが夢と言った。子供が出来たとか、そんな理由で夢を断ってほしくはない。

その一言に、彼の表情が真剣なものになる。

「あの、さ。レイスくん」

「なにかな、レメさん」

「君は……【不屈の勇者】を知っているかい？」

「あぁ、気づいたんだ。うん、父親」

表面上はヘラヘラ出来ていると思うが、内心では構えている。

彼のような人間が努力で一位に至った父を悪し様に言うとは思えないが、それでも警戒はしてしまう。

「そっか。そうなんだね……あのさ、僕は彼の大ファンで。彼の動画を観《み》ていなかったら、勇者を目指さなかったかも、というくらいなんだけど」

「そうなんだ、それはどうも」

ごめんなさい、という感じだ。

自分がいなければ、彼はもっと沢山、父の攻略動画を観れていただろうから。

レメさんは次の言葉を、躊躇《ためら》いがちに口にした。

「君はもしかして、お父さんのやり方は間違っていなかったと証明する為に、戦うのかな」

◇

僕の前に座るレイスくんが、驚いたように目を瞬《しばたた》かせる。

カコンッ、と彼のグラスの中で、氷の音がした。

「驚いたよ。頭の回転が速い人なんだなとは思ってたけどさ。どうして分かったの？」

「……僕ならそうするから、ってだけなんだけど」

「あはは」

レイスくんはおかしそうに笑った。次に、嬉《うれ》しそうに。

「そっか。それは良いね。じゃあやっぱり、手伝ってよ。レメさんなら分かるだろ？　フェニクスセンパイが、エアおじが、俺が、強い奴《やつ》らがどんだけレメさんを認めても、実力を疑う奴は消えない。強い人を見て、強いねと認めることも出来ない奴らばっかだ」

確かに、ニコラさんとのタッグトーナメントの一件や、エアリアルさんが僕を勧誘した事実が知られたことで、【黒魔導士】レメへの評価が一変したとか、そういうことはない。

少し、ほんの少し、認めてくれる人が増えた、という程度。

僕はその小さな一歩に不満はないが、レイスくんは違うようだ。

僕を否定する人たちにも、彼らなりの評価基準がある。

僕が勝っても、地味なのは変わらない。

黒魔法が目に見えないのは不変。

僕の容姿は優れているとは言えないし、あのようなやり方が攻略で役立つとは思えない。

他にも色々、僕を否定する理由は幾らでも用意出来るし、転がっている。

ただ、他者の評価に晒《さら》される場に自ら身を置く以上、批判はついて回るものだ。

エアリアルさんなら年寄りだとか、フェニクスならリーダーシップに欠けるだとか言う者はいる。

全《すべ》ての人に手放しに褒《ほ》められる存在は、きっといない。

それが分かっていても、否定されるのは辛《つら》いものだけれど。

そして、否定されるのが自分の大切なものだったら、きっと自分の時よりもずっと辛く苦しい。

「手伝うことは、出来ないよ」

「分かんないな。分からない。勇者になるんだよね。諦めたわけじゃないなら、何がしたい……いや、何をしてる、かな。レメさんが、どうやって目的を果たそうとしてるのか、俺には分からないんだけど」

まさか魔物側に回っているとは、彼も思わないだろう。

だからこそ、彼には僕の態度が不可解なのだ。

新パーティーに加入せず、彼やエアリアルさんの誘いを断り、だが勇者は目指し続けている男。

「まぁ、いいや。そんなに言いたくないならさ。俺たちの戦いを見たら、きっと一緒に戦いたくなるよ。レメさんはサポートしてくれてもいいし、自分で戦ったっていい。レメさんがやるなら、それが勝つ為に必要なんだろうから」

随分と信用されている。

いや、違うか。彼はただ、僕の戦いを見てそう判断した。

ニコラさんとの共闘は、彼にそう判断させるだけのものだったということ。

「その気持ちは嬉しいよ」

「でも断るんでしょ？　分かってるって。じゃ、もう帰ろうかな。明日から忙しくなるし」

「レイスくん」

「ん、なに？　気が変わったって話なら、大歓迎だけど」

「そうじゃないんだ……その、もし僕の勘違いなら申し訳ないんだけど」

「なに、怖いな」

レイスくんは微苦笑《びくしょう》しながら肩を竦めた。

僕は迷った。

ある言葉を誰かに向ける時、重要なのは言葉の意味だけではない。

相手と自分の関係性、状況、相手の心境など、様々なものが関係してくる。

言葉をぽんと放てば、誰が何を言おうと同じように万人に届く、なんてことがないように。

僕が言おうとしていることは、踏み込みすぎではないのか。そういう迷いが、あった。

「憧《あこが》れた人の正しさを証明することは、良いと思う」

「その話か。うん、どうも」

彼は視線を逸《そ》らし、面倒くさそうに首を傾《かたむ》けた。

好ましい話題ではないのだろう。

「君が、憧れた勇者のようになりたいというなら、それは立派な目標だと思うから」

「……何が言いたいのか、よく伝わってこないよ」

彼はしっかりと、僕の言葉の裏を読もうとしている。

先の流れから、ただ肯定の言葉を放つだけとは思っていないのだ。

「えぇと、だから……君は、君がなりたいものに、なろうとしていいんだ。その、つまり……もし、【不屈の勇者】の代わりになろうとしているなら……それは、健全じゃない」

彼が、目を見開く。

――あぁ、当たってしまった。

彼の発言から、【不屈の勇者】が家庭を持って引退したことを快く思っていないのは感じ取れた。でも、彼は冒険者時代の父親の在り方を正しいと思っており、それを証明する為に戦うのだというう。

彼のようになりたいではなく、強かった勇者の正しさを証明したい、これが目的。

「……誰かに、何か聞いた？」

「いや、ごめん。全部僕の憶測だ」

「そう……本当に怖いな。それとも、俺がまだ未熟なのか。それで、健全じゃないって、何が」

「僕も、【不屈の勇者】が引退後に何を言われたかは知っている。ファンだったからね。とても悲しいし、悔しかったよ。あんなに強く格好いい人が、どうして悪く言われなきゃいけないんだろうって」

「子供が出来た程度で、挑戦することを諦めたからだ」

…………。

レイスくんは、自分で言いながら、表情を歪めている。

「それは、違うと思う」

「どこが？　俺には分からないよ。もう一年努力して、【嵐の勇者】たちを超えるべきだった。出来た筈なんだ。それをしなかった所為《せい》で、逃げたなんて言われてる。つまり、俺の所為で」

「……君の所為ではないよ」

「あぁ、分かってるよレメさん。お決まりのやつだよね。『お前の為だ』ってやつ」

きっと、彼の苦しみを感じ取った人達は、そのように励ましたのだろう。

そしてその言葉は、彼を救わなかった。

「いいや、彼自身の為だ」

「……どういうこと？」

意外な答えだったのか、レイスくんが僕の言葉に耳を傾け始める。

「本気で何かを目指す人にとって、当たり前だけどその目標はとても重要なものだ。色々なものを犠牲にして、どんな努力をしてでも果たしたいと思うし、実際にそうする」

「……つまり、あの人は本気じゃなかった？」

「違うよ。……あのさ、こんなこと、子供もいない僕が言えるようなことじゃないけど」

「いいよ、聞かせて」

「『犠牲』に出来ないくらい大事なものが出来て、それを守る為に歩む道を変えることは、逃避なんかじゃない。彼は自分の為に、自分でそう決めたんじゃないかな」

「………」

「【不屈の勇者】は、一位を諦めたんじゃない。家族を諦めなかっただけなんだと、僕は思う」

だから、自分の所為だとは思わなくていい。

なりたい姿を定めて、その為に戦っていい。

そう、伝えたかったのだが。

どれくらい経《た》っただろう。

レイスくんは、ふぅと息を吐いた。

「うん、レメさんが当たってると思う。多分、そういう意味で言ったんだなってセリフ、聞いたことあるし。でもさ」

レイスくんは、唇だけで笑った。

「俺は、それが嫌なんだって」

そう。

今の彼の行動にあるのは、憧れではない。

自己の否定だ。贖罪、と言ってもいいかもしれない。

自分が最強を汚したと、彼は考えてしまっている。

だからせめて、その汚れを払拭したいのだ。

そうして綺麗《きれい》になった最強で、世間を認めさせないことには。

彼は、彼を許せない。

齢十の少年が背負うには、重すぎる覚悟だ。

「レイスくん」

「楽しかったよ、レメさん。またレイド戦が終わったら話そうね」

そう言って、彼は席を立った。

その背を追っても無駄だろう。

明確な拒絶が感じられる。

言葉だけで、些細《ささい》な会話の中で、人が救われることもある。

けれど、彼の悩みはそういう類《たぐい》のものではないのかもしれない。

ならば、僕に出来るのは——。

◇

夢だ。

きっと、レメさんとの会話の所為。

だって、お父さんに尋ねた日の夢だった。

『勇者よりも、ずっと大事な仕事が出来たんだ』

レメさんの言ったように、格好つけた言い回しになるが、【不屈の勇者】は一位を諦めたのではなく、家族を諦めなかった男なのだろう。

だからこそ、俺は俺が呪《のろ》わしい。

自分がいなければ、最強の勇者はそれを証明出来た筈だから。

あれ……。

そういえば、当時も同じようなことを父に言った気がする。

俺の言葉に、お父さんはなんて言ったのだったか。

結局、夢はそこまで進まず、俺は目を覚ました。

「レイス」

目を開けると、映ったのは天井《てんじょう》でも壁でも枕《まくら》でもない。

顔だ。

「なんだよ、フラン」

「おはよう」

「……おはよう」

病的に白い髪は長く伸ばされ、赤い両目に感情の色は見られない。抜けるような白い肌と端整な目鼻立ちまで揃《そろ》っているので、人というより一流の技師が技術の粋《すい》を尽くして作成した人形だと言われる方が、まだ納得出来る。

幻想的なまでに美しいこの少女は、俺の幼馴染。

上体を起こした俺は、頭を掻《か》きながらフランを見遣《や》る。

今日も全身を覆《おお》うローブ姿だ。

「最近気になってたんだけどさ、なんで起こしに来るんだ？」

数日前くらいから、フランは俺を起こしに来るようになった。

起こしに来るというか、俺が起きると部屋にいる。だから正確には起こされてないか。でも彼女いわく、起こしに来たそうなのだ。意味が分からない。

「ミシェルさんが」

「あの人が？」

エアリアルのところの【魔法使い】だ。【紅蓮《ぐれん》の魔法使い】。変な人だが、実力は本物。

「『幼馴染の女の子に起こされるシチュは、全男子の夢なのよ～』って」

声真似《こえまね》のつもりらしいが、抑揚《よくよう》もないし声質も変わっていない。

「言ってた？」

こくり、と頷《うなず》くフラン。

……何の話だよ、それ。

「それでお前は、俺に夢を見せようとしてくれたのか」

「レイスが嬉しいなら、わたしも嬉しい」

フランが何を考えているか、表情から察するのは難しい。

ただ、よちよち歩きの時から一緒にいるのだ、さすがに分かるようになるというもの。

冗談やからかいの類ではない。本気で言っているのだ。

「そりゃどーも」

「元気出た？」

「お前の顔見て気分が沈んだことは無いよ」

「そう」

あ、視線を逸らした。照れたらしい。

「飯取ってくる」

「うん」

別に下の階で他の連中と一緒に食べてもいいのだが、理由があった。

階下の食堂に下りて、厨房《ちゅうぼう》のカウンターに近づく。

「あらレイスちゃん。おはよう」

食堂のおばちゃんが俺に気づいて笑顔になる。俺も微笑《ほほえ》みを返した。

「おはよう」

「今日もフランちゃんと二人きりで食べるのかい？」

「まぁね」

「仲がいいんだねぇ」

「小さい頃から一緒だから」

「今も小さいじゃないの」

「これから大きくなるって」

この国だと、十五が成人。十五から大人としての振る舞いや責任が求められるわけだ。

十歳で【役職《ジョブ》】が判明すると、そこから数年掛けて将来の職業に向けた修行や勉強を行う。

冒険者だと、育成機関《スクール》。【料理人】なら食事を提供する店での修行。

十歳は若いが、あと五年で大人と考えると、幼すぎというほどではない筈。

それでもやはり子供扱い……いや、未熟者扱いなのかな、する大人は多かった。

そんな中、このおばちゃんは一見子供扱いっぽいが、しっかりと一人の人間として尊重してくれる。気安く思えて、踏み込みすぎない距離感も素敵だ。

「うん」

「それじゃあ、ちょっと待っててね」

空いた席に座って待っていると、誰かが俺の前まで来て止まった。

「レイス」

葉っぱみたいな色の髪と目をした、賢そうな顔の男だ。少年でいいのかな。俺より三つばかし上。

なんていったか……人の名前を覚えるのは苦手で、中々出てこない。

「おはよう……ユアン」

なんとか思い出せた。【疾風《しっぷう》の勇者】だ。

「……僕は育成機関《スクール》を次席で卒業している」

「は？　あーうん、そっか。すごいね……ユアンセンパイ」

こういうのも苦手だ。敬意の強制というか。

スカハの件で学んでいるので、敢《あ》えて共に戦う仲間の機嫌を損ねようとは思わないけど。

「……まぁいい。それより、分かっているのか？　今日が本番だ」

「うん」

「僕たちには実戦経験がほとんどない。先達《せんだつ》の足を引っ張らぬよう、気を引き締めて攻略に臨むぞ」

真面目《まじめ》だ。良いと思う。きっちりかっちりすることで、実力を発揮する人もいるだろうし。

ただ、そういう者ばかりではないというのも分かってほしい。

「そうだね。確かに鍛錬《たんれん》と実戦は違うよね。ありがと、気をつけるよ」

「……どうにも、君には僕の言葉が届いていないように思うんだが」

「そんなことないって」

「……正直、僕は君が好かない。理解が出来ないというべきかな。四大精霊に認められながら、その加護を拒否するなど」

「足は引っ張らないって」

「上げられる戦力を上げないことは、手抜きと何が違うんだ」

「上がらないよ。こいつは俺に手を貸す為に契約したんじゃない」

傍観者《ぼうかんしゃ》として誰か来るかと問うたところ、ついてきただけだ。

だがユアンは納得出来ないようだ。

「レイス、君は……」

丁度そのタイミングで朝食が出来上がったとの声。

「じゃ、またあとで」

俺は背中に掛かるユアンの声には答えず、料理を持って上階へと戻る。

「お待たせ」

俺が扉の前に立つと、スッと開かれる。フランだ。扉の前で待っていたのだろう。

「いつもありがとう」

「はいはい」

俺たちは部屋の小さな机に料理の載った盆を置き、朝食の時間を始める。

二人で飯を食うには理由がある。

フランがローブを脱いだ。

その右腕は、まるで化け物の腕を少女に縫《ぬ》い付けたかのように、大きく凶悪な見た目をしている。

そこだけは彼女の他の肌と違って赤黒く、青だったり紫だったりする線が無数に走り、別の生き物のように脈動していた。

生まれつきだ。

この腕では、日常生活を送るにも苦労する。まず食事を片手で行わなければならない。やってみると分かるが、これが結構難しい。パンを食べるだけならばまだしも、器を押さえる手がないと面倒に思うことが多い。

他にも、きっと俺には分からないくらい嫌なことがあるだろう。

実際、彼女は人に腕を見せたがらない。例外は戦闘時のみ。

というわけで、俺は彼女の食事を手伝っている。

隣に座り、サラダやスープをフランの口に運ぶ。

「レイス」

「ん？」

俺には慣れたことだが、フランはいまだに手間を掛けて申し訳ないと思っているようだ。

「……なんでもない」

「そうか。どういたしまして」

「……うん」

「俺はやりたくないことはしない。知ってるだろ」

そう言うと、彼女の不安そうな顔——といっても傍目《はため》には無表情——が微《かす》かに和《やわ》らぐ。

「これ食ったら魔王城だ」

「うん」

「頼りにしてるぞ」

「うん」

第七章　番犬と『獄炎』の領域

映像室——これまではあまりそういう使い方はされなかったようだが、司令室としても機能する——に立つ僕は、大画面に映し出される分割映像を観《み》て、思う。

圧巻だ。

勇者パーティーが今まさに、第一層・番犬の領域に転送されたところだった。

広がる荒野、上空には偽《にせ》の空と太陽。視界を遮《さえぎ》るものは巨岩以外にない。

彼らから見て正面奥に控えるは、視聴者用に構築された魔王城の入り口。

第一層は、設定的には敷地内への侵入者を阻む層。

無数の【黒妖犬《こくようけん》】が放たれており、【不可視の殺戮者《さつりくしゃ》】グラシャラボラスが不可視化能力で敵を翻弄《ほんろう》し、牙《きば》と爪《つめ》で不届き者たちを排除する。

それを突破した先に立ち塞がるのが【地獄の番犬】ナベリウス。

今日、僕の隣にはカーミラとカシュがいる。

カシュはハラハラした様子で画面を見ていた。胸の前で両手をぎゅっと握って、第一層のみんなの勝利を願っている。

「彼らはどう動くでしょうか」

カーミラが確認するように口にする。

映像室には他にも魔物達がいる。個別にカメラを動かしたり、不具合が生じた際に対応する職員たちだ。他にも、仲間の防衛を見守る為《ため》に部屋に足を運んだ者たちも少なくなかった。

「……奴《やつ》らの総数は十七。連携をとるには難しい数字だ」

「はい。彼らは軍人のように同様の訓練を積み、同様の装備を携え、上官の命令によって運用される戦力ではありません。『集団』としての機能よりも、『個人』の技能が重要視される冒険者ですから」

優劣ではなく、性質の違い。

「あぁ、突出した『個』がバラバラにならずにパーティーとして成立する人数というのが、五人なのだろう」

もちろん、最大ではない。人によっては数十人の冒険者も統率出来るかもしれないし、一人だって上手《うま》くやれないかも。

だがダンジョン攻略をエンターテインメント化するにあたって、ルールの制定が必要だった。

その時に導き出された数字が、五人だったということ。全パーティー最大五人構成。

あとは多分、目まぐるしく変わる状況の中で、視聴者が一度に認識出来る数とかも考慮されたのではないか。

レイスくんのところだけ、今回は二人構成だが。

僕だって一度に十七人の冒険者と、無数の魔物、層ごとに環境を変えるダンジョン全《すべ》てを認識するのは難しい。

「元々我《が》の強い冒険者集団。各パーティーにリーダーがいますが、彼ら彼女らの影響力は自パーティー以外には薄いと考えられます。唯一、エアリアルの発言力が例外でしょうか」

カーミラの言葉に、僕は小さく頷《うなず》く。

リーダーは自分が認めた者だが、違うパーティーのリーダーに命令されて嬉《うれ》しくなる冒険者はいない。これは実力を認めるかどうかとは、別の問題。

もちろん彼らは業界トップ。そういった心情を抑えて戦うことは可能。

だがおそらく、そういった方法は選ばない。

彼ら自身が誰《だれ》よりも知っている。

抑え込むやり方で上位に来たのではない。好きに暴《あば》れて最上位に君臨した者たちなのだ。

であれば――。

「完璧《かんぺき》な連携を演出するよりも、個々の力を最大限発揮出来る形で攻略を進めるつもりだろう」

僕が言うのと、彼らの戦いが始まるのは同時だった。

◇

ランク外――なにせ、五人いないから公式パーティーじゃない――の俺《おれ》とフラン以外はトップの連中。

そんな奴らに混ざっての攻略。どうなるかと思ったのは顔合わせ前まで。

エアおじはてっきりみんなで仲良く協力して～とかふわっとしたことを言うと思った。

違った。

俺たちが一緒に鍛錬《たんれん》したのは、互いを知る為。能力だけでなく、ひととなりとか、癖《くせ》とかも。

その上で、息を合わせるのではない。

邪魔《じゃま》をしない、という協調だ。

それは手出ししないということではない。

まぁどういうことかというと。

「さてさてさて、敵は不可視！　その接近を事前に察知することは極《きわ》めて困難と言えるでしょう。どうしましょう。どうしましょうか、レイス殿！」

このうるさい人はスカハパーティーの【奇術師】セオ。

目が痛くなる配色の燕尾《えんび》服に紳士帽子。杖《つえ》でもくるくる回しそうな陽気さだが、代わりにってわけじゃないだろうけど全ての指に指輪を嵌《は》めている。

胡散臭《うさんくさ》いお兄さんって感じだが、わざとやっているんだろう。

「消えてはないんだから、こっちの攻撃はあたるんじゃない？」

「素晴らしい！　ですが当てずっぽうに攻撃を撒《ま》き散らすのは魔力の無駄ですし、視聴者のみなさんにとっては非常に見苦しいものとなりましょう！　あぁ、あぁ悩みます！　ワタシは、一体どうすれば！」

そしてセオは、今思いついたとばかりに、手をポンとする。皿にした片手に、握った片手を打ち付けるやつ。

「ワタシ、思いつきました！」

「よかったね」

……どうでもいいけど、なんでこの人は俺に話しかけてくるんだろう。めっちゃ見てくるし。

「罠《わな》を張ればいいのではないでしょうか！」

「いいんじゃない」

「ありがとうございます。そう言われるかと思いまして、既に張ったものが――こちらになります！」

芝居掛かった人だが、非戦闘職で五位パーティーにいるのだ。弱いわけがない。

同時、犬の鳴き声のようなものが、幾《いく》つも響く。

「……嫌だな。俺、犬好きなんだよ。これ、動物虐待みたいじゃん」

「お優しいのですな、レイス殿！　しかし何もしなければ我らが噛《か》み砕《くだ》かれてしまいます！」

「そうだね」

彼の全ての指輪から、何かが出ている。

何かが、というか――糸だ。

十個一セットの魔法具。

指輪から謎《なぞ》の物質で出来た糸を出し、それを遣《つか》い手の意思で操《あやつ》る。

……これを自在に操れるようになるまで、どれだけの努力があったことか。

アルバの魔法剣もそうだけど、強そうな機能を使いこなすには技術がいる。

雑魚《ざこ》が適当に使っても、雑魚以外には通じない。

そこら中に伸びる糸は、不可視の何か――【黒妖犬】しかいないけど――を何体も絡《から》め取っていた。

まるで生きているみたいに、自分の手足みたいに糸を操るセオ。

彼の糸が何かを包んでいる。透明の何かをぐるぐる巻きしている。

その箇所を、【狩人《かりゅうど》】の矢が、風魔法が、火魔法が、仲間たちの魔法や武器攻撃が襲う。

短い鳴き声と共に、糸がふっとほどけ、セオのもとへ戻る。

俺たちは、互いを邪魔しない。

ただ互いを知っているから、こうするだろうと考え、こうして勝とうと動くだけ。

セオセンパイが動くなら【黒妖犬】は捕まる。

だからそれを退場させる魔力を練る。

これが、俺たちの協力関係。

「おや……？」

だが、そう簡単じゃないのが魔王城らしかった。

……そうじゃないとね。

◇

「……本当に【糸繰り奇術師】セオが動きました。レメゲトン様は何故《なぜ》予期出来たのですか？」

隣に立つカーミラが不思議そうに尋ねてくる。

「先程も言ったが、十七という人数では連携をとるのに難儀《なんぎ》しよう。それを解消せんと、奴らはある種の不干渉を選ぶと考えた」

「邪魔せず、尊重する、というやり方ですね。えぇ、そこまでは分かるのですが……」

「だが、これもまた完全ではない。たとえば先程、セオの糸が【黒妖犬】を捉《とら》えた瞬間がそうだ。さすが一線級の冒険者、すぐさま【黒妖犬】を退場させたが、『糸に巻き取られた敵を倒すことの出来る者』が多すぎたとは思わんか？」

他の職員たちの手前、参謀口調の僕。最近は段々と慣れてきた気がする。

「……――！　なるほど、『状況を打破出来る者』の動きを邪魔しないのが今回の協調だとしても、彼らはいずれも一流。そもそも該当する者が多すぎる場合、結局誰が動き誰が動かないかを咄嗟《とっさ》に決めるのは難しい」

「これを解消する方法は一つではなかろうが、最も単純で効果的なのは層ごとに『主役』を定めることだろう」

「ある一つの層では、ある一つのパーティーを主軸に立ち回る。それをあらかじめ決めておくことで、協調に僅《わず》かな遅延も起こさないというわけですね」

もちろんこれも完璧ではないが、ずっとやりやすくなるのは確か。

特定のパーティーの活躍に偏りすぎないので、ファンにも優しい。

「そうなると、ランクの低い順からというのは妥当ですね。レイスパーティーは例外扱い、でしょうか」

たった二人のパーティー。これを一つのパーティーとして、一つの層を担当させるのか。

あるいはどの層のサポートにも積極的に参加させるのか。

レイスくんの性格からして、後者だけの採用では納得しないだろう。

「ランク順というよりは、各層との相性で決めている可能性が高いと考えている」

「……なるほど」

何体いるか分からない不可視の敵に、巨岩以外に遮蔽物《しゃへいぶつ》のない荒野というステージ。

魔力体《アバター》は痛覚が遮断されているが、身体性能は本体に依存する。

疲労を感じずとも身体の動きは鈍るし、緊張が続けば精神は疲弊《ひへい》する。

一気に駆け抜けるように突破するのが最適解《かい》。

であれば、スカハパーティーが最も適していると考えたのだ。

「フェニクスパーティーが第十層まで到達したことで、各層の情報が知れ渡った。それを利用しないほど、奴らは無能ではない」

フェニクスたちの攻略失敗の後に行われたレイド戦。先の攻略で得られた情報を役立てられないような者が、上位まで来られるものか。

好きに暴れるのと、考えなしは違う。

「四パーティーで十一層だと割り切れませんが、どう割り振るのか……」

これは僕への質問ではなく、独り言のようだ。

この問題についても、彼らの間で話し合いが行われた筈《はず》だ。

たとえば第七層『空と試練の領域』は知恵を絞って問題に答える必要があるので、全員一丸となって取り組もう、とか。

主役を決めると逆に上手くいかない、あるいは決めておく必要がない層がある。

僕はそんなことを考えながら、再び画面に意識を向けた。

◇

「どうしたのセオセンパイ。まさか、捕らえ損ねた？」

分かってはいるけど、一応訊《き》いておく。めっちゃ訊いてほしそうにこっち見てるし。

俺の問いに、セオはとても申し訳なさそうな顔をして、頭を掻《か》いた。

「いやぁ、まさにその通りでして！　こう、なんと申しますか、つるんっ、という具合にすり抜けた個体が続々とみな様に接近中でございます！」

……この人の糸を予期して、対策を講じてたんだな。

セオの糸は殺傷力も高いけど、それは攻撃に使う場合。

そうすると展開範囲が狭くなってしまうので――糸を動かした分だけ、隙間《すきま》や空白が出来てしまう――敵を捕らえる為《ため》の『網』として使っている時は、絞め殺したり裁断したりはしない。

まずはこちらのメンバーの動きと攻撃を見る為に、第一陣を犠牲にしたのか。

第二陣、つまり今すり抜けてきた【黒妖犬】たちの身体には、粘度の高い液体でも塗りたくっているのかもしれない。単純だが効果的だ。

――こっちの方針に気づいたかもな。いや、気づいたに決まってる。

このダンジョンには【隻角《せきかく》の闇《やみ》魔導師】レメゲトンがいる。

【戦士】アルバの魔法剣を回避したばかりか奪い、更にはそれによって【聖騎士】ラークのお手本のような防御を掻《く》い潜《ぐ》って心臓を貫き、【黒妖犬】で揺さぶりを掛けてからの弓勝負でダークエルフが【狩人】リリーに勝てるようサポートし、自らを囮《おとり》にしつつ配下の不可視化と死霊術を組み合わせることで【氷の勇者】ベーラの魔力を空にさせた。

そして、限りなく神の権能に近い精霊術の深奥が一つ――『神々の焔《ほのお》』を発動した【炎の勇者】フェニクスを、如何《いか》なる方法を用いてか、単騎で打倒した。

彼は黒魔法の遣い手だ。魔法使い系の【役職《ジョブ》】は、【勇者】と【魔王】という例外を除いて身体《しんたい》面が弱いという特徴がある。

一つのダンジョンに二人の【魔王】は存在出来ない。王を名乗ることが出来るのは、一つのダンジョンに一人。とかいう設定であり、規定だ。

彼は魔人だろうから、普通の人間よりはずっと頑強だろうけど。弱いといっても魔人基準で、だろうけど。それでも、全力を出した四大精霊契約者と対等に戦える理由にはならない。

完全に相手の動きを読めたのは、膨大な下調べがあったからだ。

『神々の焔』で消し飛ばなかったのは、同規模の魔力を展開して防御していたからだ。

彼は単に賢い魔人じゃない。単に強い魔人じゃない。

勝利の為ならば、どんな努力も惜しまない貪欲《どんよく》な挑戦者だ。

魔王軍参謀なんて偉そうな位を与えられても、あそこまで勝ちにこだわることが出来る者。

みんな彼みたいな人ばかりなら、この業界ももっと楽しいだろうに。

「スーリ」

【迅雷《じんらい》の勇者】スカハに名を呼ばれたマント姿の【狩人】が、「あぁ」と短く応《こた》える。

【無貌《むぼう》の射手《しゃしゅ》】スーリだ。ダンジョンだけでなく、普段から顔を隠している謎の冒険者。

「セオ、数を」

「十五ほどでしょうか。重ね重ね、申し訳ない！」

「構わない」

スーリとセオの会話が終わるのと、七本の矢が空中で止まるのは同時だった。

瞬間、甲高い犬の悲鳴が響く。

矢は、空中で止まったのではない。

正確には、不可視化した【黒妖犬】を射抜いたのだ。

……これは推測だが、僅かな土埃《つちぼこり》や身体に塗られた液体による地面の染みを頼りに位置を予測したのではないか。

あるいはより正確に位置を探る術があるのかもしれない。

どちらにしろ、神業だ。

「……全て命中。さすが師匠です」

と、彼を称えるのはスカハパーティーもう一人の【狩人】——カリナ。スーリの弟子だという、落ち着いた雰囲気の女性だ。藍《あい》色の長い髪は馬の尾のように結ばれている。

この人の凄《すご》いところは、どんな動きの中でも矢を当てることが出来ること。疾走《しっそう》中だろうが落下中だろうが関係ない。攻撃を当てられて吹き飛んでいる最中に矢を射り、自分が壁に激突するより先に自分を攻撃した魔物を退場させたこともあった。

付いた名が【魔弾の射手】。

まぁ、そもそもいつ矢を放っているかも分からないし滅多に敵の攻撃を喰《く》らわないスーリという規格外が師匠なものだから、本人は自分をまだまだ未熟だと思っているようだけど。

こんなに優秀な仲間が揃《そろ》っているのに、スカハの目にはどこか諦観《ていかん》のようなものがあった。

気に食わない。

顔合わせの時に噛み付《つ》いてしまったのも、それが大きな理由。

確かに、彼らの上にいる四パーティーは優秀だが、それがなんだっていうんだ。

誰が、自分にないものを幾つ持っていたって。

誰が、自分の歩んだ道を自分よりも短い時間で駆け抜けていったって。

その程度のことが、諦《あきら》める理由になるものか。

仲間を引っ張るのがリーダーなのに、そんな勇者が『これ以上、上には行けないかも』なんて一欠片《ひとかけら》でも考えたら、あんたを信じて頑張ってきた仲間はどうなるんだ。

一度でも頂点を目指したのなら、どんなライバルが現れても、どれだけ努力が報われなくても、たとえ子供が出来ても、諦めるなよ。

そこまで考えて、かぶりを振る。どうにもレメさんと話してから、父のことを考えることが増えてしまったようだ。他の人のことを考えている時まで、連想してしまうとは。

「あー、あのさ、おれって計算は得意じゃないけど、十五から七を引いたら……ええと？」

「ハミルさん……」

カリナが発言者を憐《あわ》れむように見た。

「ちょっとカリナちゃん！　冗談に決まってるじゃんか。八だろ？　八体どこ行っちゃったの～って言いたかったわけ」

「安心しました。いくらハミルさんでも、引き算くらいはできますよね」

「おれでもって何⁉」

この若干アホっぽい人はスカハパーティー最後の一人、【軽戦士】のハミルだ。

整髪剤でいじられた茶色い髪は立体感があって、彼の恵まれた容姿と軽薄な雰囲気によく似合っている。テンション高めの【奇術師】セオと並んで、スカハパーティーのムードメーカー的存在。

もちろんそれだけで五位パーティーの前衛は務まらない。

ヘラヘラしつつも周囲の警戒は怠っていないし、利き手《きて》は剣の柄に掛かっている。

メンバーを見れば分かるが、スカハパーティーはスピーディーな攻略がウリ。

そして、ハミルは魔法剣の遣い手でもあった。

パーティーには他に『神速』持ちもいる。

完全一致ではないが、どこかのパーティーを連想しないだろうか。

そう。フェニクスパーティーは、スカハパーティーとコンセプトが被《かぶ》っているのだ。

そして彼らの方が若く、派手で、美形揃いで、リーダーは四大精霊の契約者。

おまけに、かつてはレメさん効果もあってほぼノーダメージの完全攻略連発だったときてる。

まぁ、世間的にはレメさんは足枷《あしかせ》扱いだったが、それでも四位。

よほど悔しかっただろう、というところまでは分かる。諦めるのは理解不能だが。

ただ、だ。

ヘルさんと話してる時は、闘志が見えた。三位パーティーの【勇者】と話すことで、火がついていた。弱っているが、諦めきっているわけではないらしい。その方がいい。どうせ超えていくのだとしても、気の抜けた奴よりもやる気のある奴の方がいいから。

「それなのですが、再度抜けていったようですね！」

セオが肩を竦《すく》めながら言った。一度網を抜けた【黒妖犬】八匹は、再度そうしたという。

「それって抜けてすぐ？　それともこっち来てたけど引き返したの？」

俺の疑問に答えたのはセオじゃなく、スーリだった。

「八体については、抜けてすぐだ。つまり、始めから突破後の即時後退を命じられていたと考えられる」

「七体に進ませたのは、網の内側に入った後の対処を見る為だね」

こくり、と頷くスーリ。顔は見えないから、フードの動きから察しただけだけど。

「ちょいちょいちょい。湖の坊や、おれはさっぱり分からないんだけども？　スーリっちと頷き合ってるところ申し訳ないけど、どゆこと？」

「向かう途中で引き返したなら、最初は俺たちに噛み付くつもりが危機を察知して逃げたってことだけど、入ってすぐなら最初からそうするつもりだったたってことになるよね」

「んん？　八体はセオっちの網を抜けてすぐまた戻るつもりだった？　最初から？　なんで？」

「さぁ？　ただ、獣の狩りっぽくはないね。もしかすると誰かが指示を出してるかも」

群れの為に個を犠牲にする動きは【黒妖犬】らしいが、やけに慎重というか回りくどい。

何者かの作為《さくい》のようなものを感じる。

「レメゲトンみたいにか？　だが、奴は有り得ない」

今度はスカハだ。

確かにレメゲトンは有り得ない。

幹部魔物の再登場は、担当層より先の層でしか認められないからだ。

だからこそ、四天王《してんのう》クラスでも浅層に配置したりする。

どこで再登場するか分からない、という圧力を勇者パーティーに掛ける目的もあるのだろう。

魔王城では、【吸血鬼の女王】カーミラは第四層より先のどこか、【恋情《れんじょう》の悪魔】シトリーは第六層より先のどこか、【刈除騎士《かりそくきし》】フルカスは第九層より先のどこか、【時の悪魔】アガレスは第十層より先のどこかで再登場の可能性がある。

【隻角の闇魔導師】レメゲトンは第十層担当なので、最深部である第十一層にのみ再登場可能。

それはそれで厄介《やっかい》な問題だが、逆に言えば参謀に正式就任した今、担当層に達する前に現れるわけがない。

「そうだけど、魔王城もパワーアップしてるんじゃない？」

レメさんが抜けて以降、苦戦したとはいえフェニクスパーティーの五人で第十層に辿《たど》り着いたのだ。『難攻不落の魔王城』のウリは完全攻略者ゼロという記録。勇者パーティーを撃退する為の策を用意していないなんてことは、有り得ない。

「ふむ。それでスカハパーティーよ。攻略方針は？」

エアリアルが楽しそうな笑みを湛《たた》えながら、スカハに尋ねた。

「このフロアは【黒妖犬】による削りが厄介です。まともに付き合っていたらこのメンバーでも何人落ちるか」

【黒妖犬】一体一体の戦闘能力は決して高くないが、集団だと脅威だ。

見えない、というのも面倒くさい。このメンバーならば見えない敵程度に負けはしないが、何体いるか分からない不可視の獣の群れを延々と相手にするのは精神的にも疲れる。

終わりの見えない作業の中で魔力と精神力がすり減れば、超一流の冒険者でもダメージを受けることは充分有り得るだろう。

それでも相手が奴らだけならばいいが、不可視化を施しているグラシャラボラスとフロアボスが控えているのだ。

だからといって駆け抜けるのも簡単じゃない。【黒妖犬】たちだって素通りはさせてくれないし、足の遅い【役職《ジョブ》】持ちがメンバーにいれば、それに足を合わせて進む必要がある。

それさえも怠ると、いつかの雷系勇者パーティーと同じ結果を迎えることになってしまう。

まだレメゲトンが正式に参謀に就任する前、第一層に出現し、手を誤った冒険者を全滅させたことがあったのだ。

スカハの出した答えは――。

「セオが道を作り、みなが駆け抜けた後で、俺が背負って追いつきます」

スカハも雷系の【勇者】だけど、精霊の位が高いこともあって出来ることが多い。

精霊術を扱えるかは資質と技術の両方が必要なので、努力は必須。

才能と努力。どっちが重要とかいう話があるけど、精霊契約者の場合は両方重要だ。

才能があっても努力が足りず技術が伴わなければ、精霊は精霊術を教えてくれない。

血の滲《にじ》む努力を積んだところで才能がなければ、やはり精霊は精霊術を教えてくれない。

あと、才能と技術両方あっても、契約した精霊の格次第《しだい》で、授けられる精霊術に制限が掛かることもある。

だから、そう。

精霊術を頼りにするなら、才能と努力と運が同じくらいに重要。

スカハは全て備えている。

雷属性は、風属性からの派生。

風精霊本体と契約するエアリアルには、もちろん精霊の格で遠く及ばないが。

分霊の中では最上位に近い力を持ってると思う。

スカハは雷撃はもちろん、雷電を身に纏《まと》うことで落雷を思わせる速度での移動を可能とする。

「セオ」

「そう言われると思いまして、用意した道がこれでございます！」

糸だ。右手から五本、左手から五本。彼の広げた両腕から合計十本の糸が伸び、それが片側ごとに複雑に絡みながらこのエリアの果て、偽魔王城の門に絡みついた。

これで左右どちらからも【黒妖犬】は襲ってこれないし、運悪く内側に巻き込まれた個体は俺達に退場させられる。

スカハとセオを除く十五人が門に辿り着いたら、セオを背負ったスカハが俺たちに追いついて完了。

「それじゃあ、先に行ってくれ」

「向かってくる奴らは全員ぶっ飛ばせばいいだろう」

ヘルさんこと【魔剣の勇者】ヘルヴォールが、つまらなそうに唇《くちびる》を尖《とが》らせた。

「ならお前の分だけ糸を開けてやろう。外に出て存分に犬とじゃれるといい」

「ハッ、話が分かるじゃないかスカハ。よしさっさと開けな！」

ヘルさんが嬉しそうに言うと、スカハは表情を歪《ゆが》めた。

「……皮肉だ脳筋女」

「あ？」

俺は思わず吹き出す。

どちらの意見も分かる。どちらもアリだし、良いと思う。

ヘルヴォールのところみたいに『突撃して蹴《け》散らせ！』みたいなスタイルは喝采《かっさい》したくなるような爽快《そうかい》感と興奮を視聴者に与える。

派手な攻略だ。

スカハのところは卓越した攻撃精度と速度を誇るメンバーによる、スピーディーな攻略で視聴者を驚かせる。

迅速な攻略だ。

別にどっちだっていい。重要なのは、勝利する為にその方法を選んでいるということ。

好きにやればいい。勇者の仕事は勝つこと。

その為に必要なことは、自分や仲間の能力によって変わる。

「つまらん男だなぁ、もっと思うままに動いてもいいだろうに」

「放っておけ。この層は俺たち主導って話だった筈だが？」

ヘルヴォールはそれ以上不平を漏《も》らすことなく、肩を竦めて溜《た》め息《いき》を溢《こぼ》した。

「邪魔はしない、だったか。勝手にしな」

彼女はそう言って引き下がったが、理由の全てではないことは明白。

スカハのやり方で勝てないと思えば、ヘルヴォールはそれを無視しただろう。

自分の好む方法でないことを表明したからといって、相手を否定することにはならない。

好きじゃないけど、ダメじゃない。

彼女は思うままに振る舞っているように見えるけど、そういう柔軟性がある。

「じゃ、またあとで」

ここまでちょくちょく喋《しゃべ》っていたということもあるし、俺はセオに軽く手を振った。

「ふふ、『すぐに追いつく』と言いたいところですが、これを言うとよくないことが起こりそうなので言わないことにいたします！」

言っちゃってるよ。

突っ込むことはしない。もう走り出してるし、振り向くほどのことではないだろう。

先頭はエアリアルパーティー、次がヘルヴォールパーティーと俺たち、その後ろにスカハパーティーの三人という陣形。

エアリアルパーティーかヘルヴォールパーティーが後ろについた方がよいのではとも思うが、三人的にはスカハとセオが追いついてくる時に合流しやすいように……という考えもあるのだろう。

何事もなければ、問題なくそうなるだろうし。

そうはならないのが、魔王城というところなのだろうが。

編まれた糸で創られた左右の障壁の間を、全体の半分くらいまで走った頃だ。

それは起こった。

複数のことが同時に起こり、各人が一瞬の内に判断を求められた。

一つずつ語るなら。

一つ、糸の塀が燃え上がった。一瞬見えたが、空中から火炎球が放たれて、糸が燃えたようだ。

疑問は二つ。突如《とつじょ》現れた火魔法と、糸が燃えたこと。どちらも答えはすぐに出た。

不可視化している敵が魔法を放ったのだろう。そうなると、不可視化の解除条件は攻撃ではないということになる。魔法だけが見えて、それを放った術者は見えなかった。

……距離、だろうか。

糸が燃えたのも不思議だ。セオの糸には魔法耐性があるから、今しがた食らったような火球程度でこうも燃え上がりはしない。

しかしこれもまた、すぐ頭に浮かぶものがあった。

【黒妖犬】だ。正確には、奴らが糸をすり抜ける為に身体に塗っていたと思われる液体。

引火性のものだったのだろう。

十五体の内、八体は復路も糸をすり抜けた。付着した量はそれなりになる。

道を作る時に糸は一度指輪に収納されたから、その時にでも浸透したのか。糸の伸縮の仕組みは分からないが、付着物が無かったことにされるわけではないようだ。

糸の塀は炎の道に早変わり。道の長さから言って消火は容易ではない。

これでピンチなのは、セオだ。遣い手まで炎が及ぶのは厄介《やっかい》。

これが問題その一。

次。

「くっ……⁉」

「落ち着くんだユアン、私たちがいる」

焦《あせ》りの声を上げる【疾風《しっぷう》の勇者】ユアンに、エアリアルが声を掛けている。

彼が焦るのも無理からぬことと言えた。

第一層副官魔物――【不可視の殺戮者】グラシャラボラスが姿を現し、上空からユアンに向けて飛びかかってきたのだから。

ユアンは咄嗟に三日月状の風刃を三つほど放ったが、全て空中で回避される。

焦りからか、上手く照準出来なかったようだ。威力はかなりのものだろうに。

いかに育成機関《スクール》で優秀な成績を収めていようと、あくまで訓練。

これまでの鍛錬で奴が優秀なのは分かっているが、それだってあくまで能力的には、である。

人には感情があって、それによって能力が発揮出来たり、逆に出来なかったりする。

あいつは先達の足を引っ張らないようにとかなんとか、気負った様子だった。

まぁ【氷の勇者】ベーラも初攻略では良いところを見せようとして、【恋情の悪魔】シトリーにやられていた。

二人に限らず、初の実戦で実力を充分に発揮出来る人の方が少ないものだ。

そのあたりは、エアリアルも承知のことだろう。

だからこれは問題その二だけど、任せてオッケー。俺が何かするようなことではない。

次。

「……！　師匠っ！」

「分かっている」

普段は穏やかで冷静な【魔弾の射手】カリナが、師である【無貌の射手】スーリを呼ぶ。

幾本の矢が空中で止まっているのを見るに、後方のスカハパーティー三人組が【黒妖犬】に襲撃されたのだろう。グラシャラボラスの能力によって不可視化した獲物を、矢で貫いている状態。

後方と言えばこれまでに通り過ぎてきた道なわけで、左右が糸で遮られていたこともあって本来ならば背後を突かれるわけがないのだが。

糸の穴を心配するよりも、グラシャラボラスの巨体の背に乗っていたものが飛び降りたと考えた方が可能性が高いというものだ。

——というか今、どうやって当てたんだ？

これまでと違い、大地に湿った足跡の痕跡などは無い。

違和感と言えば、ほんの僅かにスーリの魔力を感じるくらい。

さすがは世界ランク五位の【狩人】というべきか、普通ではない。

カリナも弓の名手だが、彼女の方は険しい顔をして虚空を睨《にら》むばかりで動かない。動けないのか。

彼女には不可視化された【黒妖犬】の動きを追えないのだ。

カリナは狙《ねら》いを外さないが、そもそも狙いがつけられないことには弓を引けないということか。

「気をつけろ、【黒妖犬】だけではない」

「は、はい！」

狩人師弟の声を聞きながら、俺は考える。

明らかに人の立てた策だ。流れに合わせて【黒妖犬】たちに適宜《てきぎ》指示を出している奴がいる。

多分、【調教師】持ち。スーリが言っているのはそれのことか、他に戦力が隠れているのか。

確認することは出来ない。とにかく、これが問題その三。

確認出来ない理由は、最後の問題の所為。

「……まったく面倒だね」

ヘルヴォールの声は本当に面倒に感じていそうだが、直面している状況を考えれば呑気《のんき》ともとれる調子だ。

ヘルヴォールパーティーと俺とフランは、今まさに——沈んでいる。

たとえるなら流砂《りゅうさ》。地面が崩れて、砂の沼に飲み込まれているような状況だった。

こういった罠は実にダンジョンらしいのだが、この層の攻略動画では確認出来なかった。

新作のようだ。此処《ここ》以外にも設置していると思うけど、スタート地点から偽魔王城までの最短距離に作っておけば、スピード重視のパーティーは大体《だいたい》踏む。

新しく出来たものなら予期しようがない。

まったく素晴らしいタイミングだ。

流砂があるから、エアリアルパーティーもスカハパーティー三人組も後退出来ない。

お互いに眼前の脅威に正面から対応するしかない。

左右は仲間の糸が燃えているから、簡単には越えられない。

そしてもちろん、脅威が目前にあるからスカハとセオを助けにもいけない。

きっとあの二人も今頃《いまごろ》【黒妖犬】に襲われていることだろう。

なんて素晴らしい圧力だろうか。殺意と言ってもいい。

此処で全パーティーを落とす気満々の策略、実に素晴らしい。

従来の第一層のままだったら、あまりにも退屈だったろう。攻略難度が低いというわけではない。

十七人の冒険者、それも一流だらけとなれば仕方のないこと。

ダンジョンは基本、五人組をどう排除するかという考えで運営されているのだから。

そこを短い期間でレイド戦仕様に変えるばかりか、ばっちり機能させられるのはさすが魔王城。

難攻不落の名は飾りではないようだ。

同時に起きた四つの問題。

「レイス」

フランが俺を見ている。

分かってる。今の俺たちは二人組だけど、パーティーリーダーはそれでも俺だ。

立ち向かうべき困難は与えられた。

あとは冒険者らしく、これを突破するのみ。
考えるべきは流砂もどきからどう抜け出すか——ではない。
抜け出すのは前提として、どの問題解決に手を貸すべきか、だ。
エアリアルパーティーを襲うグラシャラボラスは任せるとして。
スカハパーティー三人組の【黒妖犬】と、推定【調教師】？
または、スカハパーティーの残る二人を困らせている、燃える糸と【黒妖犬】？
または、ヘルヴォールパーティーの沈みゆく五人？
誰に何が出来て、どう動いて、どんな展開になるか。
今は十七人で一つの集団。全員を仲間として、どうこの層をクリアするか。
考えて動け。
それくらい出来なければ、【不屈の勇者】には到底届かない。
俺はまず——。

◇

映像室の至るところで、歓声が上がった。
これ以上ないタイミングで、策が嵌ったからだ。
とはいえ、重要なのはこの後の敵の対応。

第一層に限らず、意見を求められれば僕はその都度応じていた。

基本的にダンジョンには『攻略推奨レベル』というものが設けられている。

これはランクとは別枠で冒険者に与えられる、レベルという格付けに対応するもの。

自分たちと同じレベル帯のダンジョン、あるいはエリアであれば『視聴者の観賞に耐える攻略動画になる』といった基準。

そうなると、ダンジョン側はあまり露骨に攻略ごとに変化を出せない。

出てくる魔物や罠の難度、エリアの構成が大きく変わってしまうと最悪推奨レベルとのズレが生じてしまうかもしれないからだ。

誰が挑《いど》んでも、大体同じような脅威に晒《さら》される、というのがダンジョンに求められるもの。

もちろん例外はあるが、基本はこう。

そんなわけだから、挑んでくる冒険者をよく調べて、弱点を探ったり対抗策を講じたりみたいな文化がそもそも無かったりする。

そんなことをするのは、それこそ『全レベル対応ダンジョン』くらいのもの。

ただ、僕が参謀に勧誘された経緯を思い起こしてみると話は変わってくる。

僕は魔物でも勝っていいのだと、観る者に思わせる為に此処にいる。

そもそも存在しない考え方なら、それを浸透させるところから始めよう。

他の場所なら問題になるかもしれないが、此処は『難攻不落の魔王城』。

唯一、完全攻略されたことのないダンジョン。

冒険者共を地上に追い返す為に、他と違うことをしたところで非難は上がるまい。

幸い、魔王城の魔物たちは勝利に貪欲《どんよく》。

フェニクスたちを打倒したことで、僕の言うことに説得力が増した、というのもあるかもしれない。

「さすがはレメゲトン様の采配《さいはい》です」

カーミラの言葉に、僕は微《かす》かに首を横に振る。

「奴ら自身の実力あればこそだ」

元々僕は冒険者オタクなので、仲間たちが一から膨大な攻略映像を観るまでもなく、こちらから情報を提供出来る。

情報収集にあてる時間を訓練に回し、本番で通用するレベルに仕上げたのは第一層の面々。

机の前でどんな優れた作戦を練ったところで、実行する者がいなければ意味はない。そして、どれだけ上手く事が運んだように思えても、それを突破し得るのが――【勇者】という生き物。

かつて【炎の勇者】を間近に見ていた僕には分かるのだ。

絶体絶命の窮地《きゅうち》に陥《おちい》ってからでも、勇者は勝利をもぎ取る。

「勝負はついていない」

口中で呟《つぶや》く。

同時に複数の脅威が冒険者たちを襲った。

だから当然、同時に複数の事が起こる。

まずはエアリアルパーティー。

こちらはさすが一位パーティー。最も揺らぎが少なかった。

彼らを突き崩すとなれば、最初に考えつくのが【疾風の勇者】ユアンくんだろう。

なにせ、加入間もない新人だ。

彼の相手はグラさんに頼んだ。【不可視の殺戮者】グラシャラボラスである。

猛禽類《もうきん》を思わせる両翼は、大型獣が如《ごと》き体躯《たいく》に見合った巨大なもの。

彼は自身の不可視化を解く直前、その背に乗せた複数の【黒妖犬】と――【調教師】を下ろしている。【調教師】はレイドに伴って雇われた追加人員だ。

不可視化を解いての急降下は、意識を自身に向けることで仲間の着地を悟らせない為のもの。

あのベーラさんでさえ初攻略ではミスを犯した。

【黒魔導士】レメは無能ではなかったのでは？　なんて考えられるほどに常識に囚《とら》われず、常より冷静に物事を判断するという彼女でさえ、気負ってしまうところがあったのだ。

よく考えるまでもなく当然。

全冒険者の最終攻略目標に、育成機関を出たばかりで挑むのだ。

しかも、高ランクパーティーの新人として。

緊張するなという方が無理な話。

実際、ユアンくんは突然の襲撃に焦り、その迎撃《げいげき》は精彩《せいさい》を欠いていた。

しかし彼がグラさんに噛み砕かれることはなかった。

目に見えない壁に激突したグラさんが、苦しそうなうめき声を上げて弾かれる。

「落ち着くんだユアン、私たちがいる」

【嵐《あらし》の勇者】エアリアルさんだ。

彼の他の仲間たちは、グラさんを攻撃出来るだろうに動かなかった。

――余裕、いや違うな。

今のはユアンくんのミスだ。これを仲間としてカバーすることは出来るし、普通はそうするべき。

だが、それはユアンくん自身がこのパーティーに馴染《なじ》んでいる場合。

この状況で仲間がミスをカバーしてしまえば、ユアンくんは自信を喪失する。自分を酷《ひど》く責めるだろう。失った自信を取り戻すのは、簡単ではない。

エアリアルパーティーは、今この時に自らの手で挽回させるつもりなのだ。

「これを観る全ての人々に、君自身が証明するんだ。君が、何者であるかを」

エアリアルさんが肩に手を置いた、ただそれだけ。見た目上は、それだけ。

だが少年にとっては、それ以上。

【嵐の勇者】を、【サムライ】を、【紅蓮《ぐれん》の魔法使い】を、【剣の錬金術師】を、【疾風の勇者】の瞳《ひとみ》が捉えた。

そして次の瞬間には、彼の目つきも呼吸も、平常時のものへと戻る。

「はい」

世界ランク一位パーティーが、待ってくれた。

自分に挽回のチャンスを与えてくれた。

それはつまり、自分には可能だと信じてくれているということ。

これでまだ怖気《おじけ》づくような者には、勇者など到底《とうてい》務まらない。

体勢を立て直したグラさんの片翼が、次の瞬間、半ばから絶たれた。

「────ッ!?」

ユアンくんの風刃によるものだ。

「僕はエアリアルパーティーの、【疾風の勇者】だ」

これで終わるグラさんではない。再び己《おのれ》に不可視化を施す。

一方、二箇所に分かれているスカハパーティーの、三人組側。

改めて、【無貌の射手】スーリさんの腕前は凄《すさ》まじい。

リリーの情報によってエルフの魔法を用いていると知っている僕でも、驚いているのだ。そうでない者たちから見たら理屈不明の神業に映るだろう。

風魔法によって大気に干渉し、魔力の届く範囲内の出来事を大まかに把握しているらしい。

魔力を通した空間に自分の『感覚』を及ぼすのだそうだ。その圏内に何かが通れば、手で触れるように感じ取れる。

だから不可視化していようとも、空間内を通り過ぎる物体を知覚出来るわけだ。

元々は、息を潜める獲物の居場所を探る為の魔法らしい。

非常に繊細な魔力操作が必要なこともあり、本来は持続時間も短く、また発動中は他に何も出来ないのが普通なのだとか。

画面越しでは正確には判断出来ないが、反応速度からして彼は長時間発動した上で『神速』を連続している。それだけ、彼の技術が卓越《たくえつ》しているという証明。

でも、完全ではない。

『感覚』の展開範囲は、一度目の【黒妖犬】襲撃でおおよそ測ることが出来た。

また、落下中の者たちが射抜かれることはなかったことから、全方位に展開されたものではないと判明。やろうと思えば可能なのかもしれないが、前述の通り繊細な魔力操作が求められる技術。

彼の判断で負担を軽減する為に展開箇所を絞っているのだろう。

凄まじい勢いで退場していく【黒妖犬】。

だが——。

「気をつけろ、【黒妖犬】だけではない」

気づいた時には、もう遅い。

「え？」

【魔弾の射手】カリナさんの首を、ナイフが貫いている。

スーリさんの感知圏外から疾走する大型の【黒妖犬】、その背に乗った【調教師】が感知圏内に入るギリギリのタイミングで跳躍。

弧を描くように宙を跳《と》んだ【調教師】はカリナさんに近づきすぎたことで不可視化が解除されるが、それと同時に彼女の首にナイフを差し込むことに成功。

「もらった……！」

自身に注意を引く為、【調教師】はわざとらしく叫ぶ。

一瞬でも他のメンバーの意識を奪えれば、その一瞬分、他の【黒妖犬】が前に進めるからだ。

その判断は間違っていない。

相手がカリナさんでなければ。

「こちらもです」

彼女は自分が魔物の一撃を受けて吹き飛んでいる最中でさえ、敵を射って退場させる【狩人】なのだ。

突然眼前に現れた者に致命傷を与えられたところで、動揺など期待出来ない。

時を稼ぐなら、すぐさま離れるべきだった。

彼女は即座に矢筒から抜き去った矢を摑《つか》み、そのまま【調教師】の鼓膜の奥まで突き刺した。

だがその顔に達成感などはなく、今から迎える己の結末を悔やむように歪められている。

そのまま【調教師】を退《ど》かせたカリナさんは、申し訳なさそうに「落ちます」と呟き、弓を構えた。

「師匠、無様《ぶざま》な弟子を許してください」

これまで矢を射るのを躊躇《ためら》っていたカリナさんだが、それから自分が退場するまでの極《ごく》短い時間の間に、撃てるだけの『神速』を放ち続けた。

本当なら、狙いをつけたかったのだろう。敵の居場所を見抜いて射抜きたかった筈だ。

だがそれが叶《かな》わず、また退場が目前に迫っているなら。

無様であろうと、僅かでも敵を削ろうとした。

彼女が消えるまでに、実に四体の【黒妖犬】と一人の【調教師】が射抜かれた。

こちらがなんとか打倒への道を切り開いても、ただではやられない。

不可視の敵という、自身の実力を活かせない相手に対してでも、決して退くことなく戦い抜く。

だが、この場に致命傷を癒《い》やせる【白魔導士】はおらず。彼女の脱落は、決して止められない。

『神速』がフッと止《や》み、彼女の体が魔力粒子と散る。

【魔弾の射手】カリナ、退場。

そして、それらが起こっていた時、レイスくんたちは――――。

◇

レイスくんとフランさん、そしてランク第三位のヘルヴォールパーティーの面々であれば、沈む砂の大地から脱することはそう難しくない。

これは即退場に繋《つな》がる罠ではなく、時間稼ぎだ。

自力ならばそれなりに、魔法を使うならば数秒、時を稼ぐことが出来る。それで充分。

ヘルさんは、近くの仲間の腕や肩を掴んでは軽く放り投げて助けていた。

極めて強力な駒である勇者を数秒封じることが出来るなら、罠としては最高の結果。

だが――。

「フラン」

「うん」

即断。

視線を交わしただけで意思疎通は済んだようだ。

フランさんのマントがふわりと捲《めく》れ上がったかと思えば、そこから覗《のぞ》くのは――異形の右腕。

巨人の腕を少女に縫い付けたような違和感だが、問題なく動くようだ。

彼女はそのままレイスくんの腕を掴み、真上へ打ち出すように投げた。

少女らしからぬ凄まじい力。

だが僕が気になったのはそこではない。

――フランさんを助けるのではなく、彼女に自分を助けさせた。

おそらく魔法を使う時間を仲間の救出ではなく、違うことに使うつもりなのだ。

「腕を切れ……！」

その短い叫びは、風魔法の応用によって大きく響いた。

距離の離れたスカハさんとセオさんにまで届くほどに。

――判断が早い。

【勇者】は全てにおいて常人を遥《はる》かに凌《しの》ぐ。

それは身体《しんたい》能力であったり、魔法の才であったり、努力の報われ方であったりする。

当然、頭の回転もだ。

フェニクスは幼い時、頭の中で色々と考えすぎるあまり上手く言葉が出てこず、それをからかわれることがあった。

当時の僕は、あいつが一つ一つのことを大事に深く考えているからすぐに言葉にならないのだと励ましたし、実際にそう思っていた。そして、それは間違いではない。

だが思えば、その時から片鱗《へんりん》を見せていたのかもしれない。

短い時間で深い思考が可能な頭を持っていたということなのだから。

適職は十歳で判明するが、それは奇跡が授けられるのとは違う。

ただ、事実が判明するだけだ。

実際、レイスくんは【役職《ジョブ》】判明前からエアリアルさんに師事し、魔法を鍛《きた》えていたという。それだけの魔法の才が既にあったという証明だ。

とにかく、年齢によって【勇者】の能力を測るのは無意味。

彼は瞬時に状況を把握し、彼自身の思い描く勝利の形に最も近づける選択をした。

そして、それはランク第五位パーティーのリーダー、【迅雷の勇者】にも――届いた。

糸を操るセオさんが迫る炎に目を剝《む》き、レイスくんの言葉に「腕を……？」と戸惑《とまど》っている間に、スカハさんは行動を済ませていた。

「お前を残すには、これが早い」

スカハさんの言葉と、セオさんの十指が地に転がるのは同時。

綺麗《きれい》に指の根元だけを切断したのは手心というより、魔力の漏出《ろうしゅつ》を抑える為か。

指のあった箇所から、光の粒子が漏《も》れ出ている。

「……！　な、なるほど！　確かにこれならば炎はワタシを焼けませんね！　素晴らしい！　ワタシの指が無くなり、糸を操ることができなくなったことを考慮しなければ、ですが！」

さすがのセオさんも笑みが引き攣《つ》っているが、彼らの判断を理解したようだ。

「落ちなければそれでいい」

レイド戦は通常の攻略と異なるルールで開催される。

冒険者たちは、退場してしまうと次の層での復帰が出来ない。

ただ一つの例外を除いては。

その例外というのが、『二体のフロアボスを撃破すること』だ。

フロアボスは当然、各層に一体。

つまり、魔王様のところまで辿り着いた場合、それまでの十層のフロアボスは十体だから、復活可能な最大人数は、五人。

レイド戦では、最大で五回までしか復活出来ないわけだ。

【魔弾の射手】カリナさんは、第二層が攻略されない限りは復帰出来ないということになる。

これ以上仲間を欠くわけにはいかないという考えに及ぶのは当然。

退場さえしなければ、次の層までに魔力体《アバター》を直すことが出来る。これはルールでも認められていることだ。

だから、この層で戦闘能力を失うことになっても、退場させないという判断は間違っていない。

だが一人が退場し、一人が大きく戦力ダウン。スカハパーティーでまともに戦えるのは三人。

攻略の中心パーティーとして、この状況からどう――。

「まさか」

ふと脳裏を過ぎるのは、一つの考え。

ある。

スカハパーティーを主軸に、この状況を打破する方法が、一つ。

誰かのサポートが必要だし、スカハさんにあることを諦めさせなければならないが。

これまでの僅かな動きでも明らか。

レイスくんは僕と同じ人種だ。

ざっくり言うと――冒険者オタク。

鍛錬で同じ時を共にしたから、なんてレベルの理解を超えている。

彼は【不屈の勇者】ばかりを見ていたというわけではないのだ。

あるいは自分が越えるべきライバルとして、研究していたのかもしれない。

今起きたそれを、なんと呼べばいいだろう。

一秒も無かっただろうか、僅かに地面を濡《ぬ》らした――一、瞬、で、降、り、止、む、雨。

レイスくんの水魔法である。とはいえ、精霊術ではない。

彼は精霊と正式に契約を結んでいないから、特定の属性に縛られない。

不可視化は身に付けているものにも及ぶ。衣装だけでなく、あとからの付着物にだって対応。

だから水滴で居場所が判明することはない。

だが、濡れていない場所はどうだろうか。

たとえば四足獣が上空から水を浴びた時、胴体の下には濡れるのを免《まぬが》れる小さな空間が出来る。

もちろん【黒妖犬】は疾走しているから、居場所が知れると言っても本当に僅かな時。

だが、スカハパーティーにはそれで充分。

【無貌の射手】スーリの『神速』が、

【遠刃《えんじん》の剣士】ハミルの『斬撃《ざんげき》を飛ばす』魔法剣が、

【黒妖犬】を狩る。

そして、【迅雷の勇者】スカハもまた、動いていた。

「瞬《またた》きの後に迎えに来る」

セオさんにそう残し、彼は有言実行。

隣で画面を見ていたカシュが「ひゃうっ」と震え、僕にしがみついた。その耳はピクンッと立てられている。

雷が落ちたような轟音《ごうおん》と、閃光《せんこう》がフィールドを駆け抜けたからだ。

「…………」

仮面の奥で、僕は画面を見つめている。少し、険しい顔をしているかもしれない。

スカハさんは、気づけば仲間と合流していた。それも、セオさんを伴って。

そしてエアリアルさんより後方、つまりスカハパーティーが担当していた空間には、無数の魔力粒子がキラキラと輝きを放っている。

まだレイスくんは落下が始まったばかりだ。

本当に、ただの一瞬で。

彼らを狙っていた魔物達が、全滅してしまった。

規格外の魔力量、魔力と肉体の操作精度、耐久力などによって実現した精霊術と斬撃の組み合わせ。

スカハさんは片手剣型の聖剣によって、一瞬の内に魔物を斬って回ったのだ。

「生身なら、口からお見せ出来ないものが飛び出るところでした……」

瞬きの後には仲間と合流していたセオさんは、少し元気が無い。

「……『迅雷領域』」

カーミラが掠《かす》れるような声で呟いた。

元々は雷属性を纏った状態での無差別な広域攻撃を指すスキルだが、スカハさんが使う場合は違う。

彼は精霊術による超加速を、全て制御しているのだ。

ただ最初に使わなかったように、メリットばかりではない。

膨大な魔力はもちろん、極限の集中力が求められる。

そもそも、見えない敵の全てを斬ることは彼にも出来ない。ほんの僅かな時とはいえ、居場所を確認する術が得られたからこそ発動に踏み切れたのだ。

可能ならば温存したかったスキルだろう。必殺技、あるいは奥の手という方が実態に近いか。術の格では比べ物にならないが、フェニクスにとっての『神々の焔《ほのお》』のようなもの、といえば伝わりやすいかもしれない。

それをフロアボス戦の前に使わせた、という意味では充分な戦果と言える。

だけど、彼がここでこれを使ったということは……。

「……感謝する、【湖の勇者】」

自身の風魔法でゆっくりと着地したレイスくんに、スカハさんが声を掛けた。

「あはは、どーいたしまして」

以前は相性が悪そうに見えた二人。だが、それを理由に手を貸さないだとか、助けられたのに感謝をしないだとか、そういうことをする人たちではない。

「親睦を深めているところ申し訳ないが、スカハ。いいだろうか？」

【嵐の勇者】エアリアルさんの言葉は、確認だ。

「……ええ、頼みます」

スカハさんもそれを理解し、悔しげに頷く。

自身は魔力を大きく消費し、仲間を一人欠いた。もう一人は魔法具と指を失っている。

第一層の中心は自分たちの予定だが、この状況でそれを主張するのは愚かというもの。

許可を得たエアリアルさんは一つ頷き、虚空へ視線を移した。

「ミシェル」

彼に名を呼ばれたのは、トンガリ帽子にローブ、手には杖というぃかにも魔法使いといった格好の女性。フェニクスが現れるまでは、最強の火属性遣いと言われていた【紅蓮の魔法使い】だ。

普段はほんわかした雰囲気のお姉さんなのだが、いざ戦闘となると——。

「いいんだね？　焼くよ～燃やしちゃうよ～」

異様にテンションが高くなる。

うきうきした様子で彼女が杖を振るうと、それは起こった。

巨岩ほどの火球が幾つも生まれ、何もない大地に向けて放たれる。

【不可視の殺戮者】を炙《あぶ》り出す目的だろう。

直撃すれば、先程のダメージもあって退場しかねない。

一撃が掠めたのか、グラさんの苦しそうなうめき声が響いた。

「君たちも此処を守らねばならないのだろうが、私たちは最奥に用があるのだ。この城の主にね」

魔王城は地下迷宮。層を重ねるごとに、冒険者たちは下へと向かっていく。

やがて辿り着くべき底、魔王様の待つ第十一層を目指して。

エアリアルさんが、両手剣型の聖剣を上段に構えた。

火球の間を縫うようにして接近していたのだろう、片翼を失い、身体を焦がしたグラさんがそれでも果敢に【嵐の勇者】へ鋭利な爪《つめ》を振るう。

「素晴らしい連携だった」

グラさんの爪が届くよりも、彼の振り下ろしの方が早かった。

次の瞬間。

【不可視の殺戮者】グラシャラボラスの身体は縦に割れ、遥か向こう、偽りの魔王城にもまた、剣で切りつけられたような亀裂が走った。

第一層の面々の活躍に沸いた映像室の者たちは、今や画面を呆然《ぼうぜん》と眺めている。

グラさんが退場したことで、荒野には静寂が訪れる。

エアリアルパーティー側にいた不可視の魔物たちも、ここに至るまでに退場していた。

フランさんも、既にレイスくんが救出済み。

「ふむ、あたしたちだけ何もしてないじゃないか」

ヘルさんが難しい顔をする。

「さすが魔王城って感じだね。このメンバーなら大抵《たいてい》のことは切り抜けられるけど、問題ごとの『切り抜けるまでに掛かる時間』を上手に使って策を講じてる」

相変わらず、レイスくんは十歳らしからぬ発言をする。

「うむ。スカハたちには悪いが、おかげで彼らのやり方が見えてきたね」

「だね。冒険者たちの最適解《かい》に対して、そこを突いてくる」

エアリアルさんとレイスくんだけでなく、他の面々も気づいているようだ。

「はっ、いいじゃないか。それを真正面から潰《つぶ》すのが勇者ってもんだろう」

ヘルさんならそうだろう。

「そのあたりは、層ごとの主軸パーティーに任せるとしよう」

エアリアルさんはそうまとめた。

その発言はどちらかというと、魔王城の魔物たちへ向けたもののように聞こえた。

君たちがこちらの方針に気づいたことに、こちらも気づいたぞ、と。

特に異論が出ることもなく、既に移動を再開していた十六人は偽魔王城へと足を進める。

「で？　どうするのさ。フロアボスと四人で戦うかい？」

ヘルさんの試すような視線に晒されたスカハさんは、否定するように首を揺すった。

「これ以上仲間を欠くわけにはいかない。レイス、フラン。協力を頼めるか？」

「もちろん。勝つ為に必要なら、なんだって協力するよ」

無邪気に見える笑みを浮かべるレイスくんと、無表情でこくりと頷くフランさん。

その後。

フロアボス・【地獄の番犬】ナベリウスさんは奮闘したが、冒険者側が退場者を出すことはなかった。

スカハパーティーが自分たちを軸にした攻略を主張すれば、更に一人二人は落とせただろう。

しかし世界ランク五位ともなれば、さすがに弁《わきま》えている。

プライドを優先させて仲間を危険に晒す愚は犯さない。

もう一つ理由があるとすれば。

レイド戦に限って言えば、フロアボス戦はダンジョン側にとって不利なものというところか。

ダンジョンは幾つかのブロックに分かれている。

最も大きなものが『ダンジョン』。ダンジョン全体を指す。

次が『層』。第一層から最深層までの各層を指す。

その次が『エリア』。第一層の場合、荒野エリア、フロアボスエリアの二つ。

このエリアだが、通常、フロアボスエリアはそれ以前のエリアより狭く作られる。

第一層は少し分かりづらいが、広大な荒野エリアに対し、偽魔王城の門の前。

フロアボスは【地獄の番犬】ナベリウス。

第二層は無人の廃都市をイメージしたエリアに対し、外れにある霊廟《れいびょう》。

フロアボスは【死霊統《す》べし勇将】キマリス。

第三層は暗い森エリアに対し、古びた館の一室。

フロアボスは【吸血鬼の女王】カーミラ。

第四層は鉱山内を思わせる入り組んだエリアに対し、ダンスホールほどの空間。

フロアボスは【人狼《じんろう》の首領《しゅりょう》】マルコシアス。

ボスに至るまでの道程の方が長く、ボスとの戦いは決戦という感じ。

もちろん、フロアボスは強大な力を持った魔物だ。配下を引き連れて冒険者を迎え撃つ。

勇者パーティーにも引けを取らない強者。

なのだが、そもそもにして規格外な勇者が、このレイド戦では五人もいるのだ。

狭い空間では策を弄《ろう》するにも限度があるし、配置する部下も無数とはいかない。

そして、ボス戦で視聴者が求めるのも、分かりやすい力のぶつかり合いだったりする。

苦難を乗り越えた冒険者たちが、その層のボスを真正面から叩《たた》き潰す。

これに対抗するには、魔物の側もまた真正面から応じる他ない。

ダンジョン攻略と防衛は、エンターテインメント。この前提を無視するわけにはいかない。

仲間の力を借りることにしたスカハパーティーは、退場したカリナさんと戦力ダウンしたセオさんの代わりに、レイスくんとフランさんを入れる形で五人体制を維持。

もはや意外とは思うまい。レイスくんはサポートに徹し、フランさんが前衛を務めた。基本的にはスカハさんの魔力が回復するまで敵の攻撃を凌《しの》ぎつつ、各人が自身のタイミングで魔法やらスキルを浴びせる。

今回、エアリアルパーティーとヘルヴォールパーティーは露払いに徹した。

最後はスカハさんによって、ナベリウスさんの三ツ首が一度に切り落とされ、決着。

ナベリウスさんは【遠刃の剣士】ハミルさんの右腕を奪い、フランさんに重度の火傷を負わせたが、退場させるには至らなかった。

数を十六人へと減らした冒険者たちは、魔王城の第一層を攻略。

続く第二層への進出を決定。

その日の攻略は、終了となった。

「あの少年……映像板《テレビ》で見る印象は自信家で我が強い子供でしたが、周囲をよく見て適切な判断を迅速《じんそく》に下すとは……侮《あなど》れませんね」

カーミラの言葉に、頷く。

「あぁ」

今回の攻略、世間の評価はどうなるだろうか。

スカハパーティーには、若干厳しい意見が寄せられるかもしれない。

詳しい事情よりも、分かりやすい情報で判断する者は少なくない。

第一層で仲間を失い、新人の力を借りた。この事実だけで批判する者はそれなりにいるだろう。

ただ、全体的には盛り上がるのではないか。

これまで見たことがない魔王城の歓迎、それをギリギリで切り抜ける冒険者たち。

ピンチから一転、敵を全滅させるスカハパーティー。

それをサポートするのは、水精霊の本体に契約者と認められながらも、それを観客と言い切る若き【湖の勇者】。

結果から見れば一人の退場だが、良い結果だと僕は思う。

グラさんの力も大きいが、【黒妖犬】と【調教師】と簡単な罠で、一線級の冒険者たちを苦しめ、一人を倒すことが出来たのだ。

魔物が単なるやられ役ではないと示す、素晴らしい一歩だったのではないか。

それに。

仲間達には悪いが、僕は彼らが第十層まで辿り着くと思っている。

もちろんそれ以前に全滅させるつもりで協力するし、仲間の力は疑っていない。

だけど、僕は彼らをよく知っている。どれだけ動画を繰り返し観たか分からない。

いずれもパーティー単体で魔王城に挑んでもおかしくない実力者たち。

レイスくんとフランさんには未知数なところがあるが、今回の活躍で言えば他と遜色《そんしょく》ない。

……いや、違うか。

結局は、ただの願望なのだろう。

僕自身が、彼らを迎え撃ちたいのだ。

レメゲトンが、彼らと戦いたいだけなのだ。

◇

「君がレメくんだね。あぁ、この前のタッグトーナメントを観たよ。素晴らしい活躍だったね」

第一層の防衛から数日後。

僕はまたまたエアリアルさんに呼び出され、そして——かちこちに固まっていた。

何故かというと、その場で待っていたのが憧《あこが》れの——【不屈の勇者】その人だったからだ。

【不屈の勇者】アルトリート。

十年ほど前、一年だけとはいえ世界ランク一位に輝いたパーティーのリーダー。

必然、僕が最後に観た時から十年経《た》っているわけだから、その容姿には時の経過が感じられる。

とはいえ、五十を過ぎているとは思えないほどに若々しい。今でも冒険者を鍛えているそうだから、彼自身鍛錬を怠っていないのだろう。

これからダンジョンに潜《もぐ》ると言われたら、心配より期待の方が遥かに勝りそうだ。

こうして見ると、やはりレイスくんにどこか似ている。いや、逆か。

でも、ひと目でそうと見抜けなかったのは、髪と瞳の色が異なったからというのも大きい。

レイスくんは深海を思わせる暗い青に一部白の髪だが、彼は茶髪に同色の瞳だ。

「ん？　あぁ、レイスは母親似でね」

僕の視線で察したのか、アルトリートさんが言う。

じろじろと見すぎたかもしれない。

「あ、いえ……すみません」

「いやいや。なんでも君は誰に言われるでもなく気づいたそうじゃないか。ということは、俺と息子にも似ているところはあるのかな？」

レイスくん本人から伝えられたとは、なんとなく思えない。レイスくんがエアリアルさんに漏らし、彼からアルトリートさんに、という感じだろうか。

誰に言われるでもなく、というのは間違い。

フェニクスに聞いたからだが、確かに既視感《きしかん》は抱いていた。それは――。

「顔に……面影が」

「ほう！　それは嬉しいなぁ。今度あいつに言ってやろう」

彼は子供のようにニコニコと笑う。

「盛り上がっているところ申し訳ないが、まずレメに座ってもらってはどうです？」

今、僕らがいるのは、ある食事処《どころ》の個室だった。

普段、飲み食いするのに利用する酒場のような開けた場所とは違い、お客さん同士のプライベートを守るよう仕切りなどの配慮が見られる。

「！　そうだな、すまない。さぁ、掛けてくれ。もちろん、君が嫌でなければ」

「まさか！」

思ったより大きな声が出てしまった。

僕は赤面しつつ、彼らの向かいに座る。エアリアルさんとアルトリートさんは並んで座っている。

新旧の第一位と食事ってどういう状況……？

単に強いというだけでなく、どちらも憧れの存在なのだ。緊張もするというもの。

「今日はわざわざすまないね。エアリアルから、息子が君にご執心だと聞いて、出来るなら一度逢ってみたいと思ったんだ」

「いえ、僕の方こそお逢い出来て……その、光栄です」

「あはは、君は良い子だな」

「レメは世辞《せじ》で言っているのではありませんよ。貴方《あなた》のファンだそうです」

エアリアルさんの補足に、こくこくと頷く僕。

「おや？　それは嬉しいな。君のような若い子にも知られているとは」

「小さい頃、よく拝見してました」

「ほぉ。それは……渋いね」

確かに、子供が好きになるのは派手な魔法をガンガン放つ【勇者】だ。

泥臭く立ち回る者は、どちらかというと格好悪いと言う子が多い。

「格好良かったです。いつも、勇気をもらっていました」

フェニクスの前では平気な顔をしたが、多人数との喧嘩《けんか》はいつだって心臓がバクバクだった。

それでも助けに入ったのだから、負けるわけにはいかない。

颯爽《さっそう》と駆けつけ、一瞬で全員を倒せるような強い人間ではないけれど。

何をしてでも、助けるという目的は果たす。決して諦めずダンジョンを攻略する――【不屈の勇者】のように。

アルトリートさんは、今度は真剣に受け止めてくれた。

「そうか……それなら、冒険者をやっていて良かった」

「私もレメに同じです」

「あはは、お前は随分と素直になったものだね」

そういえば……以前レイスくんの父親とは友人だと、エアリアルさんは言っていた。

特に交流があったとか、そういう情報は無かったと思うけれど。

しかしこうしてエアリアルさん伝いに僕を呼んでいるし、先程から親しげでもある。

「さすがに、逢ったばかりの頃のことは忘れてください」

「『俺は勇者になんかならねぇ』と言っていたあの少年が、今や世界ランク一位だ」

アルトリートさんがからかうように言うと、エアリアルさんが恥ずかしそうに頬《ほお》を掻いた。

「……貴方は変わりませんね」

「二人は、友人同士だと聞きましたが」

「あぁ、友人だとも。こいつは、今でこそ最強の勇者をやっているけれどね、昔は……そう睨むな、後輩のイメージを壊したくないんだな、分かったよ」

エアリアルさんが拗ねたような視線でアルトリートさんを睨むと、彼は肩を竦めた。

その様子を見て、僕は二人が本当に親しいのだと悟る。

当たり前といえば当たり前かもしれない。

誰にだって複数の顔がある。仕事の時の顔と、家での顔には違いがあるものだ。もっと細かく、恋人といる時の顔、友人といる時の顔、家族といる時の顔なんてふうに分けられる人もいるだろう。

仲間といる時、後輩といる時、映像板《テレビ》に出る時。

昔から知っている、年上の友人といる時。

エアリアルさんのその顔を見るのは、非常に難しい。

彼がトップで、冒険者の中でも年長者だから。

「今日は昔話でなく、レメに用があったのでしょう」

「あはは、そうだったな。すまない。先程も少し言ったが、息子のことでね」

「はい」

「あれは少し……こう、気にしなくていいことを気にしていてね」

彼の悩みについて、僕の方から口にすべきではないように思う。

だがこの様子だと、アルトリートさんも気づいているようだ。

当然か。

レイスくんが今のようになる過程を、彼は全部見てきているのだから。

「……そのことを、本人には？」

「もちろん。ただ……情けない話なんだが、その話題になると口を利いてくれなくてね」

「あぁ……」

レイスくんの目的は、自分が【不屈の勇者】のやり方で成功を収めることで、その正しさを証明すること。

自分の存在がアルトリートさんに引退を選ばせた。それが、レイスくんには許せないのだ。

アルトリートさんはそもそも、その引退を間違いだとは思っていない。

意見が対立していて、レイスくんは今回の件に関して話し合いや説得に応じるつもりがない。

「これも反抗期というやつなのだろうか……」

アルトリートさんは分かりやすく落ち込んでいる。攻略動画では観たことがない、父親の顔だ。

「いや……」

どちらかというと、父親を尊敬するあまり……という感じだと思う。

自分を否定してしまうくらいに、父を強く格好いい勇者だと思っているのだ。

「私がレメの話をしたら、『そこまで気に入った先達の言葉なら、聞く耳を持つかもしれない』と言い出してね」

もしエアリアルさんが、僕がレイスくんの父に気づいたことを彼本人から聞いたのだとしても。

どうやら彼は、その後の会話については話していないようだ。

「こういうのは、ほら、当事者だと余計に状況がややこしくなることもあるだろう？」

「えぇ」

頷く。

僕がフェニクスパーティーを離れることになった時。もちろんフェニクスは引き止めてくれたし、その後はメールでもフォローの連絡をくれた。

だが、僕の心を救ったのは親友の言葉ではなく、果物屋に勤めていた犬耳童女の健気《けなげ》な笑顔だった。

ある問題に無関係な人のおかげで、事態が好転したり気持ちが救われることは、ある。

「ただ……」

僕は言い淀《よど》む。

それだけで、アルトリートさんは理解したようだ。

「あぁ、無理だったのだね」

半ば予想していたのかもしれない。

「お役に立てず、申し訳ないです」

「いやいや、本来ならば人に頼むようなことではないんだ。なんだか既に巻き込んでいたようで、こちらの方が申し訳ない思いだよ」

「レイスくんは……」

言い掛けて、僕が口にすべきことではないかと思い直す。

「いいんだ、話してみてくれないか?」

「レイスくんは……。その、レイスくんが、間違えているとして。それを言葉で改めさせるのは、難しいと思います」

「頑固《がんこ》なんだ」

アルトリートさんは力無げに苦笑している。

「理屈は、躱《かわ》したり跳《は》ね除《の》けたり出来ます。人それぞれのものを持っていていいから。でも、現実は違う。もちろん、捉え方は人それぞれと言えるでしょうけど、たとえば負けは負けです。見方を変えれば勝ち、とはならない。明確な判定がありますから」

「うん」

「そのやり方ではダメだということは、そのやり方が通じないという現実を突きつけることでしか、実感させることが出来ないのではないかな、と」

「ほほう。つまり、レイド戦で負ければ息子は自分の行動を見つめ直す、と?」

彼が興味深げに顎《あご》を撫《な》でる。

「自分が正しいと思っているやり方で負ければ、あるいは……」

「なるほどなるほど。しかし息子は諦めが悪い。エアリアルに何度負けても最後は勝つと言うくらいでね」

「彼の目的が【不屈の勇者】になることなら、退場はとても重いものだと思います。レイド戦は特に、配信しないなんて選択肢はないものですから」

「……そうだね。君の言う通りかもしれない」

最後に必ず勝つ、ということが達成出来なかった時。

レイスくんは、それを軽視するような子ではない。性格的にも、目的を考えても。

アルトリートさんの表情に一瞬、陰が差した気がした。

しかし次の瞬間には、肩を竦めている。

「では、俺たちに出来ることはないね。魔王城のみなさんに期待するしかない」

「いやいや、息子の負けを期待する父親というのはどうなんです？」

エアリアルさんが困ったような顔をして言う。

「目先の勝ち負けよりも、最終的な幸福の方が大事なのさ」

「ふぅむ……私もなんとかしてやりたいが、攻略には本気で臨まねば」

「あはは、それはもちろん。完全攻略するつもりで挑んでもらわないとな。レメくんが言っているのは、その上であいつが負けることがあれば、自身を見直す機会になるかもしれない、ということだろう？」

「はい」

「うん、そうだな。どうにも出来ないことをごちゃごちゃと考えていても仕方がない。いつかまた口を利いてもらえる日が来るまで、見守るとしよう」

そう言って話をまとめると、次の話題はタッグトーナメントに移った。

最初は緊張していた僕も、途中からは好きな攻略動画について話を聞いたりすることが出来た。

夢のような時間はあっという間に過ぎ、そろそろ解散しようという時間になった頃。

「レメくん」

エアリアルさんがお手洗いに立ったタイミングだった。

「なんでしょう」

「息子をよろしく頼む」

…………?

「ええと、僕に出来ることがあれば。でも、彼のパーティーには入れないんです」

彼は優しげな微笑を湛えている。

「ルキフェル殿は後継に恵まれたね」

「────」

それは、師匠のダンジョンネーム。

【魔王】ルキフェルは、最強の魔物の名前。

ここで咄嗟に演技が出来ないのは、予想外すぎるセリフということもあるが、僕がまだまだ未熟という証拠。

「やはり、君は良い子だね。素直で、嘘《うそ》がつけない」

「……どうして」

「すまない、ほとんど勘なんだ。誰でも気づくというものではないから、安心してほしい。もちろん俺も、他言はしないさ」

ハッタリに、引っかかってしまったというわけか。

だが、それを咎《とが》めようとは思わない。

「魔力、ですか？」

以前、エアリアルさんは僕と初めて逢った時にルキフェルを連想した、と言っていた。

「いや……気配、だろうか。これでも一応、彼とは戦ったことがあるからね。君を見た時は驚いた。画面越しでは分からなかったが、直接見たらビビッときたよ。あの魔王と対峙《たいじ》した時と、似た震えが走った。事情は知らないが、継承者だというのなら凄まじいことだ。君の意志の強さに、敬意を表するよ」

理屈じゃないのなら、どうしようもない。

特殊な感覚ともいうべきものを備えている人は、いるのだ。

「友人と息子の敵に言うべきではないんだろうが、期待しているよ」

「……レイスくんは、素晴らしい勇者です」

「そうか」

「だから、倒します。きっと、もっと素晴らしい勇者になる」

「あはは、一視聴者として、楽しみにしているよ」

丁度、そこでエアリアルさんが戻ってきた。

「おや、随分と楽しそうですね」

「あぁ、だが秘密の話だ」

そう言って、彼は立てた人差し指を唇に当て、片目を閉じた。

僕は苦笑しながら、小さく頷く。

◇

「どうでした？　良い子でしょう、レメは」

店の前で別れたレメが角を曲がって見えなくなった頃、私は年の離れた友人に話しかける。

「あぁ、お前が誘ったというのも頷けるよ。びっくりするくらい上手に隠しているが、とんでもなく鍛えているな」

「彼の向上心には果てがない。その上、その心は決して折れない。まるで、かつての誰かを見ているようです」

「……確かに、四位までできたところで幼馴染のパーティーを追い出されたら、普通心が折れるな」

「彼らなりに、事情があったんでしょう」

「……まぁ、特に今の時代はな。【黒魔導士】というだけで辛《つら》いことも多いだろう」

【勇者】でさえ、精霊持ちかそうじゃないかで世間の関心が段違いなのだ。

【役職《ジョブ》】から受ける印象は、相当なハンデとなる。

「それでも、彼は上がってくるつもりです。私をも、越えるのだと」

「そりゃあいい。競う相手がいるのは、いいことだ」

「そうですね。楽しみが一つ増えましたよ」

「少し、羨《うらや》ましいよ」

彼から冗談っぽく放たれたそのセリフは、だが、本心のように思えた。

「そういえば、フェロー殿を知っていますか?」

「そりゃあ、息子を時の人にした御仁《ごじん》だからな」

「貴方にも面白《おもしろ》い話があると言っていましたよ」

「よしてくれ。こんな年寄りに」

「今すぐでなくともいいから、時間を作ってほしいと」

普段の彼なら、もう引退した身だと笑って断っただろう。

だが、その日は違った。

「……少し、考える」

「では、そう伝えます」

もしかすると、レメのおかげだろうか。

そんなことを考えながら、私たちは歩き出す。

◇

レイド戦は映像板《テレビ》放送だが、生放送ではない。

だから当然、攻略を捉えた全てのカメラの映像や、録音された全ての音声を使用するわけにはいかない。映像が攻略動画という作品になるまでには様々な苦労があり、相応《そうおう》の時間を要する。

視聴者が第一層攻略を観たのは、第二層の攻略が終わった頃。

そのあたり、テレビに出るような役者さんと似ているかもしれない。

ドラマの撮影と放送までには開きがあるのと同じだ。

『いやぁ、それにしても大活躍でしたね……！』

リビングの映像板《テレビ》には、レイスくんが映っている。

朝のニュースに第一層の攻略が取り上げられ、実際に参加したメンバーの内、スカハパーティーとレイスくんが出演している。ご本人たちに話を伺ってみましょう……的なアレだ。

スタジオに用意された椅子《いす》に、それぞれが腰掛けている。

『ありがとう』

レイスくんはニッコリと微笑《ほほえ》む。

『当初は不安の声もありましたが、そういった方々の懸念を吹き飛ばす、実に素晴らしいご活躍でした……！　冷静かつ迅速な判断！　軸となるパーティーをサポートする立ち回り！　多彩な魔法！　まるで歴戦の冒険者のような動きでしたが、何か秘密があるのでしょうか？』

『そういうのはないよ。強いて言うなら、攻略動画を沢山見るとか？』

『なるほど！　先人の動きをよく観察し、自身の攻略に活かすというわけですね。特に参考にされたパーティーなどはありますか？』

『うん。世界で一番格好いいパーティーだ』

アルトリートさんのパーティーだろうな。

『おぉ……！　よければ、聞かせていただけますか？』

『今ので分からない？』

笑顔から感じる圧に、進行役の顔が一瞬引き攣る。

『す、すみません。や、やはりエアリアルパーティーでしょうか？』

『あはは。エアお……あの人のパーティーも強いよね。でも、俺の理想とは違うかな』

『理想……。そういえば、レイス氏は精霊術を使われませんでしたね。なにか理由が？』

『別に精霊術を否定するつもりはないよ。ただ、それが無きゃダメって要素じゃないと思うんだ。前回だって、俺が水の精霊術しか使えなかったら風魔法は使えなかったわけで』

『確かに使用属性の幅で言えば、精霊契約者にはデメリットもありますね。一属性に縛られてしまうわけですから。ですが精霊術の恩恵は非常に大きく、デメリットを覆《くつがえ》すメリットがある、との考え方が一般的です』

『だから、否定するつもりはないって。俺は使わないし、精霊術が無きゃ【勇者】じゃないみたいな考えを無くしたい、ってだけ』

『なるほど。若くしてこだわりを持っているのですね。そんなレイス氏のサポートを受け、あの危機から退場者を一名に抑えたスカハパーティーも実に見事でしたね』

という具合に、話題がスカハパーティーへと移る。

それを意識の隅で捉えつつ、僕は視線を向かいに座る女性に向けた。

ミラさんだ。

最近、彼女の様子が少しおかしい。第一層攻略後あたりからだろうか。

気づけば考え事をしていることが多い。

いつもは僕より早く起きて、身だしなみを完璧に整えてからベッドに潜り込んでくる彼女だが、最近はうとうとしていたり、寝癖が残っていたりする。

いつもはミスをしないのに料理中に食べ物を焦がしてしまったり、味付けが濃かったり逆に味が無かったりする。本人はそれに気づいていないのか、無言でもしゃもしゃ食べるのも心配だ。

あと、少々過激なスキンシップも減少傾向にあった。

僕の心臓的には助かるが、明らかに何かに悩んでいる彼女を放ってはおけない。

「ミラさん」

「…………」

「ミラさん?」

「えっ、あ、はい。なんでしょう、レメさん。プロポーズですか? 答えは『はい』です」

僕がドキッとしてしまう彼女の冗談も、なんとなく精彩《せいさい》を欠くような……。

いつもは最適なタイミングで、破壊力抜群のフレーズを放つ。それがミラさんだ。

「その皿……もう空みたいだけど」

ミラさんは何も無くなったサラダの皿に、何度もフォークを突き刺していた。

「え？　あ、あら、本当ですね。うふふ、ぼうっとしていました」

「最近、多いね」

「心配してくれるんですね、嬉しいです。でも、大したことではないのですよ」

悩む。

多少自覚はあるのだが、多分僕は人間関係に臆病になっている。

考えてみれば、【役職《ジョブ》】が判明して、それまで友達だと思っていた奴らは全員離れていったことが始まりか。

フェニクスだけが友達のままで、そこから師匠にも恵まれた。

仲間だって優秀だし、エアリアルさんやヘルヴォールさんなど【黒魔導士】に差別的でない大先輩もいた。

けれど基本的には否定され、望まれない【役職《ジョブ》】だ。

それは仲間内でさえ。

フェニクスパーティーを離れたことで、結果的に人生は好転した、と思う。

果物屋のブリッツさんやカシュとも出会えたし、ミラさんのおかげで魔王城にも就職出来た。

けれど、そこからまだ一年も経っていない。

【役職《ジョブ》】が判明してからの十年は、人の心を蝕《むしば》むには充分すぎる。

果物屋では『店員と客』、魔王城では『職員同士』、冒険者と喋る時は一応『同業者同士』。

常に、相手と関《かか》わる充分な立ち位置があった。

けれど、個人的な人間関係となると途端に難しくなる。

ただのレメが、ただの誰かと関わることには、僕の方にも熱が必要だ。

ものを買う為でもなく、仕事だからでもなく、同じ職種だからでもなく。

僕自身が望み、動くということが。

だからこそ、勇気がいる。

今ミラさんは、心配には及ばないと線を引いた。

それを越えるには当然、僕の方が一歩踏み出さねばならない。

乱暴な酔っぱらいに襲われている人を助けるのとは、違う。危険を見逃せないのと、求められていないことをするのとでは違うのだ。

でも――。

「ミラさんは……」

「レメさん？」

「ミラさんは、いつも僕を助けてくれるよね。僕は本当に、感謝しているんだ」

「え、えぇと……？　どうされたんですか？」

「ミラさんが見つけてくれなかったら、僕はどうなっていたか分からない。少なくとも、素晴らしい仲間に恵まれたり、新しい目標を見つけたり……フェニクスや優秀な冒険者たちと本気で戦ったり、そういうことは出来なかったと思うんだ」

その場合でもエアリアルさんは僕を勧誘してくれただろうけど、やはり僕はそれを断っただろう。タッグトーナメントだって組んでくれる相手も見つからず、そうなるとレイスくんに勧誘される未来にも繋がらなかったかも。

「れ、レメさん？」

ミラさんは戸惑った様子を見せつつも、照れるように頬を染めた。

「君に受けた恩を、僕の一生なんかで返せるかは分からない。それでも僕は、ミラさんが困っているなら助けになりたいと思うし、手伝えることならなんでもしたいと思うよ。だから……」

一歩、踏み込む。

「どうしても話したくないということでないなら、聞かせてほしい」

ミラさんが、ぽかんとしている。

自分の顔が焼けたように熱い。

「そ、その、ほら、僕らは個人的にも友達、だし……なんて……あはは」

しどろもどろなのも視線を逸らしてしまったのも愛想笑いで誤魔化《ごまか》そうとしたのも、全てがみっともなくて自己嫌悪が凄まじいことになる。

つい最近まで、友達と呼べるのは幼馴染のフェニクスのみだった男が、親しい人の悩みを聞くなんて出来るわけがなかったのだ……。

「ふふ」

ミラさんが、笑った。

もちろん彼女だ、人を馬鹿《ばか》にするような種類のものではない。

口の端からこぼれるような、控えめで、でも幸せそうな笑み。

「ありがとうございます、レメさん」

彼女の目は、潤んでいるようにも見えた。

「私、そんなにご心配をお掛けしてしまいましたか？」

「あ、あぁ、うん。そう、だね。悩んでるみたいだった、かな」

「うふふ、ごめんなさい。レメさんには情けないところをお見せしたくないと思っていたのに、今、心配してもらえていたことが、とても嬉しいんです。変ですね、私」

口許に閉じた右手を当てて、嬉しそうに微笑むミラさん。

思考の沼から現実へと意識を戻した彼女は、やはりとても魅力的で美しかった。

「い、いや……」

こういう時に気の利いた返しが出来ないのは、経験値不足によるものか。

「聞いてもらっても、いいですか？」

その言葉には、すぐに応えた。応えることが出来た。

「もちろん」

ミラさんはしばらく間を開けてから、意を決したように口を開く。そして――。

「私は……私は、貴方に並び立てるようになりたいのです」

と、彼女はそう言った。

「並び、立つ……」

「レメさんは元々素晴らしい【黒魔導士】です。ですが、参謀に就任してからはその深淵《しんえん》なる知略を存分に発揮され、魔王軍の勝利に大きく寄与しています。また、フェニクスパーティー戦やタッグトーナメントでは黒魔法を用いたサポートのみならず、己自身の戦闘を補助する立ち回りまで可能であると証明されました」

「え、えぇと……ありがとう？」

彼女が僕を高く評価してくれるのは以前からなので、そこは不思議には思わない。照れるけど。

「反面、私は結果を出せていません」

「そんなことはないよ。第三層まで辿り着くような優秀なパーティーだって、『吸血鬼の領域』で撃退しているじゃないか」

「いいえ、足りません。自分を無能だとは思わない。けれど、遠いのです。レメさんが、遠い」

彼女の声は切実で、悲痛に響く。

「そんなこと――」

「では、私が単騎でフェニクスを倒せるとお思いですか？」

ミラさんの真剣な表情を見て、僕は励ましの言葉を飲み込んだ。

「……いいや、思わない。今のミラさんの実力では、一万回戦ってもあいつには勝てないよ」

ミラさんは僕の言葉に、頷いた。

「はい。でも、レメさん……レメゲトン様は勝利した。それがそのまま、私が貴方に感じている距離です」

【勇者】……特に【炎の勇者】は規格外。

あいつに勝てないという事実は、何もその人が弱いという証明にはならない。

だが、そんなことはどうでもいいのだ。

自分がどれだけ強いかではなく、フェニクス相当の強者に勝てないことが……悔しい。

「レメさんのことを、私は尊敬しています。レメゲトン様としての活躍のみでなく、レメさんとしても認められる場が出来ることを心から喜んでいる。けれど、それでは私は変わらないままです。貴方の動画を、画面越しに見つめるだけだった頃と、変わらない」

卓上に乗せた彼女の両手は、固く握られている。

「私は、ただのファンでいたくないのです。魔王様直属の魔物として、貴方に劣等感を抱くような弱者ではいたくない。四天王の名に恥じぬ結果を出し、実力を示さねば、私は……私は私に、貴方の隣に立つことを許せないのです」

ミラさんは、出逢ってから今日までずっと、僕の味方でいてくれた。でも、味方だからと言って、それで全てが気にならなくなるなんて、人間の心はそこまで都合よく出来ていない。

驚きはしたが、同時に腑《ふ》に落ちる。

「……前にエアリアルさんと逢うって話した時、事情があるから一緒には行けないって言っていたけど。その事情が……これだったりするのかな」

ミラさんは驚くように目を見開いてから、微苦笑した。

「……実は、そうなのです。レメさんが活躍されるほどに焦燥感《しょうそうかん》が募り……その、自分には並んで歩く資格がないのではと悩むようになり……。もちろん一緒にいられるのは幸せなので、隙《すき》あらばお話ししたいとも思うのですが」

「う、うん」

面と向かって幸せとか言われると、反応に困ってしまう。

魔王城にいる時は、空いた時があればよく話す。家にいる時もだ。

だから多分、彼女が言う資格とは――。

「貴方が、そんなことを気にしない人だというのは分かっているのです。だから、これは私の事情なのです」

相手がどう思うかではなく、自分でそれに納得出来ない。許せない。

そういう気持ちを、僕は否定出来ない。

僕だって、自分の実力が不足していると思えばフェニクスパーティーを自発的に抜けていただろう。僕とあいつは友達だけど、同じ道を選んでおいて自分が相手に大きく劣るなら、悔しくて情けなくて、とても一緒にはやれない。対等な仲間ヅラして、並んで歩くことを自分に許せない。

「その……どんな分野でも、実力が開きすぎると話が合わなくなるでしょう？」

少し違うが、精霊と契約していない者には、精霊との関係性というものがよく分からない、みたいなものだろう。

あるいは僕で言うと、普通の【黒魔導士】に黒魔術は理解出来ない、という感じかもしれない。スタート地点が同じ、一つの分野・職種があったとして。そこに属する全ての人間が共感出来るものがあるとすれば、それは極初期に味わう苦労や喜びなどだろう。

その道を極めた者の苦労を、初心者が理解することは難しい。場合によっては、何を言っているかさえ分からないなんてこともあるに違いない。

良い悪いの話ではなく、そういうことがある、というだけの話。

「貴方が悩んでいる時、貴方が喜んでいる時、それが何故なのか、どういうものなのか、理解出来ない程に離れてしまうことが、私は恐ろしいのです」

彼女が危惧しているのは、それか。

魔物として、戦う職業の者として、僕と致命的なまでに距離が出来てしまい。

同じ舞台にいるのに、別の生き物のような隔たりを感じるようになること。

そんなことはないよ、と言うことは……出来ない。

「それに……こんなことを言うのはおこがましいかもしれませんが……」

「なんだい？」

躊躇《ためら》いを見せたが、彼女は最終的に口を開いた。

「く、悔しいではないですか。私はレメさんを尊敬していますし、手伝えることがあればいくらでも手を貸したいと思います。でも、私も魔物なのです。仲間だからという理由で競争心を捨てられるほど、私は出来た吸血鬼ではないのでしょう」

「…………」

「ご、ごめんなさい。よく分からないですよね、すみません、変な話をして」

彼女が顔の前でパタパタと手を振る。今自分が吐き出した言葉を、かき消そうとするみたいに。

「いや、そんなことないよ。僕は今、うん、すごく喜んでる。感動してると言っていい」

「……え？」

本当だった。

彼女の言葉に、胸が震えている。

「僕が、フェニクスのことをライバルだと思っていると言ったら、笑うかい？」

「ま、まさかっ。実際にレメさんは【炎の勇者】に勝利しています。お二人をライバルと称することに異議を唱える者はいないでしょう」

「それはレメゲトンの話だよね。たとえばフェニクスパーティー戦の前、【黒魔導士】レメが初対面の君にそれを言ったなら？」

「そ、それは……。それでも、私はレメさんを笑ったりはしません」

「ありがとう。ミラさんは優しいね。けど、大多数の人は取り合わないと思うんだ。【黒魔導士】ごときが、四大精霊本体の契約者と自分を対等だと思ってるなんて、笑い話にもならない」

「………そのように考える者は、確かにいるでしょうね」

彼女は苦しそうに、だが首肯《しゅこう》する。

「うん。でも、僕は本気だった。フェニクスのことは誰よりも知っているし、認めている自信がある。けど、それでも僕は自分があいつに劣っているとは思わなかった。思ってはいけなかったんだ。僕らは、互いに『こいつとなら一位になれる』と思って組んだんだから。僕の側から、勝手に自分の価値を下げてはいけなかった」

パーティーを去ることになった時も、僕は自分がフェニクスに見合わないと認めて抜けたんじゃない。

あくまで、パーティー存続の為だ。

「はい」

僕は、心から微笑む。

「僕らも同じだね」

「────っ！」

僕の黒魔法の効果を、知っていても。

魔王の弟子だと判明しても。

魔王の片角を継承した者だと分かっても。

黒魔術を行使出来ると知っても。
【炎の勇者】を倒しても。
ダンジョンの立て直しを成功させ、タッグトーナメントで優勝しても。
多くの強者と契約し、彼らの力を借りられるようになっても。
他の層の作戦立案に携わるようになっても。
角から周囲の魔力を吸収するなんてめちゃくちゃなことに挑戦することになっても。
それでも、彼女は僕を別枠扱いしなかったのだ。
遠いとは感じても。
届かないと諦めることを、しなかった。
とても、とても心が強い人だ。
そんな彼女を心から尊敬する。
そして、同時にとても喜ばしい。
人の滅びた世界で、生き残りに巡り会えたような。
それは、衝撃的で感動的な喜びだった。
「君は僕の恩人で、仲間で、友達で……そして、ライバルだ」
じわり、とミラさんの瞳が潤む。
絞り出すような声で、彼女は応える。
「……は、い」

それから、彼女は一度目を閉じた。

そして、開く。決意に満ちた瞳が、姿を現した。

「私は【吸血鬼の女王】カーミラ。レメゲトン様第一の契約者にして、魔王軍四天王が一角を担う者。必ずや冒険者共を血祭りに上げてご覧に入れましょう。そして、私が貴方様にも劣らぬ魔物であると証明してみせます」

「あぁ」

僕もレメゲトンとして、彼女の決意に応える。

「ふふ」

言い終えると、カーミラはミラさんに戻った。

「私、怖いです」

「あの人たちは、強敵だよね」

レイド戦に臨む冒険者たちは世界屈指の実力者たちだ。怖れを感じるのは恥じゃない。

「あ、いえそちらではなく。レメさんが」

「え、僕が？」

「はい」

彼女は、とても嬉しそうに笑う。その頰は、赤みを帯びていた。

「これ以上ないくらいにお慕いしていると思ったのに、もう、さっきより惹《ひ》かれているんです」

それから、わざとらしく牙を覗かせた。

「あぁ、このままでは、私はレメさんをミイラになるまで吸い尽くしてしまうかもしれません」

「……そ、それは困る、かな」

彼女に吸血された時の、至上の快感を思い出してぶるりと身体が震える。

「そして私は罪の意識から自らもまた命を断つのです」

「誰も幸せになれないね……」

どうやら冗談のようだ。この場合、半分は冗談という感じかもしれないけど。

今も彼女は自身の人差し指の第二関節を丸め、がじがじと噛んでいる。吸血衝動を堪えるように。

「あー、えーと、うん、それで、第三層なんだけど」

やや強引《ごういん》に話を戻す。

このままだと、進んで自分の首を差し出してしまいそうだ。

くすりと笑みをこぼしながら、ミラさんも応じる。

「はい。正直、単純な戦力という意味では第二層は深層に劣りません。その第二層を、退場者二名に収めて攻略するとは……やはり彼らは強敵ですね。気を引き締めねばなりません」

魔王城における深層は第六層から。そこからは『攻略推奨レベル』が『5』となり、超一流の冒険者でなければ挑戦することとさえ許されない。

今回、レイスくんとフランさんは例外的にその先の攻略も許可されている。

もちろん、そこまで進めれば、だが。

「だね」

レイド戦仕様にパワーアップした魔王城は、普段の『攻略推奨レベル』があてにならない。

第一層は番犬の領域から、番犬と『獄炎』の領域にパワーアップ。

第二層は死霊術師の領域から、死霊術師と『陥穽《かんせい》』の領域となった。

無人の朽ちた街。進んでいくと至るところから【骸骨騎士《スケルトン》】と【生ける死体《ゾンビ》】が出てくる。

後者は、それまで第二層で退場した冒険者たちの亡骸《アバター》。それを操るのは【死霊統《す》べし勇将】キマリスさん。

また、その街にはダークエルフである【闇疵《あんし》の狩人】レラージェさんが潜み、刺さった箇所から魔力体《アバター》が腐食する矢を放つ。

『難攻不落の魔王城』に挑めるだけの冒険者たちが、魔物として立ちはだかるだけでも脅威的。

まぁ、フェニクスの奴との戦いで一度ほぼ全滅したらしく、キマリスさんはいたく落ち込んだらしいけれど。

第十層戦で【氷の勇者】ベーラさんの魔力体《アバター》を入手して以降、新たに蒐集《しゅうしゅう》した冒険者たちも強者。

「しかし、あの少年は実に優秀ですね。レメさんを勧誘したという一点だけでも評価に値しますが、それを出来るだけの『目』を確かに持っているようです」

「……レイスくんは、勉強家なんだろうね。僕も驚いたよ」

第二層はレイスくんとフランさんの二人組を軸にする方針だった。

ただ、そこはたった二人のパーティー。自分たちを前面に押し出すのではなく、一流のパーティーに上手く指示を出していた。主に頼ったのはスカハパーティー。先の戦いで信頼を勝ち取ったのか、スカハさんたちはレイスくんの判断に従って行動。

他の面々も、主軸とする二人を立てるよう動いた。

セオさんの糸を進行方向に張り巡らせ、罠の有無を確認。

パワーアップした『陥穽』……つまり罠の部分はそのほとんどが効果を発揮出来なかった。

十字路の中心に来た時点で敵が襲撃してくることを見越し、エアリアルさんに二箇所、ユアンくんに一箇所、『空気の壁』を作ってもらうことで敵を一方向に限定。

これをヘルヴォールパーティーの面々が撃破。

なんて具合に、各々の武器を最大限活かす采配を見せた。

更に驚くべきは――。

「やはり、レメさんもそう思われますか？」

レイスくんは自分自身も戦闘に参加した。

フランさんの『異形の右腕』は凄まじく、掠っただけでその部位が消し飛ぶほど。

二人の戦いは、どちらも目が離せない魅力があった。

フランさんのは、蹂躙《じゅうりん》だ。

小さい身体に、大きすぎる右腕。

普通なら日常生活を送るのも困難だろう怪腕を操る彼女は、まるで嵐だった。

近づくもの全てが吹き飛び、破壊され、魔力粒子を飛び散らせる。

【破壊者】という【役職《ジョブ》】を体現するが如《ごと》き、鮮烈な暴力。

対して、レイスくんは実に流麗《りゅうれい》。

まるで相手をよく知っているかのような、完璧な対応で【生ける死体《ゾンビ》】を撃破。

僕はそれを、こう予想していた。

「うん。チェックしていたんだと思うよ。魔王城の二層に進出して、仲間を【生ける死体《ゾンビ》】にされたパーティーの攻略動画を」

以前に誰が第二層で退場したかを調べるだけなら、労力こそ掛かるが難しくはない。

だが第二層で【生ける死体《ゾンビ》】にされた冒険者の戦い方を頭に入れる為、それ以前の攻略を研究するとなると大変だ。

【生ける死体《ゾンビ》】はキマリスさんが操っているが、この操作には二種類ある。

彼が直接、細かく操る完全操作と。

単純な命令を出し、後は【生ける死体《ゾンビ》】に任せる部分操作。

脳が無事な個体なら、元の身体の持ち主の判断基準で動かすことも可能なのだとか。

そんなわけで、キマリスさんはフロアボスエリアに座したまま、【生ける死体《ゾンビ》】を操ることが出来るという。

ほとんどは部分操作なので、元の身体の持ち主を研究することには意味がある。

「……まるで、レメさんのようですね」

「あはは……。冒険者オタクは、何も僕だけじゃないからね」

確かに、同業者の攻略動画は観ないという冒険者も結構いる。

ランク上位、話題の人、あとは有望な新人が現れた時だけチェックするという人も多い。

攻略映像を観るには端末が必要だが、これは旅に携帯出来るものではない。

必然、端末の設置された施設を利用する必要が出てくるが、そもそも人気の冒険者は多忙。

仕事の後は、食事なり風呂《ふろ》なりを済ませると暗くなっている。疲労もあって、眠い。

人気になるほど、同業者をチェックするのが難しくなるものだ。

……まぁ僕は第四位パーティーとは思えないほど暇だったので、ダンジョン攻略の時間以外は動画視聴に集中出来たのだけど。

他の四人がインタビューを受けたり、映像板《テレビ》番組に出演したり、コマーシャルを撮ったり、各種イベントにお呼ばれしている間、僕は自由時間であることも少なくなかったのだ。

「私もレメ推しとして散々動画を集めて研究しましたが、あれはとにかく時間を持っていかれるのですよね。自分の好きなものならともかく、勝利の為の研究となると楽しいだけとはいかないでしょうし」

「彼ならやるだろうね」

なにせ、目指す先は【不屈の勇者】だ。

絶対に諦めず、勝利まで進み続ける。

ちなみに退場者の二名は、ヘルヴォールパーティーから一人と、エアリアルパーティーから一人。

ヘルヴォールパーティーは普段戦うことの出来ない冒険者【生ける死体《ゾンビ》】との戦いに熱中しすぎたところで、レラージェさんの矢を受け、一人落ちた。

【崩閃《ほうせん》の剣士】エロイーズさんだ。生物が斬られるとその箇所から砂のように崩壊していくという『崩壊の魔法剣』を持つ優秀な【軽戦士】だったが、キマリスさんの【生ける死体《ゾンビ》】相手には効果が発揮されず、真価を見せられぬまま退場することとなった。

この他、ヘルヴォールさん一人を倒す為だけに建物を破壊して瓦礫《がれき》に埋めたりなどの一幕もあったのだが、彼女は当たり前のように倒壊した建造物から這《は》い出て、楽しげに笑った。

実は、ヘルヴォールパーティーは上位パーティーの中でも攻略中の退場が多い。

真正面から突っ込み、どうにかするというパワフルな方針だからだ。

「本当に十歳なのでしょうか……末恐ろしいどころか、既に恐ろしい少年です」

エアリアルパーティーの脱落者は、【疾風の勇者】ユアンくん。

彼は第一層でグラさん相手に動揺した件以降、冷静さを取り戻し攻略に貢献していた。

だがベーラさんの魔力体《アバター》と対峙したことで動きが鈍り、その隙を衝《つ》かれる形で大ダメージを負い、しばらく経ってから魔力漏出で退場した。

育成期間《スクール》の同期だという話だし、動揺してしまったのだろうか。

ベーラさんもそうだが、戦闘能力的には一線級の人でも、精神状態によってはコロっと落ちてしまったりする。

レイド戦という大舞台で経験を積ませようとは、エアリアルさんも意外とスパルタだ。

……いや、それだけユアンくんに期待を掛けているのだろうな。

そんな中、レイスくんの冷静さは際立《きわだ》っている。フロアボスのキマリスさんは、レイスくんとフランさんペアのコンビネーションを前に撃破されてしまったのだ。

赤子の時からの幼馴染というだけあって、二人の呼吸はぴったりと合っていた。

浅層は辿り着くパーティーもそれなりにいる。動画の数も同様。

そして今回のレイド戦の日程からして、フロアボス単体の強さを短期間で上げるには限度がある。

そこにレイスくんの研究と対策が加わると、丸裸も同然。

【勇者】はそれだけで別格の存在だが、エアリアルさんやフェニクスのように『四大精霊本体の契約者』という要素とは別に、彼は脅威だ。

「でも、勝つんだろう?」

彼女は力強く頷いた。

「はい……！　貴方との出逢いがあったからこそ、今の私があるのです。貴方が四位まで駆け上がったように、私も魔王城の四天王に抜擢《ばってき》されるに至りました。あの日からずっと、貴方を観ていました。今度は……レメさんが私を観てくださいますか？」

「あぁ、もちろん」

十四人へと数を減らした挑戦者たち。

第一層第二層と合計二人のフロアボスを撃退したことで、冒険者側には復活権が一つ与えられた。

だが彼らはその行使を保留とし、十四人のまま第三層への進出を決定。

次の主軸はエアリアルパーティーか、ヘルヴォールパーティーか。

どちらにしろ、業界トップスリーのパーティーが中心となって、吸血鬼を狩る。

これに対するは、四天王を務める【吸血鬼の女王】カーミラ以下、優れた【吸血鬼】の面々。

激突の時は、近い。

第八章
吸血鬼と『眷属』の領域

第三層・吸血鬼の領域は二つのエリアで構成される。

月夜の大森林と、その森を抜けた先に築かれた不死者の館だ。

「よぉし……！　どこからでも掛かってきな、吸血鬼共！」

第三層に足を踏み入れた冒険者たちの中で、一人が叫んだ。

声の主《あるじ》は【魔剣の勇者】ヘルさん。

どうやら、今回の攻略で軸となるのはヘルヴォールパーティーのようだ。

改めて、【魔剣の勇者】ヘルヴォールについて。

今年で二十八となる彼女は、十八で上位十位にランクインにして以降、上位十位以内に君臨し続ける女傑《じょけつ》。

先祖代々伝わる魔王殺しの魔剣ティルヴィングを吊るしているが、滅多に抜くことはない。

健康的に日焼けした肌、芸術的なまでに鍛え上げられた肉体、パーティーメンバーが手入れしているという灰の毛髪。薄く青みがかった灰色の瞳《ひとみ》は、その時の彼女の感情を鮮明に映し出す。

真っ向勝負の力比べが大好きな【勇者】。他の異名に『怪力無双』『豪力の狂戦士《バーサーカー》』『素手で巨人を倒す女』などなど、挙げていけばキリがない。

彼女が魔剣を抜いたのは数えるほど。極《きわ》めて優秀な【魔王】との戦い、あとは『推奨攻略レベル5』のダンジョンマスターである【古龍】戦が有名か。

逆に言えば、そのレベルの強者以外には素手で対処するということ。

「ヘル姉様、足許がぬかるんでいます。お気をつけて」

ヘルヴォールパーティーの【召喚士《しょうかんし》】マルグレットさんは、育ちの良いお嬢さんといった雰囲気の女性だ。実際、とある大商会の次女だとか。

ふわふわとした長髪は明るめのブラウンで、両の横髪は編まれて後頭部で合流している。

僕の元パーティーメンバーだった【戦士】アルバは、かつて「委員長タイプだな」と評していた。

僕にはピンとこなかったが、育成期間《スクール》出の者には通じているようだった。

真面目《まじめ》なまとめ役……というような意味合い、だと思う。

だが厳しい態度をとるということもなく、性格はおっとりしている。

リーダーはヘルさんだが、彼女は細かく指示を出すタイプではない。マルグレットさんのおかげで、パーティーとしてのまとまりがとれている部分は確かにある。

「あー、ちっと歩きにくいかもな」

「霧も出ています、あまり仲間から離れないようにお願いしますね？」

「マルよ、あたしもそれくらいの頭はあるぞ」

「存じていますとも。私が不安に思っているのは、分かっていても突出しかねないヘル姉様の気質ですから」

「……あっはっは」

「あら、目を逸《そ》らすということは、ご自覚が？」

「周囲を警戒してんだよ、リーダーっぽいだろ？」

「うふふ」

「なんか言えや」

ヘルさんのパーティーは【崩閃の剣士】エロイーズが退場済みで、残り四人。

【魔剣の勇者】ヘルヴォール、【千変《せんぺん》召喚士】マルグレット、【轟撃《ごうげき》の砲手】エムリーヌ、【破岩《はがん》の拳闘士】アメーリアが健在。

「うぅ……嫌だなぁ、暗い上に霧出てるしジメジメヌメヌメしてるし、どうして人狼《じんろう》の領域じゃだめだったんですかぁ。そっちメインで戦う方が、ぼくらに合ってると思うんですけど」

「エム、お前姐《ねえ》さんの話聞いてなかったのか？　姐さんだって悩んだんだ。むくつけき人狼の群れと拳《こぶし》を交わすのは確かに心躍《おど》る！　でも種族だけで言えば珍しくないし、それに人狼にはほら、再生能力がないだろ？　最高難度ダンジョンの吸血鬼なら期待出来るってもんじゃねぇか！」

第三層の環境がお気に召さない様子のエムリーヌさんは、一見すると華奢《きゃしゃ》で気弱な女性。長い前髪に片目が隠され、パッと見は読書などが好きそうな文化系の女性のような雰囲気を漂わせている。

だが彼女の得物を見れば、その印象も覆《くつがえ》るだろう。

優に大男一人分の重量を超えるだろう、砲だった。仮に台車があっても複数人で押さねばビクともしなさそうなサイズ。

持ち手と引き金付きのそれは、実のところ最初から個人で運用する為《ため》に製造された武器。

魔法具だ。

妖精《ようせい》や精霊のように、周囲の魔力を吸収する機構を搭載していた。

そして、その魔力によって砲弾を形成するのだ。

ダンジョンは全《すべ》てが魔力で形作られた空間であり、魔力に満ちている。

装填《そうてん》までの間はあれど、ダンジョンにおいてこの魔法具に弾《たま》切れの心配はないということ。

魔力で出来た砲弾の威力は、本物になんら劣らない。込められた魔力によっては上回るだろう。

大砲の弱点ともいえる取り回しの悪さを、エムリーヌさんの超人的な筋力と持久力で解決。

「聞いてたけど、それでも不満が出る時ってあるでしょ〜。ぼくはアメちゃんと違ってヘル姉に盲目的なラブを向けてるわけじゃないんだよ」

「ばっ！　あ、あたっ、あたしは別に！　違いますからね姐さん⁉」

アメーリアさんは【役職《ジョブ》】的にも、ヘルさんと戦い方が似ている。

拳一つで真正面から敵に挑み、撃退するというスタイルに全面的に賛同しているのだった。

「あっはっは、あたしもお前らを愛してるぞ」

ヘルさんの言葉に、マルグレットさんは「あらあら」と頰《ほお》に手を添えて、エムリーヌさんは「わーい」と声だけで反応し、アメーリアさんはぼっと顔を赤くした。

毎度のことだが、一流の冒険者は楽しげに会話しつつも一瞬も気を抜かない。このあたりは慣れで、意識は攻略に向けていても口は普段通りに動くのだ。

声はあとからでも入れられるとはいえ、こういった自然なやり取りを好む視聴者も多い。

さすがに戦闘が始まると、それも難しくなるのだが。

「それにしても、何も仕掛けてこないじゃないか。吸血鬼といえば人を超越した種なんだろう？

まさか冒険者にビビッて隠れているとか言わないだろうな！」

しばらく歩いても襲撃がないので、ヘルさんが挑発するように叫んだ。

戦いたくてウズウズしているのがよく分かる。

「姐さんには勝てやしないと恐れをなしたんですよ、きっと！」

アメーリアさんも乗っかる。これがリーダーに追従するだけの人ならば付け入る隙《すき》もあるのだが、アメーリアさんはただの信奉者ではない。

挑発に乗って飛び出してくる敵がいやしないかと、鋭い視線で周囲を警戒していた。

この森林エリアは下手をすると迷い込んで抜け出せなくなるものなのだが、風精霊の本体と契約したエアリアルさんが周囲の空間を掌握《しょうあく》。風に感覚を伸ばす精霊術によって地形を確認し、館までの道を導き出した。

「前の二層のことを考えますと、第三層にもなにかしら未知の仕掛けがあるものと思われます。ヘル姉様もアメ様も、どうか冷静に」

「それを待ってんだよ。だってのになーんもねぇんだから、滾《たぎ》った血が冷めちまうってもんだ」

マルグレットさんの窘《たしな》めるような声に、ヘルさんはつまらなそうに応《こた》える。

だがそんな退屈も、そこまで。

「ヘルヴォール。冷めた血を火に掛けた方がいい――お待ちかねだ」

エアリアルさんの言葉が出る頃には、全員が戦闘態勢。

「ようこそおいでなさいました、下等生物《ニンゲン》の皆々様」

霧の中から現れたのは、ドレス姿の吸血鬼。

その顔はヴェールと目を覆《おお》う仮面によって隠されている。

金の毛髪と衣装からは【吸血鬼の女王】カーミラを連想させるが、その身長や胸部は似ていない。

【串刺し令嬢】ハーゲンティ。

彼女は優雅な仕草で一礼してみせると、凄惨《せいさん》に笑う。

「今宵《こよい》は何用で？」

「てめぇら全員ボコしに来たんだよ」

ヘルさんの答えは乱暴で、端的。

「ふふふ、活きの良い女性ですこと。その美しい肌に直接牙《きば》を立てたら、きっととてもも気持ちいいのでしょうね」

「あたしに勝てたら好きにしな」

「素敵」

ハーゲンティさんが指を鳴らす。

それを合図に、戦いが始まった。

葉擦れの音が蝙蝠《こうもり》の亜獣の襲撃を知らせ、霧の中から複数の人影――吸血鬼が現れる。

「あたしは【魔剣の勇者】ヘルヴォールだ！　簡単に狩られてくれるなよ、吸血鬼共！」

「ハーゲンティですわ。【串刺し令嬢】などと呼ばれているようですが、ご安心を。貫くのは美しくない男共だけですから」

「おいおい、つれないことを言うなよ！　お前さんも、全力出せないままに退場すんのは本意じゃねぇだろう？　串刺しでもなんでも、出来ることは全部やるといい！」

ハーゲンティさんの負けを前提としたその言葉に、彼女の肩がぴくりと揺《ゆ》れる。

無論、怒りで。

「……そんなに熱く求められては、応じないわけにはいきませんわね」

ハーゲンティさんは両腕を自身の背中で交差させる。彼女のドレスは背部が晒《さら》されたデザイン。

露出した白い肌に深く爪《つめ》を立て、そのまま肌を割くようにして両腕を戻す。

流れ出た鮮血は肌を這《は》い、または宙に飛び散り、されど地に落ちることはなく。

彼女の背中から生える、二本の巨大な鞭《むち》と化した。

それを見たヘルさんは、唇《くちびる》の片側を上げながら手招き。

「来な」

「少しだけ、激しくいきますわよ」

次の瞬間、鞭は消え――違う。

左右からヘルさんを挟み込むようにして振るわれていた。

空気の壁の弾《はじ》けるような音。

女性に優しく男性に乱暴なハーゲンティさん。

普段は男の冒険者を雑に即死させる為に振るわれる鞭。それも二本。

ヘルさんは高速の血の鞭を、それぞれ抱え込むように捉《とら》えている。

その顔には、楽しそうな笑みが。

「まぁまぁ速いじゃない――かっ」

「お褒《ほ》めに与《あずか》り光栄ですわ」

ハーゲンティさんの攻撃は二段階目まであったのだ。

鞭を抱えたヘルさんは当然、両腕が塞《ふさ》がっている状態。

そこでハーゲンティさんは鞭の根本を己《おのれ》の体内に戻すことで得物の長さを縮め、それによってヘルさんに向かって急加速。ガラ空きの腹部に渾身《こんしん》の蹴《け》りを叩《たた》き込《こ》むことに成功。

「いいねぇ。それで、次は？」

並の人間ならば身体が破裂してもおかしくない蹴りにも、ヘルさんはピンピンしている。

それどころか、ハーゲンティの腰に腕を回し――締め上げた。

「――ぐ、ぅ！　あ、あら、熱烈なハグですこと」

「純粋な好奇心で訊《き》くんだが、吸血鬼をぴったし二等分に引き千切ったら、どっちから再生するんだ？」

「試してみてはいかが？　出来るものなら、ですけれど」

「むっ？　おぉ……面白《おもしろ》いじゃないか、なるほど串刺しね」

ハーゲンティさんを捕まえるヘルさんの腕や腹部から、血が滴《したた》っている。

【串刺し令嬢】は己の血を棘《とげ》状にして身体に纏《まと》わせていたようだ。

ヘルさんの体に無数の穴が空く。

「じゃあ、圧《へ》し折るぞ」

だが、ヘルさんの力はまったく緩むことがなかった。

ハーゲンティさんの身体が軋《きし》みを上げる。

◇

時は第三層戦開始前に遡《さかのぼ》る。

場所はリンクルーム。

【吸血鬼の女王】カーミラ以下、配下の者達が集まっていた。

つまり、私と豚たちである。

「今宵、我々の領域に踏み入る不届き者共は、並の冒険者ではないわ。その実力は【勇者】以外であっても、単騎で吸血鬼を打倒し得るもの、と言えば伝わるでしょう」

さすがは吸血鬼、その言葉を受けて怯《おび》える者はいない。

「心して掛かりなさい……と、言ったところでそう簡単に気は引き締まらないもの。よってこの私が、鼻先に餌をぶら下げてあげる」

ぴくぴくっ、と主にハーゲンティが反応した。明らかにわくわくそわそわしている。

「活躍に応じて褒美《ほうび》を与えるわ」

「ひゃっほーうっ！」

子供のように飛び跳《は》ねるハーゲンティ。

他の者達《たち》も、冷静に努めようとしてはいるが動揺を抑えきれていない様子。

「万が一にも【勇者】を退場に追い込む者がいれば……そうね、上司と部下という関係性を逸脱しない範囲で、どのような要望にも応えてあげる、というのはどうかしら」

リンクルームがざわつく。

だが、私が靴の先でタンッと短く音を鳴らすとすぐに静まった。

「お、お姉さ……いえ、カーミラ様っ。た、たとえばそれは……共吸《ともす》いでもよろしいのですか？」

再び場の空気が揺れる。

共吸いとは、吸血鬼が互いに血を吸い合う行為を指す。

かつて、吸血鬼は人を襲って血を吸っていたが、理由は味が好みだったから、ではない。

最も多く、また個々の力が弱く、それでいて他の動物より魔力に富むという条件から、別の意味で『美味《おい》しい』獲物だったというだけ。

吸えるものなら、魔人や勇者から吸ったことだろう。格別の魔力が味わえただろうから。そして、それでいえば同族でも構わない。人を超越した種と言われるだけあり、吸血鬼は魔力に富む。

だが同族狩りは人と比べて難易度がとても高い、または同種ゆえの忌避《きひ》感、血族によっては秩序を保つ為に禁止された、などなどの理由で滅多に行われなかった。

だが、美味《うま》いことは美味いのだ。美味《びみ》には違いないのだ。

で、どこぞの誰《だれ》かがどういう経緯か、試した。同時に吸う、ということを。

吸血鬼は被吸血者に至上の快楽を与える。吸われたら気持ちよくなるのだ。

そして美味しいものを食べた者も、また幸福感を得るものだ。

吸血鬼が互いに吸い合うと、それらを互いが同時に得る。

とてつもない幸福感と満足感が脳髄《のうずい》を支配するわけだ。

ハーゲンティは、それをしてくれるのかと問うている。

「私の牙《きば》が、勇者ごときと釣り合うと？」

「！　た、確かに……！　し、失礼しましたわ、カーミラ様！」

【勇者】を倒したならそれくらいのご褒美はあげても構わないと思うのだけれど、レメさん以外の血を口に入れたくなかった。

とはいえ、褒美を与えるといった手前、部下の求めるものを否定するだけではよくないだろう。

「けれどそうね、欲するというのであれば、血は与えましょう」

ハーゲンティが膝《ひざ》をついた。ヨダレを拭《ぬぐ》ってから続ける。

「くっ……凄《すご》すぎる……！　と、ところで直接は……もちろんだめですわよね。ではそのおみ足に垂《た》らした血を、わたくしめに舐《な》めさせていただくというのは……」

この子、本当に大丈夫かしら？

と少し不安に思うものの、実のところドン引きというほどではない。

私も吸血衝動がすごいことになって、レメさんに恥ずかしいことを言ってしまうことはある。

吸血鬼にとって、好ましい相手への血の欲求というのは、凄《すさ》まじいものなのだ。

この子の場合、そこに自分の性的嗜好を反映させ、相手にぶつけることに躊躇《ためら》いがないという部分が若干アレではあるけれど。当人の優秀さを考慮し、許容範囲というところでしょう。ええ。

「【勇者】を倒したその時は、考えましょう」

「～～～～っ‼」

ハーゲンティの身体が期待に震える。

「ふ、ふふふ、ふーっはっはっは！　感謝いたしますわカーミラ様！　あたしもこの者たちも、吸血鬼の矜持《きょうじ》に懸けて勝利を摑《つか》んできましょう！」

呼応するように、他の豚たちも願望を垂れ流し始める。

「【勇者】で血をいただけるのか……他の冒険者だとどんな褒美がいただけるのだろう」「俺《おれ》は……椅子《いす》にしていただくんだ」「ならば俺は足置きだ」「……！　お前、それはッ⁉」「肉体的接触を求める内は二流……私は仮面の下の瞳に……睨《にら》んでいただく」「！　その手が――ッ！」

全員どうしようもないが、これは吸血鬼がみんなこうなのではない。

過去の職場での出来事やレメさんに救われた一件で、彼以外への男性に対して拭えない嫌悪感を抱いた私は、少々厳し目に部下の育成に取り組んだ。

結果、気づけばこんな具合になってしまったのだ。

ハーゲンティは別だが、他の女性吸血鬼は普通……だと思う。

熱い視線やらうっとりした瞳やらを向けられている気がするが、普通でしょう。

士気も高いし統率に問題もないので、気にしないことにしていた。

「さぁ、往《い》きなさい」

部下を送り出し、私もまた自らが敵を待ち構える夜の館へと向かう。

◇

【吸血鬼】のみなさんの動きが、なんだか普段よりも良いように感じるのは錯覚か。

こう、やる気が漲《みなぎ》っているというか。

とはいえ、冒険者たちも一筋縄ではいかない猛者《もさ》ばかり。

たとえばスカハパーティー。

【糸繰り奇術師】のセオさんは十指《じっし》に嵌《は》まる指輪タイプの魔法具から放つ糸で敵を絡《から》め取り、そのまま細切れにするところだった。

が、その【吸血鬼】はすんでのところで自らの身体を霧に変え、糸から脱する。

【無貌《むぼう》の射手《しゃしゅ》】スーリさんの『神速』が複数の急所を貫き、【遠刃の剣士】ハミルさんの剣型魔法具による『飛ぶ斬撃《ざんげき》』が敵を真っ二つにするも、即座に再生し動き出す。

【迅雷《じんらい》の勇者】スカハさんは宙を舞う蝙蝠《こうもり》の群れを雷撃で焼き尽くしつつ、迫りくる【吸血鬼】

の胸に雷の聖剣を突き刺し、感電した相手の魔力器官がある腹部を切り裂いた。

それをやられた敵は再生することなく、魔力粒子と化して退場する。

「吸血鬼の再生は言ってしまえば強力な『治癒《ちゆ》』に過ぎない！　頭と魔力器官を同時に潰《つぶ》せばそれで済む！」

頭を残せば、魔力器官から体内に流れる魔力や、既に魔法として組み上げた魔力で生存を許してしまうかもしれない。

頭を潰しても、事前に組んだ魔法はそのまま発動して、再生が始まるかもしれない。

だが同時にどちらも潰されると、さすがにそれ以上は手がない。

スカハさんの言っていることは正しいが、吸血鬼の身体能力があっては実現は困難を極める。

吸血鬼特有の【役職《ジョブ》】は三つ。

【操血《そうけつ》師】――血を操《あやつ》る能力に特化した者。カーミラとハーゲンティがこれだ。

【変生《へんじょう》者】――肉体を変化させる能力に特化した者。

【半不死】――再生能力に特化した者。

スカハさんの言った倒し方も、先の一回は上手《うま》くいったが毎度こうはいかない。

肉体変化の能力を用いて、魔力器官の位置をズラす者もいるのだ。

百発百中のスーリさんさえいまだ敵を落とせていないことからも、厄介《やっかい》さが分かるというもの。

スカハさんの声を聞いた仲間の反応は二種類。

一つは実践しようと動く者。

もう一つは……自分のやり方を貫く者。

「はっはぁッ！」

【破岩の拳闘士】アメーリアさんの拳を霧化《きり》で避けた【吸血鬼】。

その背後にあった巨木はなんと――圧し折れた。

ごご、という音を立てながら大樹が倒れていく。

「逃げんなよ吸血鬼！」

とても楽しそうに敵を追い回している。たまに迫る蝙蝠は握りつぶしてポイッ。多少噛《か》まれてもプチ、ポイッ、プチ、ポイッという感じで気にした様子がない。豪快だ。

彼女は特別パンチ力が突出している……のではない。

間違いではないが、秘密はその右手を包む黒い手袋にある。

こちらも魔法具で、能力は『衝撃の吸収と解放』。

ただし、吸収出来るのは『自分が与える筈《はず》だったダメージ』のみ。

自分の拳に返ってくる衝撃は吸収出来ないし、他者の攻撃による衝撃を吸収することも出来ない。

衝撃吸収という字面から受ける印象と比べると、便利な能力とは言えないだろう。

彼女は拳を壊さない範囲で日々コツコツと衝撃を溜《た》め、それを攻略で解放するという使い方をしている。

ある意味、僕の角と同じかもしれない。魔力貯金を、戦闘で使うみたいな。

拳による打撃の衝撃貯金だ。

大木を圧し折るとなると相当量を消費した筈だが、アメーリアさんに気にした様子はない。

そんなアメーリアさんの『大放出』を素で出せるのがヘルさんだった。

背骨を折られるかと思えたハーゲンティさんは、すんでのところで霧と化して脱出。

血の操作、変化、再生。これらは吸血鬼の標準能力で、【役職《ジョブ》】はそのどれに特化しているかを示すもの。【操血師】であるハーゲンティも、変化能力自体は有している。

ただ大きく距離をとることは出来なかったらしく、ヘルさんのすぐ側で実体化していた。

「おぉ、器用だな」

「『屠龍《とりゅう》の末裔《まつえい》』……」

吐き捨てるように言うハーゲンティさんと、肩を竦《すく》めるヘルさん。

『屠龍の末裔』は数ある異名の中でも、その実績ではなく能力から付けられたもの。

彼女が魔王殺しの末裔なのは誰もが知るところだが、具体的にどの魔王かを知っている者となると数が減る。

その魔王は、ドラゴンと魔人のハーフだったそうだ。

討伐時に返り血を浴びたヘルさんのご先祖様は、不死に近い能力を手に入れたのだという。

伝説としてはありがちだが、嘘《うそ》というにはヘルさんの身体は頑強にすぎるのだ。

耐久力もそうだが、その自然治癒力は『再生』の域に達している。

失われた血が戻るわけではないが、傷は既に塞がっていた。

「なんだぁ、まさかズルとでも？　それか、再生は吸血鬼だけのものとでも思ってたか？」

「いいえ、吸うのに難儀《なんぎ》しそうだなと思いまして」

「威勢が良いのは好きだぜ」

すぅ、とハーゲンティさんは深く息を吸い込み、静かに吐き出した。

その頃には彼女の右腕に血が纏わりついており、彼女の周囲には円錐《えんすい》状の血の槍《やり》が幾《いく》つも展開されていた。

「貫き、殴ります」

「いいじゃないか」

二人の戦いはまだ終わりそうにない。

「はぁ……速い強い美形……吸血鬼ってやりにくいなぁ」

そうぼやく【轟撃の砲手】エムリーヌさんは、巨大な砲を難なく抱えて移動している。

その背後に迫る【吸血鬼】の影。

「夜闇《やみ》と霧に乗じて襲撃って……いかにもすぎない？」

エムリーヌさんは振り向きもせず迎撃《げいげき》。

大砲を肩に背負うことで砲口を即座に後方へ向け、逆向きになった引き金を押す。

轟音《ごうおん》。

腰から上が吹き飛んだ男性は再生することなく退場。

魔力弾はその後も進み続け、森の奥へと消えた。

「大した威力だな」

彼女を襲う別の【吸血鬼】の声。

「はぁ、どうもです」

気づけば囲まれているエムリーヌさん。

「しかし、砲は一つ。一度に全方位は撃てまい」

「せいかーい。そこに気づくとは、天才？」

「……」

一斉に躍りかかる彼らはしかし、そのほとんどが彼女に触れることも出来なかった。

「ほーいっと」

ガシャン、と音がしたかと思うと、砲の中心部から――柄が生えた。

大砲が一瞬で――大槌《おおづち》になったのだ。

ぐるりと回転しながら大槌を振り回すエムリーヌさん。

【吸血鬼】たちが吹き飛ぶ。

「あれ、避けた子もいるんだ」

冒険者たちの最低限の情報は、魔王軍の魔物たちに共有していた。

実際に対応出来るかは別だが、対応出来た者もいるようだ。

潜《くぐ》り抜けるなり霧化するなりで回避した者たちが彼女へと迫る。

「じゃあ、どっかーん」

大槌状態で、引き金を引く。

発射された魔力製の砲弾によって二人の【吸血鬼】が千切れ飛び、その反動を活かした大槌の一撃で最後の一人も弾け飛ぶ。

あとには反動でくるくると回転し、疲れた様子で大槌を地面につけるエムリーヌさんだけが残る。

その頬には爪で裂かれたのか、一筋の傷が出来ていた。

一度目の砲撃で微動だにしなかったことからも分かる通り、【砲手】である彼女は衝撃を殺すことにも長《た》けている。

のだが、たまに衝撃に流されてみせるのだった。

「うーん、働いた働いた。すごく頑張った」

満足げな顔で頷《うなず》く彼女だったが……。

「……な、なーんちゃって。もっと狂騒に身を投じたいな～。ぼくもヘルパだしな～」

【千変召喚士】マルグレットさんの視線を感じたのだろう、エムリーヌさんが背筋をピンと伸ばした。

そんなマルグレットさんはというと――最初とは衣装が変わっていた。

今の彼女は修道服めいた衣装に身を包んでいる。

かなりレアな魔法具で、黒魔法への耐性を持ち、不意の一撃を弾く効果がある。

「美しき女性の血を好んで啜《すす》るなど、許されることではありませんよ」

もう一つ、金色の十字架。

これも魔法具で、魔を祓《はら》う効果があるとされる。

実際は魔力の流れを乱すもので、吸血鬼で言えば血の操作、身体変化、再生能力全てに支障をきたす相性最悪のアイテムだ。

彼女は商才があるらしく、最初こそ実家の商会の力を借りたものの、すぐに利子をつけて返すほどまでの成功を収めた。

そうやって得たお金で彼女がしたことは、魔法具の蒐集《しゅうしゅう》。ヘルヴォールパーティーのメンバーが持つ魔法具は、ヘルさんの魔剣を除けば全てマルグレットさんが入手したものだ。

財力だって一つの武器。視聴者からすれば、面白ければそれでいい。

もう一つ彼女の特殊なところは、彼女の【召喚士】としての能力にある。

元々は僕の指輪のように、何者かと契約し、これを召喚する術に秀《ひい》でるのが【召喚士】。

だが彼女はどういうわけか、意志なき物とも契約出来るというのだ。

彼女は攻略ごとに、その瞬間必要なものを自分の手許に呼び寄せる。

ちなみに衣装の場合は重ね着による見栄えの悪化を避ける為か、彼女は一度全裸になる。

もちろん攻略動画ではギリギリ大事なところは見えないように上手くやっているが、その際《きわ》どい映像に沸くファンもいるのだとか。

当のマルグレットさんと言えば、非常に堂々としたものだった。

のちのち編集されるとはいえ、映像室で観《み》ている僕や魔王城職員の目にはどうしても映ってしまうので、一瞬気まずい空気が流れたような気がした。

「では、お願いしますね？　ニックさん？」

ニックさんというのは、彼女が契約している熊の亜獣の名前だ。

そう、生き物は生き物で召喚出来るのだ。

普段は森の主をやっているというニックさんが、その爪を【吸血鬼】へと振り下ろす。

十字架の所為《せい》で能力を大きく低下させられた【吸血鬼】は、そのまま退場。

こう書くとまるで冒険者たちが圧倒しているようだし、実際まだ退場者は出ていないのだが、冒険者サイドも確実にダメージを負っている。

ヘルさんやアメーリアさんはダメージを無視して戦い続けているだけだし、【吸血鬼】を上手く捌《さば》いているエムリーヌさんとマルグレットさんも、蝙蝠の亜獣には対処し切れておらず何度も吸血されていた。生命活動を維持できぬレベルまで血を失えば、魔力体《アバター》は崩壊する。

無傷と言えるのはヘルさん以外の【勇者】たちと、【サムライ】マサムネさん、あとは【無貌の射手】スーリさん、【遠刃の剣士】ハミルさんくらいのものだった。

魔物側だけが凄まじい勢いで退場者を出している状況だが、『削り』は確実に効いている。

「あっはっは！　ちょいとつついたくらいで弾けて消える魔物と違って、魔王城の【吸血鬼】ともなると殴り甲斐《がい》があるじゃないか！　気に入ったよ！」

……効いている、筈。

それに、『仕込み』はとうに済んでいるし、その策は今も進行中。

「うん、大体分《だいたい》かったかな」

【湖の勇者】レイスくんがニコッと笑う。

空気の壁のようなものを展開しているらしく、蝙蝠たちは彼に嚙み付けないでいる。

「血の操作は自分から離れるほどに影響力……操作感度が悪くなるみたいだね。それに
の血だし、身体から切り離して使うにも限度がある」

投擲《とうてき》された血のナイフは空中で軌道を変えることも出来る。

フランさんを襲うそれを、土魔法による防壁で防ぐレイスくん。

攻撃した本人は、即座に距離を詰めたフランさんの右拳によって吹き飛んだ。

防壁に突き刺さったナイフは、その持ち主が離れすぎたためか、武器の形状を保てなくなって液体に戻る。

「身体変化の応用で魔力器官の位置をズラすのも面白いけど、隠し場所の選択肢が少なすぎる」

無理やり臓器の位置をずらすだけでも驚異的だが、他の臓器との兼ね合いがある。

強引《ごういん》な移動はどうにかなっても、位置の交換となると手間だ。

つまり、咄嗟《とっさ》の回避においては、魔力器官の移動空間は限られるのだ。

腰から下には隠し場所がないし、強引に移動させてもすぐにそうと分かる。

最終的に、吸血鬼を一度に殺し切るには上半身ごと吹き飛ばせばいいという結論に至るのだ。

「再生させずに倒すなら、こうすればいい」

レイスくんと【紅蓮《ぐれん》の魔法使い】ミシェルさんの爆破《ばくは》魔法が、ほぼ同時に炸裂《さくれつ》。それぞれ【吸血鬼】を退場させる。

「あと霧化もさ、なってる間はものを考えようがないよね？　事前にどこで実体化するか決めてか

ら霧になってるなら……うん、そこかな？」

フランさんに握りつぶされる寸前で霧化した敵が、少し離れた場所で実体化した。

だが、その【吸血鬼】は胸を押さえたかと思うと、次の瞬間——全身が弾け飛んで退場。

退場システムのおかげで飛び散るのは魔力粒子だけだが、なんとも恐ろしい技だ。

……おそらく、事前に吸血鬼の視線などから予測した実体化位置に、圧縮された空気の箱なり球なりを配置していたのではないか。

【吸血鬼】はそれに気づかず実体化。体内から圧縮空気が解放され、肉体を巻き込んで爆《は》ぜた。

「それにしても頑丈だね。狙《ねら》いをつけるのは難しいし、一度で倒そうとすると魔力も喰《く》う。【吸血鬼】か、厄介な魔物だ」

と、敵を高く評価するレイスくん。

彼自身は、だが、無傷のまま。

今回のレイド戦が初の実戦とは思えぬほどの、安定感と強さ。

四大属性全てを高いレベルで操るその実力は、既に一線級。

【吸血鬼】の集団は冒険者たちに着実にダメージを与えつつも、壊滅した。

そして、【魔剣の勇者】と【串刺し令嬢】の戦いにも、決着の時が訪れる。

進行方向上に無数に突き出る血の円錐を、ヘルさんは砕き、弾き、踏みつけ、時に無視し、ゲンティさんとの距離を強引に詰める。

「来いハーゲンティ！　そろそろ終いだ！」

「上等ですわ……！」

ハーゲンティさんは戻せるだけの血を手許に戻し、右拳に纏わせる。

もはや勇者ヘルヴォールの拳からは逃げられぬとの判断か。

彼我の距離が消し飛び、その拳が正面からぶつかり合う。

空間が震え、木々がざわめいた。森が鳴くような音が響き、周囲の冒険者たちの髪が衝撃波によって、風になびくように揺れる。

「……ちっ、何が上等だ。ハーゲンティの奴……」

ヘルさんは複雑な表情で笑っている。

勝敗で言えば、ヘルさんの勝利。

だがそれは、彼女の望む単純で純粋な正面激突によって得られたものではなかった。

「姐さん！」

自分もまた傷だらけだというのに、そんなことは気にならないとばかりに駆け寄る【破岩の拳闘士】アメーリアさん。

「大丈夫だっての。ただ、さすがにこれは生えてこないがな」

そう笑うヘルさんは、右腕を付け根から失っていた。

ハーゲンティさんはヘルさんの流儀に合わせて闘志を剝《む》き出しにした——のではないのだ。

激突の刹那《せつな》、彼女の拳を包んでいた血の装甲は形を変え、獣の牙と化した。

そのままヘルさんの右腕に深く牙を突き立てることに成功。

構わず拳を振り抜いたヘルさんによって大樹を何本も薙《な》ぎ倒すほどに吹き飛ばされたハーゲンティさんは、退場。

だがそれによって、ヘルさんの右腕も千切れ飛んだ。

「大した忠誠心じゃないか。この奥にいる奴なら、あたしを倒せると、ハーゲンティはそう思ったわけだ。わずかでもその助けになればと、こんなことをした」

ヘルさんの治癒能力を直接目《ま》の当《あ》たりにしたハーゲンティさんは、右腕一本の喪失で彼女が退場しないことは分かった筈。部下が全滅した中、勝つことではなく右腕を持っていくことを優先した。

個人の勝敗ではなく、チームの勝負へと繋《つな》げたのだ。

「ははは！　今から楽しみでならないね、【吸血鬼の女王】に早く逢いたいもんだ！」

そう話している間に傷口は塞がったらしく、魔力流出が止まる。

拳で戦う【勇者】ということを考えると、強力な武器を奪ったハーゲンティさんの功績は大きい。

一行《いっこう》はその後、警戒を解かずに森を抜け、ついに館の前まで辿《たど》り着いた。館の玄関ホールに入ると、執事服の男性【吸血鬼】一人と、大勢のメイドが冒険者たちを迎える。

その場で戦闘……ではなく、レイド戦仕様のルール説明が始まる。

魔王軍四天王にして、第三層のフロアボスを務める【吸血鬼の女王】カーミラ。

彼女は館のどこかに設けられた教会の、石壇上に置かれた棺《やかた》で眠りについている。

森の吸血鬼は彼女を守る配下であり、彼らに負けるようでは話にならない。仮に森を抜けような実力を持った者たちが自分の許に辿《たど》り着いた時、カーミラは目を覚ます。

そして、自身の下に隠された第四層への扉を守護せんと、冒険者たちに血の刃《やいば》を振るうのだ。

そう、彼女は第四層への扉から片時も離れぬよう、自らその上で眠りにつき、扉の守護にあたっているのである。

というのが、設定だ。

館の外観は常に同じだが、内装……というか各部屋の構造は毎回別。

他の冒険者の攻略から、教会の位置を特定することは出来ない。

また、カーミラの許へ辿り着くには『錆びた燭台《しょくだい》』『死人の蠟燭《ろうそく》』『黒い炎』という三つのアイテムが必要。それらを揃《そろ》え、火を灯した蠟燭を燭台に差した状態で教会の扉前に設置すると、扉が開くという仕組み。

通常はパーティー全員で館の各部屋を捜索し――時に罠《わな》や伏兵などの脅威に対処しつつ――三つの必須アイテムの他、施錠された部屋を開ける為の鍵《かぎ》や、地図などを手に入れてカーミラに近づく。

しかし今回は人数が多いので、部屋の捜索はパーティー単位という条件が設けられた。

エアリアルパーティー、ヘルヴォールパーティー、スカハパーティー、レイス&フランの四パーティーがそれぞれ一部屋ずつ捜索していくわけだ。

映像板《テレビ》的には、大変ありがたい提案だろう。

大人数が一度に戦うというのがレイド戦の盛り上がりどころではあるが、それはそれとして各パーティーファンは自分たちの推しに活躍してほしいと思うもの。

集団がバラバラになって戦うことになる……というのも、ある種の王道展開だし。

「ふーん、別に構いやしねぇが、質問が二つある」

「なんでしょう」

ヘルさんの言葉に、執事が答える。

「ご親切にベラベラ説明垂《た》れた理由は?」

「貴方《あなた》がたの横暴を抑止する為です。こちらが最後の説明になりますが、屋敷や部屋の破壊による強引な攻略が確認され次第《しだい》、カーミラ様はそのお命を以って、魔王様へ続く道を封印なされます。礼儀なき侵入者を、魔王様の許へ行かせるわけにはまいりませんから」

ダンジョン攻略は、何も魔物とのシンプルなバトルだけを指すものではない。

謎《なぞ》解き、トラップへの対処などを含む、あらゆる探索行為を指すのだ。

そしてこういう探索系だと、時に気の短い冒険者が痺《しび》れを切らして暴《あば》れることがある。

話を単純化しようと、たとえば目的地が地下なら床をぶち抜こうぜ、みたいなことを言う人も。

そもそも禁止されてはいるのだが、そういったことが起きないように釘を刺しておくわけだ。

命をかけて云々《うんぬん》というのは、そういう設定だよというだけのこと。

実際にそういう能力はカーミラにはないし、普通に冒険者たちが失格処分になるだけだ。

故意に『屋敷を破壊して攻略時間を短縮する』行為でなければ、もちろん失格にはならない。

「ふーん。ルールは守れって話か。いいぜ、こっちは確かに侵入者側だ。無視して魔王と戦えなくなるのは困るからな。で、二つ目だが——お前らは戦わないのかってことだ」

ヘルさんの様子だと気づいているのかいないのか判断がつかないが、普段の第三層は執事とメイドのお出迎えはない。

代わりに暗い玄関ホールにはテーブルがぽつんとおいてあり、その上に紙で最小限のルールが記されている。

今回はレイド戦という大舞台ということもあり、華やかさを演出した……というのが理由の一つ。

理由のもう一つは当然――。

「我々もカーミラ様の配下、侵入者を排除する術は心得ております」

「そりゃあいい、好みの展開だ……これで屋敷がぶっ壊れても失格とか言わねぇよな？」

「我々の打倒は、正当な攻略と認められましょう」

「話の分かる奴《やつ》らじゃないか！」

と、早速戦いに発展。

森を潜《くぐ》り抜けてきた猛者たちを前に、ほどなくして執事とメイドさん方は退場。

各パーティーごとの探索が始まった。

たとえば、ヘルヴォールパーティー。

「明らかにヒントですって紙が置いてあるぞ。なになに……『闇より暗き輝きは、地上より死に近い場所に……』なんて読むんだ、これ」

ヘルさんはある部屋のテーブルで見つけた紙を、【召喚士】のマルグレットに渡す。

「『幽閉《ゆうへい》されているだろう』……です、ヘル姉様。確かに、難しい表現かもしれません」

「いや、意味は分かる。読めなかっただけだ、助かったよ」

「お役に立てたようでなによりです……と言いたいところですが、私たちは仲間ではないですか。補い合うのは当然のことですよ」

「……危なかったぁ。『ヘル姉ってば育成機関《スクール》で何してたんですか？』って言うところだったぜい。マルっちみたいにフォローするのが正解だったか～」

わざとらしく汗を拭く仕草をする【砲手】のエムリーヌさんを、【拳闘士】のアメーリアさんがポンッと叩く。

「全部言ってんじゃねぇか、おい」

「いてっ。暴力反対！　アメちゃんの女房気取りっ」

「はぁ⁉」

そんな二人の仲のいい会話を他所《よそ》に、ヘルさんとマルグレットさんの会話は続く。

「つまり『黒い炎』は地下のどっかにあるってことか？　幽閉っつーと、金庫か何かの中かもな」

「ええ、そのように思います」

「まずは確かめるか？　鍵を探すのもいいが、考えすぎってこともあるかもしれんしなぁ」

ヘルさんは残った左手で、ぼりぼりと頭を掻《か》く。

「ひとまず、確認に向かってみてはどうでしょう」

「……んー、そうだな。頭を使うのはマル、お前に任せる。頼むぜ」

マルグレットさんは嬉《うれ》しそうに微笑《ほほえ》んだ。

「はい」

エアリアルパーティーはリーダーが万能なので、謎解きもエアリアルさんが担当。あとは【錬金術師】のリューイさんも賢いので、二人で取り組んでいた。

スカハパーティーも同様で、リーダーの他には【狩人《かりゅうど》】のスーリさんが頭脳派のようだ。

【戦士】のハミルさんが書斎の本を動かしたら罠が起動し、あわや全員落とし穴に落ちるところ、なんてシーンもあったが、【奇術師】セオさんの糸のおかげで落ちずに済んでいた。

そのまま落下していたら、底に配置された鋭利な槍に貫かれていたことだろう。

レイスくんとフランさんは若者ならではの頭の柔らかさを発揮し、二人で謎を解いていた。

どうやらフランさんは、レイスくん相手だと口数が増えるらしい。

レイスくんの笑顔も、彼女相手だと自然で柔らかい気がする。

どれくらいの時が経《た》ったか。

冒険者たちはある扉の前に立っていた。

ヘルヴォールパーティーが、透明な箱の中で燃え続ける『黒い炎』を。

エアリアルパーティーが、表面に髑髏《どくろ》模様が浮き出ている上にそれが絶えず動いている『死人の蠟燭』を。

スカハパーティーが、人の苦しむような声が発せられている『錆びた燭台』を発見。

また、レイスくんとフランさんは『見取り図』を発見し、他のアイテムを入手する為に必要な『鍵』などもゲット。

それぞれが力を合わせて、教会の前まで到着。細長い石の台の上に、三つのアイテムを合体したものを置くと――ごごご、と石の扉が開いていく。

通路の先、石壇の上には棺があった。

しかしそれは、既に少し蓋《ふた》が開いていた。

「よくぞここまで辿り着いたものです。優れた人間のようですね」

黒を基調とした、ところどころに赤のあしらわれたドレス。

その衣装は、豪奢《ごうしゃ》でありながら扇情的《せんじょう》。赤い裏地のヴェールが頭部を覆い、その瞳は黒の仮面が遮《さえぎ》る。美しい黄金の毛髪は長く、笑みを浮かべる口の奥には牙が見てとれた。

胸部を覆う布地は下着と変わらぬ面積しかなく、腹部と背部もそのほとんどが空気に晒されており、太ももまでが見る者の目に触れる。衣装の一部が帯状となっており、それらの線と線を繋ぐ形で身体を覆っている。

とはいえ、布面積自体は広い。晒されているのは背を除けば身体の前部のみだからだ。

背中からは大きな蝙蝠《こうもり》の翼が生え、側頭部では蝙蝠を思わせる触角が揺れている。

全体的に、妖《あや》しくも美しい女性魔物といった感じだ。

「お前さんがカーミラだよな？　クソ面倒な手間掛けただけの強さだと期待するぜ？　あとはそうだな、ハーゲンティが繋いだだけの強さがあると、なおいい」

ふふ、とカーミラが微笑む。

第三層フロアボス――【吸血鬼の女王】カーミラ。

彼女は貴族ふうの衣装に身を包んだ四人の配下を、背後に連れていた。

もちろん、彼らも【吸血鬼】である。

ハーゲンティさんほどではないが、極めて優秀な戦闘能力を有する者たちだ。

「強さ、ですか。尋ねますが、【魔剣の勇者】ヘルヴォール、貴女《あなた》の言う強さとは具体的にどのようなものを指すのでしょう?」

「あ? ……あぁ、お前さんもあれか。あたしをステゴロしか認めない頭の固い奴だと思ってるクチかい?」

「まさか、貴女の仲間を見れば分かります。武器や道具に頼ることを、貴女は否定しない。だからこそ定義がブレるというものでしょう。どこまでを強さに含めていいのかの線引きが、ハッキリしない」

ヘルさんはカーミラの言葉に、首を捻《ひね》る。

「確かに、あたしはまどろっこしいのが嫌いだ。だがそれはそういう性分ってだけなんだよ。面白い面白くないで言やぁ、面白くないって話だ」

「主観を排した強さの基準を、お持ちということですね」

「あぁ、これは簡単だぜ。ガキでも分かる。一度勝負が成立したなら、勝った方が強者だ」

僕は、彼女が過去のインタビュー記事で同様の発言を確認しているので驚かなかった。

だがカーミラの唇は、少し驚いたように開けられた。すぐに、笑みの形に戻る。

「その前提は面白いですね。なるほど確かにそれならば、よく議論に上がる『強者を毒殺した者が

いた時、その者の方が強いことになるのか』という問題にも答えが出せます。勝負の成立を待たずして相手に押し付ける敗北は、強さの証明にはなりはしない」

「あぁ、だからお前らが仕掛けてくるものは全部受け入れてるだろ？　こっちは攻略する、そっちは防衛する。勝負は成立してるわけだ。あとは、どっちが勝つか。別に何をしてくれたって構わないぜ？　全部ぶっ壊して、魔王を殴りに行く」

「安心しました」

「は？」

「始めましょうか。私の配下を狩った罪は、その命で贖《あがな》っていただくとしましょう」

役に入ったカーミラのセリフに、ヘルさんはハッと獰猛《どうもう》に笑う。

気にはなったようだが、わざわざ問うまではないらしい。

「やってみろよ」

「では、遠慮なく」

瞬間、教会は地獄と化した。

「え？」

という声が、冒険者たちから上がる。複数人が似たような声を出したので、誰が言ったかはよく分からない。

教会は広い。入ってすぐ正面には石壇まで続く通路があり、赤い絨毯《じゅうたん》が敷かれている。

通路の左右にこれまた石製の長椅子《ながいす》がずらりと並んでいた。

そんな絨毯と、椅子の影から。

一瞬にして無数の血の茨が伸び、冒険者たちに襲いかかったのだ。

「いやいや……なにこの量」

常に冷静でいるレイスくんさえ、目許《めもと》をひくつかせている。

それでも彼は咄嗟にフランさんを引き寄せ、風魔法を壁のように展開することで茨を防ぐ。

だが全員が全員、これに対応出来たわけではない。

そして驚きはそこで終わらない。

「これ……どういう」

【轟撃の砲手】エムリーヌさんの声だ。

彼女は大男ほどの砲を抱えて戦う【砲手】。

咄嗟に茨の発生源と思われる椅子に魔力砲弾を発射しようとした彼女だが、砲を支える方の腕が……ぼとりと落ちてしまった。

まるで、取り外し可能なパーツのように、呆気《あっけ》なく。

それを見たカーミラが、口許に手を当てて心配そうに言う。本気で思い遣《や》っているのかと錯覚するほど、優しい声色《こわいろ》だった。

「まぁ、大丈夫ですか？　身体が脆《もろ》くなっているのでは？　健康的な食事に気をつけ……いえ、魔力の管理に気を遣われた方がよろしいでしょう。次からは」

「エム……ッ！」

「ごめんヘル姉、なにかミスったみたい……」

エムリーヌさんの身体はそのまま茨に包まれ、ほどなくして隙間《すきま》から魔力粒子が輝いた。

持ち主が退場した為、魔法具である砲も掻《か》き消える。

「クソッ！　なんだこれ、なんなんだよこれ……！」

【拳闘士】のアメーリアさんは茨を回避し、弾き、摑んで引き抜こうと試みるなどしていたが、ある瞬間に体勢を崩す。その足の膝から下がボロボロに崩れていた。

「意味がっ――」

分からない。そんなことを言おうとしたのだろう。

彼女は、倒れる自分を抱きとめるように広がった茨に包まれ――退場した。

「アメ様っ。……ヘル姉様、私たちは重大な何かを見落とし……て」

カーミラの配下の一人が、正面から【召喚士】マルグレットさんの胸部を貫き手で貫いている。

彼女の現在の装備は厄介。衣装は不意打ちを防ぐし、十字架は吸血鬼の特性を抑制する。

だから正面から、堂々と倒す必要があった。

彼女の相棒、熊の亜獣ニックさんは助けに入れない。

他の誰よりも先に、身体が崩れて茨に呑まれていた。

別の誰かや何かを召喚させる時間は与えない。

「ちぃッ……！　マル……！」

「魔力体《アバター》の構造が脆くっ、おそらく吸血――」

最後まで言い切る前に、マルグレットさんも退場。

これでヘルヴォールパーティーは、リーダーを残すのみとなった。

「……何をしやがった、とは訊かないでおくぜ」

ヘルヴォールさんはまだ笑っているが、そこに楽しげな色はない。

戦いが好きでも、仲間がやられて喜ぶ者はいない。

「あら、説明しても構いませんよ？　そもそも貴方がたは最初から――」

轟音。

教会の床が捲れ上がり、カーミラに投げつけられた。

カーミラは室内の膨大な血液を防壁として展開しこれを防ぐが、攻撃はこれで終わりではなかった。投擲された床材は防いだ筈なのに、直後に血液の防壁が蒸発するように掻き消える。

ヘルさんだ。だが何か魔法が使われたわけではない。

純粋な殴打の衝撃で、血が飛散したのだ。

「どうでもいい」

「そうですか」

「あぁ、あとこれ返すぜ」

ヘルさんが何かを床に放り投げる。

見れば、それはマルグレットさんを退場させた【吸血鬼】の頭部だった。

「……！」

カーミラを殴る途中でもぎ取ったのか。

直進にしたって速すぎるくらいなのに、寄り道で【吸血鬼】を一人狩るとは。

首から下を探せば、魔力器官も潰されているようだ。ヘルさんは彼を見もせずに頭部を踏み潰す。

これでは再生しようがない。魔力粒子が舞う。退場だ。

「この量の血を操れるのはフロアボスくらいだろ？　つまり、お前さんを狩ればそれで済む話だ」

「そう簡単に狩られる者が、フロアボスに任命されるとでも？」

「だから、どうでもいいんだよ。勝負なら、あたしが勝つ」

「そう気を荒げないでくださいな。確かにいつもの侵入者にするよりも、もてなしはあっさり気味ですけれど」

「……あっはっは。ふざけた女だ」

茨がヘルさんに絡みついた。身体に棘が刺さり、茨が肌に食い込む。

だが、彼女は一歩踏み出す。止まらない。一歩また一歩カーミラに近づく。

「……貴女、本当に人間なのでしょうか？」

「さぁな」

カーミラは警戒を強めながら、自身の手首に爪を立てる。

裂かれた手首から流れ出る血液は、すぐに主の為に剣へと形を変えた。

「ごめんなさい、私は殴り合いが得意ではなくて」

「好きにしな」

戦いは続く。

◇

ヘルさんは尋ねなかったが、視聴者は気になる筈だ。

謎は大きく二つ。

血の出処《でどころ》と、魔力体《アバター》崩壊の理由。

実は、これはどちらもある一つのものによって成立したもの。

まず、整理しておこう。

四天王とは、単なる冠《かんむり》ではない。

参謀と呼ばれる僕が、作戦立案に関《かか》わる以外に、黒魔術や魔王の角といった『特別な何か』を持っているように。

四天王の面々も同様に、特別なのだ。

【夢魔《むま》】の姿を好み、対象に触れずして吸収《ドレイン》可能。だがそれも一面に過ぎず、本人が望むのであればどのような種族にも化け、また姿によってはその特性さえ再現してみせる。

変幻自在、翼を持つ黒き豹《ひょう》の亜獣――【恋情《れんじょう》の悪魔】シトリー。

巨大な像を思わせる黒き鎧《よろい》に搭乗し、伸縮自在の槍を操ってみせる武人。その中身は人間の少女にしか見えないが、疾風《しっぷう》を置き去りにする速度、巨岩を砕《くだ》くパワー、心臓を潰されてなお死なぬ耐久力を誇る。

一騎当千、その身からは想像出来ぬ膂力《りょりょく》を有する【鬼】――【刈除騎士《かりそくきし》】フルカス。

魔王と同じ種族であり、優れた二本の角を持つ。王への忠誠心に篤《あつ》く、魔力生成量、魔法威力、身体能力全てにおいて突出している。時を飛ばすが如《ごと》き転移の魔法で敵を翻弄《ほんろう》する魔法使い。

迅速果敢、彼の動きには迷いも遅延もない。彼《か》の【魔人】は――【時の悪魔】アガレス。

冒険者共が最初に遭遇《そうぐう》する四天王。残忍な性格は人々を時に恐怖させ、時にどうしようもなく引きつける。彼女の操る血が引き起こすは、むごたらしくも美しき殺戮《さつりく》。

鮮血淋漓《りんり》、敵の血を奪いその血で虐《しいた》げる【吸血鬼】――【吸血鬼の女王】カーミラ。

血の操作に長ける【操血師】という【役職《ジョブ》】と、己の持つ【調教師】適性の二つを、彼女は磨きに磨いた。

通常、吸血蝙蝠などの亜獣に吸わせた血を、主である【吸血鬼】が操ることは――出来ない。

彼ら彼女らが干渉出来るのは、あくまで己の血のみだからだ。

だが、例外があることにカーミラは気づいた。

直接他者から吸った血は、己のものと出来る。これはそもそも、どういう仕組みなのだろう？

彼女はこう結論づけた。

自分の血と混ざったことで、操作を受け付けるようになるのではないか。

彼女はそれを実証する為に――己の蝙蝠に血を与えることを繰り返した。

そして、ある時。

蝙蝠を意のままに操れるようになった。

吸血蝙蝠に吸わせた冒険者の血を、自身の武器へと変えるカーミラの技は、彼女が弛《たゆ》まぬ努力と試行錯誤によって生み出したものなのだ。

「……エアリアル、気づいているか」

【サムライ】マサムネさんが真剣な表情で言う。

迫り来る血の茨は、彼を中心に円を描く範囲内には一本も踏み込めていない。

その圏内に入ると、粉微塵《こなみじん》に切り裂かれて散るのだ。

彼のカタナの技量はそれだけ凄まじい。

「拙者《せっしゃ》もこれだ」

マサムネさんもまた、左膝から下がボロボロと崩れて空気に溶けてしまっている。

彼は片足立ちで、茨を断ち切り続けているのだ。

そんな仲間の姿を確認し、エアリアルさんは頷く。

「あぁ、魔力の少ない者から身体が崩れているようだね」

「原因はまだ分からんが、それが事実ならば儂《わし》らのパーティーの現状とも合う。マサムネ以外は目立った型崩れを起こしておらんからな」

【剣の錬金術師】リューイさんは石製の椅子を瞬《また》く間に盾《たて》に加工し、茨を防いでいる。

エアリアルさんの推測は間違いではない。

だが正確には、魔力体生成《アバター》にかけられた魔力が少ない者から、身体が崩れている。

魔力体《アバター》は生き物を魔力で再現したもの。

再現にかかるコストは当然、その生き物ごとに変動する。

情報が多く構造が複雑であるほど、沢山の魔力が必要になるわけだ。

そして、魔法使い適性を持つ者はその優れた魔力器官を再現するのに、膨大な魔力が必要になる。

では何故《なぜ》今回、生成にかけられた魔力が少ない者たちの身体が崩れることになったのか。

「蝙蝠だけだと計算が合わないよ。他にもいたんじゃないの？」

レイスくんは、やはり鋭い。

森で遭遇した蝙蝠たちはほとんどが冒険者に狩られたが、いくら彼らでも全ては追いきれない。

たとえば僅《わず》かに吸って、あとは逃げた蝙蝠がいたとして、それを全て把握するのは無理。

しかし、密かに逃げおおせた個体が何十体いたとして、その蝙蝠たちが集めた血を総動員したと考えても、カーミラがこの量の血を操れる理由にはならない。

どこかに保存していた自分の血……という可能性はあるが、もしそうなら使い所はいくらでもあった筈。たとえば、時期の近いフェニクスパーティー戦では使われていない。

「吸っても気づかれない……蚊？」

フランさんが、こてんと首を傾《かし》げながら言う。

「あはは、いいねフラン。でもこの量を集められるほどの蚊なら俺たちも気づくよ。それに羽音はしなかったろ？」

幼馴染《おさななじみ》コンビはこの状況でも普段のペースを崩さない。

「………蛭《ひる》か」

スカハさんが呟《つぶや》く。

彼らも正解に辿り着いたようだ。

そう。

どの層も、レイド戦に向けて新たな策を用意している。

カーミラが取り組んだのは、蝙蝠以外の亜獣を支配下に置くこと。

そして、冒険者たちに気づかれぬまま、彼らの魔力体《アバター》から魔力を吸い取ること。

森という環境、木々のさざめきと夜風。湿った空気と土。夜と霧による視界の悪さ。

そして、それら全てが魔力で構築されているダンジョンというフィールド。

そこに【吸血鬼】との戦闘が加わるのだ。敵には魔力に優れた者も多い。

ここまで条件が揃うと、音もなく人に張り付き血を吸う、蛭という弱い生き物に気づけなくとも無理はない。

魔力器官から生み出された魔力ならともかく、盗まれているのは血——身体を構築する魔力——なのだ。冒険者が森に入ってから、蛭の亜獣は張りついては血を吸い、充分に吸ったらぽとりと落ちるを繰り返した。

あとは冒険者たちが通り過ぎてから、他の者がそれを回収。カーミラに届ける。

普通ならば、流れ出る血で気づいてもおかしくない。あとからでも。

だが、これはダンジョン攻略。漏出《ろうしゅつ》した血液は……魔力粒子となる。

小さな傷口から僅かずつ漏《も》れる魔力粒子を、深い霧と戦闘の中で見つけるのは難しい。

そして時間が経《た》てば、流失も収まる。

部下が冒険者を倒せれば、もちろんそれが最上。

だがそうはいかず、森の配下が全て打倒されても、負けではない。

「これだけの魔力を回収する為に、どれだけの蛭が必要か。方法は分からないけど、カーミラはそれを自分で操ってる。自分のものにしてる、ってことだ。一体なにをすれば、そんなこと出来るのかな」

レイスくんは、カーミラのやったことの凄まじさを理解しているようだ。

蛭に吸わせた血に干渉するには、そもそも事前に蛭へ自分の血を継続して与えていなければならない。何十、何百、何千匹？　時期から見て、レイド戦告知よりずっと前から準備していなければ間に合わない。

彼女は、魔王軍四天王の責務を果たし、そしてレメゲトンに並び立つ魔物になるべく、密《ひそ》かに研鑽《けんさん》を積んでいたのだ。

自分の担当する層の環境に合った、勝つ為の策。

自分の能力を最大限活かす為の、工夫と努力。

「弱っていることも気づかせずに、獲物を自分の巣へと誘う。こういう戦い方もあるのか」

感心した様子のレイスくんだが、冒険者側の状況は逼迫《せっぱく》している。

エアリアルパーティーとレイス＆フランペアはともかく、スカハパーティーがまずい。スカハさん一人ならともかく、他の三人は屋内で四方を血の茨に囲まれるという状況に適していない。

今は死なないことを優先し、【奇術師】セオさんが糸で繭《まゆ》を作り、そこに【狩人】のスーリさんと避難していた。

それをスカハさんと【戦士】のハミルさんの魔法剣で守っている状態。

手数的にも画的にも長くは保《も》たない感じだ。

「ふむ……ここはヘルヴォールに任せよう」

エアリアルさんは僅かに考え、そう決断を下した。

実際、ヘルさんとの戦いが始まってから茨の勢いは落ちていた。

彼女との戦いに意識を大きく割かれているのだ。

「どうした女王サマッ！　イジめてみてくれよ、そいつは得意だろッ！」

茨が途中から引き千切れ、ヘルさんを止めるものがなくなる。

カーミラは殴られる瞬間に合わせて霧化し、後方にて実体化。

「殴ってくれと言う者を殴って何が楽しいというのでしょう。もっと嫌がってくれませんか？」

「あはは！　そいつは相性が悪そうだな！　あたしは強ぇ奴との戦いが大好きだからよ！」

「そのようで」

カーミラは捕縛《ほばく》を諦《あきら》め、代わりに床に血をぶちまけた。

その血は、すぐに針の絨毯と化す。

「こんなもんであたしが止まると思うか？」

ヘルさんは足に穴が開くのを厭《いと》わずカーミラに近づく。

「私が、貴女を止めたいのだとお思いですか？」

カーミラの周囲に血の剣が浮遊している。一振りや二振りではない。

「死なない生き物はいません」

「あぁ、吸血鬼も不死じゃねぇんだもんな」

「屠龍も同じでしょう？」

「死ぬからって、殺せるとは限らねぇだろ？」

「その通りです」

「……調子狂うな、お前さん」

血の剣が次々とヘルさんを襲う。

彼女は構わず進む。

カーミラを殴ることをなによりも優先するようだ。

【吸血鬼の女王】は——逃げない。

自分の血で作り出した剣を優雅に構え——突きを繰り出した。

「そういうのでいいんだよ」

ヘルさんは唇を舐《な》めながら、左手を開いた。

カーミラの剣が手のひらを貫通。

腕を動かすことで強引に軌道を変える。顔を狙った突きは、既に反《そ》れていた。

そのまま突き進む。ついにはヘルさんの手のひらが刃を全て迎え入れ、カーミラの手を摑んだ。

「――っ！」

「捕まえたぞ」

霧化の時間は与えない。ヘルさんはカーミラの腹に膝を叩き込んだ。

「――――」

更には自分を襲った血の剣を首の動きだけで回避したばかりか――柄を口で咥《くわ》え、剣を振った。

それがカーミラの喉《のど》を裂き、そこから魔力粒子が噴き出す。

「色々ごちゃごちゃ考えてたようだが、これで終いだ。まぁまぁ面白かったぜ、カーミラ」

カーミラの身体が砕け散り、魔力粒子が舞う。

「この勝負、あたしの――」


「ええ、貴女のなんです？」


「あ？」

ヘルさんが呆《ほう》けた声を出す。

聞こえたのが、いましがた退場させた筈のカーミラの声だったからだ。

次の瞬間、【魔剣の勇者】の背後に出現したカーミラが、その牙を敵の首へと突き立てる。

敵から直接血を吸わないという、吸血鬼の頂点としての矜持を捨てた一撃。

「霧化、か……⁉」

その通り、身体変化だ。【吸血鬼】は人々のイメージに沿って霧化しているが、別にそれに限定されるわけではない。

手間を掛ければ、魔力粒子と化して退場を偽装することも不可能ではない。

【魔剣の勇者】を前に、そんな手間を掛けることが出来る胆力《たんりょく》と実力があれば、だが。

たとえば、腕を掴まれて次の瞬間には殺されるかもしれないタイミングでも、霧化しないような。

「は、はははは！　最高だよカーミラ！　お前さんは最高だ！　強いじゃねぇか！　なんだよ、面白いぞお前！」

ヘルさんは急速に体内の魔力を奪われながら、実に楽しげに笑っている。

「抜くに値するってもんだ」

そう言ってヘルさんはボロボロの左手を、魔剣の柄に掛けた。

【魔王】や【古龍】との戦いレベルでなければ、決して抜かない彼女の武器。

魔剣ティルヴィングが、抜き放たれる。

だがしかし、位置からして背後のカーミラは斬れない――いや。

彼女は自分の腹に刃を向け、それを迷わず突き刺した。

自分ごと、背後のカーミラを貫く。

「龍を殺した剣だ、効くだろ？」

熱した油が鉄板に跳ねるような音が、二人の身体から聞こえる。

灼け融けているのだ。

ヘルさんはそこから更に、刃をカーミラの牙が突き立つ方の肩へ向かって切り上げる。

ずずず、と自身とカーミラの身体を灼き斬るヘルさんだったが。

「……？」

不意に表情を歪《ゆが》めた。

自分の身体だけが、床へ吸い寄せられるように落下しているからだ。

見れば、両足がぽろぽろと魔力粒子と散らし、崩れているところだった。

「……そういや、止めたいわけじゃねぇって言ってたか」

血の絨毯も、それ以前に彼女に巻き付いていた茨も、止めるのが目的ではなかったのだ。

血の武器そのものから、吸血《いい》していたのだ。

まさに神業。

魔物側で言うなら、魔王掛かってると称賛すべきか。

勝負はカーミラの逆転勝利に思えた。

が、【魔剣の勇者】は決して勝負を投げない。

彼女は残った膝が床につくと同時に、身体を半回転させ、自分に刺さったままの魔剣を引き抜きざま——カーミラの胴を薙《な》いだ。

「——。……それはもう、人間の動きではありませんね」

「だったら……？」

落下するカーミラの首に魔剣を突き出す勇者。

吸血鬼を統《す》べる者はそれを避けない。

代わりに周囲に残る血液を操作し複数の刃を形成、その全てで敵を貫く。

右腕と両足を失い、全身を串刺しにされた勇者。

下半身を失い、魔力器官から肩までを熱剣で裂かれ、首に魔剣を刺された吸血鬼。

「…………あたしの負けだな、カーミラ」

不死者にも思えたヘルさ――【魔剣の勇者】ヘルヴォールの身体が、今度こそ砕け散った。

淡い光が教会に散る――退場だ。

「いいえ、貴女が相手でなければ、もっと冒険者を落とせたでしょう。つまり、引き分けです」

ふふ、という微笑みを最後に、カーミラの命も終わる。

屠龍に続き、女王の身体も砕けて、空気に溶けた。

既に他のパーティーによって、残る配下の吸血鬼も打倒されていた。

第三層・吸血鬼と『眷属《けんぞく》』の領域。

脱落者四名。

世界ランク第三位【魔剣の勇者】ヘルヴォールパーティー、壊滅。

数を十人へと減らした冒険者たちは、過去最大の退場者を出しつつも、第四層への進出を決定。

カーミラは、四天王としての実力を見せつけたのだった。

◇

「……ッ！」


映像室で、僕は一人拳を握っていた。

ヘルさんの退場を目撃した瞬間のことだ。

レメゲトンらしからぬ反応に驚く職員もいたが、構うものか。

冒険者として、僕はヘルさんを心から尊敬している。

だが、今の僕は魔王軍参謀。僕の仲間は魔物たち。

なによりも、今まさに世界ランク第三位の【勇者】を退場させたのは――カーミラなのだ。

ミラさん、と言った方が良いかもしれない。

僕にとっては恩人であり、友人であり、仲間であり、配下であり、ライバル。

そんな相手が、人類トップクラスの強者を落としたのだ。

我が事のように嬉しく思う。

ヘルさんが万全の状態で、単なる一騎打ちだったならまた結果は変わっただろうが、これはダンジョン攻略。ヘルさん自身が言っていたように、勝負が成立したなら、あとは勝ち負けがあるだけ。

引き分けという結果をミラさんがどう思っているか分からないが、少なくとも僕はとてもとても凄いことだと思う。

正面きって戦うと厄介極まりない冒険者たちを、策謀で弱らせた蛭の亜獣操作。

そして、集めた血で他の冒険者を牽制《けんせい》しつつ、【魔剣の勇者】と繰り広げた見事な戦闘。

魔王軍四天王の名に恥じぬ活躍だったと言えるのではないか。

「しかし、これで冒険者は残り十人……」

復活権の付与は二体のフロアボス撃破ごとに一つなので、今は一つ。

使うなら、有力候補はヘルさんだろう。

しかし、第十層までをここから無傷で攻略しても、復活出来るのは全部で五人なのだ。

既に七人を欠いているので、『今回のレイド戦ではもう戦えない』メンバーが最低でも二人出る。

既に、冒険者たちは万全の状態で最終層に到達するという可能性を失った。

これは確かな功績だ。

そのことを喜びつつ、残る敵をどう全滅に追い込もうかと改めて考えを巡らせていると。

ふと、遠くから地響きのようなものが聞こえてくるのに気づいた。

それだけではない。その音は、こちらに近づいてきているようだ。

ドドドドドドドドド、みたいな音が、後半になるにつれ大きくなっていく。

僕は戸惑《とまど》っていたのだが、他の職員たちは何かを察したような顔をしてそそくさと退出してしまう。僕が一人に声を掛けようとすると「参謀殿は残られた方がよろしいかと……！」と言われてしまった。

誰もいなくなってしばらく経ち、件《くだん》の音が映像室の扉の前あたりでピタりとやんだ。

――誰か、慌てて走ってきた、とか？

僕は仮面を付けた状態で、そっと扉の前まで近づく。

魔力反応で扉の向こうが誰か悟る。

しかし、何故止まっているのだろう。入ってくればいいのに。

そう思い、ゆっくりと扉を開けてみる。

すると、魔物衣装だが生身のカーミラが、仮面を外した状態で髪を整えているところだった。

目が合う。

「れ、レメ……ゲトンさま」

「あ、あぁ」

手ぐしを髪に通しているところを見られた彼女が、頬を赤らめる。

僕は何を言っていいか分からず、とりあえず頭に浮かんだものを口にする。

「素晴らしい戦いだった」

「……！　あ、ありがとうございますっ」

ぱぁっ、と彼女の顔が明るくなる。

「部屋には、他に誰かが？」

「いや、我以外は退出済みだ」

「入ってもよろしいですか？」

「あぁ、構わない」

彼女を映像室に招き入れる。僕の部屋というわけでもないのに、なぜか緊張した。

「ふふ、ずっと観ていてくださったのですか？」

「半ば趣味のようなものだ」

「あら、では冒険者の応援を？」

「まさか、魔王軍参謀だぞ」

「冗談です」

いつものミラさんだ。

他に誰もいないこともあり、僕は仮面を外す。レメゲトン口調にも慣れてきたが、やはり普段通りのものが落ち着く。

「それで、どうしたの？　すごく急いでいたみたいだけど」

「え、えぇ……その、はぃ……レメさんがおられるかな、と」

カーミラもミラさんに戻った。

「そ、そっか」

「そうなのです……ですが、よく考えてみると、自分でも何がしたかったのか……。ただ、繭で目覚めると、こう、身体が走っていたといいますか……」

ミラさんの気持ちが、僕にはなんだか分かる気がした。

ただ、それを自分で言うのは自意識過剰なのではと思うので、口にはしない。

ミラさんは自分の両手の指をくにくにと絡み合《あ》わせながら、俯《うつむ》きがちに言葉を紡《つむ》ぐ。

「きっと……きっと私は、一番最初にレメさんにご報告したかったのかもしれません。そして、できれば喜びを分かち合えたら、と。きっと、そう思ったのでしょう」

フェニクス戦後、僕は両親より先に師匠へと手紙を書いた。

僕をあそこまで鍛えてくれたのも、角を継がせてくれたのも、師匠だ。

何かを上手に出来た子供が、親に向かって駆け寄るように。

自分の中の大切な体験を、すぐに伝えたい人がいる時もある。

今回の戦いにおいて、彼女にとってそれは僕だったのだ。

そのことを光栄に思うし……なんだか胸が熱くなるのだった。

「ありがとう。本当に凄かったし、ヘルさんとの戦いでは思わず拳を握っちゃったよ」

「……ふふふ、ありがとうございます。レメさんのおかげです」

「僕の？　何もしていないよ、ミラさんの実力だ」

「いいえ、レメさんと出逢えたから、今があるのです。もし二年前、貴方に逢えなかったら。私は前の職場で、日の目を見ることなく絶望の日々を過ごすだけでした」

「…………」

彼女は前の職場で実力を正しく評価されず、冷遇されていたのだ。たった二年で魔王軍四天王に上り詰め、レイド戦で四人も退場させるフロアボスとなった彼女が、だ。

ある一つの場所で成功出来なかったからといって、その人が無能ということには決してならない。

ミラさんの努力が報われる場が与えられたことまで含め、僕はとても嬉しいのだった。

「それを言うなら、僕もミラさんに逢えたから今があるんだよ」

「レメさんなら、そう仰《おっしゃ》ると思ってました」

ミラさんは控えめに笑みを浮かべた。

「前に、僕らはライバルだと言ったよね」

「！　は、はい」

彼女の表情に緊張が走る。

今度は僕が、微笑んだ。

「今回の攻略を見て、改めてそう思ったよ。それに、焦《あせ》った。フロアボスとしても、一人の魔物としても、僕も負けていられないな、って」

「〜〜〜〜っ！」

その言葉は、彼女にとって喜ばしいものだったようだ。

震えたあと、美しい顔を綻《ほころ》ばせる。目尻には、涙のしずくが。

「ありがとうございます……っ。私、頑張りました」

「うん」

「レメさんが凄い人なのは分かっていたけれど、ただ見上げるばかりではいたくなくて」

「分かるよ。僕も、負けたくない奴がいるから」

フェニクスがいたからこそ、頑張れた部分が確実にある。自分を引き上げることが出来るのは、自分だけではない。明確な誰かがいることで、可能になる努力というものもあるのではないか。

「フェニクスですか」

スッとミラさんが真顔になる。

「え、う、うん」

「……どうやら、私の努力の日々はまだまだ続きそうです」

「いやいや、あいつはほら、子供の頃から知ってるしさ」

「大丈夫ですよ、レメさん。これは私の問題なので」

「えー……」

ミラさんのやる気が出たのならば、結果的には良いこと、なのかもしれないけど。

うん、そういうことにしておこう。

「そ、それで、ですね。レメさん、今、思いついたのですけれど」

「ん？」

「私は今回、ぶた……部下たちに、冒険者を倒したら褒美を与えると約束しまして」

「そうなんだ……あれ、そういえば彼らの士気が異様に高かったような……」

「結果的に役立ったわけですから、それに報いようとは思っているのですが」

直接配下が冒険者を倒したわけではないが、彼ら彼女らの戦闘が大いに役立ったのは言うまでもない。

戦闘に意識を向けさせることで、蛭に気づき辛《づら》くなったという面は大いにあるだろう。

それに、ハーゲンティさんはヘルさんの右腕を奪ったのだ。大戦果といえる。

「あぁ、すごく喜ぶだろうね」

「問題はそこなのです」

そうなのだろうか。

「もしかして、こう、なんか変なご褒美を要求される……とか？」

「いえ、嫌なものは断るのでいいのですが」

強い。さすがだ。

「部下は私の褒美に大層喜ぶでしょう。ですが、ですよレメさん」

「う、うん」

ごくりと、なんとなくツバを呑《の》む僕。

「私もまた、頑張ったのです」

「……？　うん」

ぐいっ、とミラさんが顔を寄せてきた。体温や息遣いさえ感じられるほどの距離感に、心臓が跳ねる。その顔はきっと永遠に見飽きないだろうというほどに美しく、彼女からはクラッとするほどの甘い香りが漂ってきているように感じられた。

「頑張ったと思うのです」

「そ、そうだね、素晴らしかったよ」

僕は速まる鼓動を落ち着けるように呼吸を整えながら、頷く。

「誰か、労《ねぎら》ってはくれないものでしょうか」

ちらっ、ちらっと僕へ視線を送るミラさん。

ようやく、僕も話が理解出来た。

「あ、あぁ……！　なるほど、うん。僕に出来ることなら、なんでも言って」

出逢って以来、仕事から普段の生活に至るまで世話になりっぱなしの僕だ。

ご褒美とは違うけれど、お祝いをするつもりはある。

ミラさんは微笑んだが、何も言わずに首を傾《かたむ》けた。

あ、あれ……。何か間違えたかな。

しばらく見つめ合う形になる。

……もしかして、彼女に欲しいものを聞いて叶《かな》えるのではなく、僕が自分で考えたお祝いを聞きたいとか、だろうか。欲しいものがあるなら伝えてもらった方が助かるとも思うのだが、人間関係は理屈だけで上手く回るものではない。

「えぇと……うぅん」

悩み始めた僕に、ミラさんの目がキラキラし出す。

ひとまず、僕の方から提案するのは間違ってないようだ。

「血、とか。飲む、かい？　僕の。その、美味しいと、言っていたし……」

言っている途中で、どんどんミラさんの表情が険《けわ》しくなっていくのが分かった。

「確かにレメさんの血は美味です。おそらく地上一の味でしょう。ですが、ただ吸えればそれでよいというものではないのです」

「そ、そっか……」

まぁ、今のは我ながらなんだかなと思ったので、仕方がない。

というか、僕はいい加減認めねばならないだろう。

ミラさんは、レメを好いてくれている。

それを隠さず、だけど僕の意思を尊重してくれているのだ。

そこを認めた上で、彼女が喜んでくれそうなことを考えねば、今回の正解には辿り着けない。

人に好かれるということとほとんど縁のない人生を歩んできたものだから、そこを認めることが僕には、とても難しいのだけど。

「ご褒美とは、違うかもしれないけど」

「はい」

その言葉を口にするのは、とても緊張した。

「お祝いを、させてくれないかな」

「おいわい」

僕の言った言葉を、転がすように口にするミラさん。

「うん。よければ、どこかに出かけてさ。食事とか、買い物とか。ごめん、具体的なプランはすぐには浮かばないんだけど——んっ」

ミラさんの細い指が、僕の唇に当てられる。それ以上は要らないとばかりに。

「はい、是非」

その笑顔が美しすぎて、僕は固まってしまう。

なんとか、正解を引けたようだ。

「ふふふ、最高のご褒美です。冒険者共を血祭りに上げた甲斐があるというものです」

最高の笑顔で物騒なことを言う美女。

ひと仕事終えたような疲労感に、僕はふぅと息を吐く。

「でも、いいのかい？　僕らは、ライバルなんだろう？　ご褒美とか、『っぽく』ないような」

「では、友人として祝福してください」

「あはは、なるほど」

「あ、それとレメさん。もう一つ、わがままを言ってもいいでしょうか？」

「うん、折角《せっかく》だからなんでも言ってよ」

彼女の手が僕の首に回り、その唇が僕の耳許へ寄せられる。

彼女の匂《にお》いが鼻孔《びこう》を満たし、その熱が伝わってくる。吐息が、耳にかかった。

「デートを楽しんだ後で、レメさんさえ良ければ、血を吸わせてください」

……なるほど。

吸血行為というのは、単にそれがあればいいというものではなく。

楽しい時間の延長、あるいは結末として至るもの、というのが彼女の考えのようだ。

「だめ……でしょうか」

あぁ、それ久しぶりに聞いた気がします。

だから、僕は久しぶりにこれを言う。

「だめじゃないです」

第九章 最強のパーティー

その日、冒険者たちの第四層攻略を観《み》て、僕らは改めて知ることになった。

――人類最強。

口にするとなんとも陳腐《ちんぷ》で、少年ならば憧《あこが》れるかもしれないが、大人になるにつれてだんだんと口に出来なくなるような、そんなフレーズ。

この世界に二人だけ、それを当て嵌《は》めても笑われない人間がいる。

――【炎の勇者】フェニクス。

原初の『火』そのものであったとも言われる、火精霊の本体に認められた者。

その相性は歴代と比しても抜群で、二十歳の若さで精霊術の深奥が一つ――『神々の焰《ほのお》』を発動したことからもそれは窺《うかが》える。

『この世のもの』の範疇《はんちゅう》にあるものはなんであろうと灼き尽くす精霊術を扱えるのだ。

そして、もう一人もまた同格の精霊と契約する者。

――【嵐《あらし》の勇者】エアリアル。

世界に満ちる『空気』、その素となった存在とされる、風精霊の本体に認められた者。

冒険者歴の長い者にはよくあるのだが、年を経《へ》て攻略スタイルが変わることがある。

エアリアルさんも例外ではなく、かつては自分が前に出て、豪快に精霊術をぶちかましていた。

だが今は中衛《ちゅうえい》を務め、仲間を立てる形の攻略を好む。

長くやっているだけあって、パーティーメンバーの入れ替わりも一度や二度ではない。

それでも、エアリアルパーティーは一位になってから一度も、二位以下に落ちたことがない。

彼は仲間と共に、必ず勝つ。彼がいれば、絶対にダンジョンは攻略出来る。

冒険者の象徴のようになった彼の攻略には、興奮と安心感があるのだ。

「よく見ていなさい、ユアン」

画面の向こうで、エアリアルさんが言う。

そう。

冒険者たちが第四層攻略に際して復活させたのは、【疾風《しっぷう》の勇者】ユアンだった。

その判断について、のちのインタビューで彼らはこう答えている。

「あたしは充分楽しんだからな。仲間全員死なせといて、自分だけさっさと復活ってのも気分じゃねぇし」

と、【魔剣の勇者】ヘルヴォール。

「失ったカリナ復活は、それを主張出来るだけの手柄を挙げてからと、そう思った」

と、【迅雷《じんらい》の勇者】スカハ。

「俺《おれ》とフランは退場しないから、復活権とかそもそも興味ないし」

と、【湖の勇者】レイス。

「自ら経験する以上に、成長の糧となるものはないでしょう。彼は素晴らしい勇者になる」

エアリアルさんはそうして、仲間達の承諾を得た上でユアンくんを復活させた。

このレイド戦は、各層ごとに主軸となるパーティーが決められている。そういう方針のようだ。

第一層・番犬と『獄炎』の領域は、スカハパーティー。

第二層・死霊術師と『陥穽《かんさい》』の領域は、レイス&フラン。

第三層・吸血鬼と『眷属《けんぞく》』の領域は、ヘルヴォールパーティー。

第四層・人狼《じんろう》と『爪牙《そうが》』の領域は？

順番で言えば、エアリアルパーティーということになる。実際、そうだった。

攻略映像を見た者たちは興奮し、これぞ人々が冒険者に求めるものだと称賛し、同時に第四層の【人狼】たちに同情さえした。

お前らは悪くない。とても強いのだろう。でも相手が悪かった。といった具合に。

第十層戦でフェニクスに一撃を見舞った【人狼の首領《しゅりょう》】マルコシアス。彼が守る第四層の【人狼】たちが、そこまで言われるほど。

あぁ、圧倒的だった。

それは脱落者の数にも表れている。

第一層では一人、第二層では二人、第三層では四人。順調に冒険者を削ってきた魔王城。

だが第四層では――ゼロ。

正直、驚いた。

第四層は手強《ごわ》い。フェニクスパーティーでさえ、僕がいても窮地《きゅうち》に陥《おちい》ったし――なんとか切り抜けたが、その場面ではフェニクスに魔法を使わせてしまった――マルコシアスさんもフェニクスとの一騎打ちに応じたから一撃で倒されたが、そうでなければ一人二人脱落してもおかしくない強者だ。

第四層は元々鉱山ふうのステージ。今回の追加された『爪牙』というのは新要素というより、元々あったものが強調されただけ。

配置される【人狼】の数が増え、冒険者を見つけるや襲いかかる。

……そうなのだ。

あの快男児マルコシアスさんの部下たちは、みな気持ちの良い人たちで、小細工を好まない。

もちろん、様々なやり方があることは尊重してくれているし、僕の黒魔法だって大きく評価してくれた。ただ、あくまで自分たちはその肉体を武器に戦うことを好む、という人達なのである。

以下、エアリアルパーティーの第四層攻略について列挙していく。

一つ。リーダー自ら『空間把握』によって入り組んだ縦穴横穴がどこに繋《つな》がるか暴《あば》く。

それによって【人狼】がどこからやってくるかを事前に察知、パーティーに遭遇《そうぐう》するより先に風刃で粉微塵《こなみじん》に切り裂いた。

カメラで確認したところ、冒険者達へ向かう途中の【人狼】たちが突如として退場していったのだ。

一つ。エアリアルさんと【紅蓮《ぐれん》の魔法使い】ミシェルさんとの合体魔法。

合体魔法というのは、二人以上で一つの魔法を組み上げたもの。息がぴったりと合っていなければならず、扱いが非常に難しい。

二人が使ったのは中威力の爆破魔法《ばくは》だ。火属性と風魔法を組み合わせ、圧倒的な破壊力を生む。

少し広い空間に出たところで待ち受けていた無数の【人狼】は、一撃で塵《ちり》と化した。

一つ。リーダーと【サムライ】マサムネさんとで、それぞれ一方向を死守。

フェニクスパーティーも苦戦を強いられた、十字路からの三方向同時襲撃。今回は来た道も含めて四方向からの襲撃だった。

エアリアルさんは風の聖剣を抜き、最も敵の多い通路に単身飛び込んだ。まるで人の形をした嵐。

彼の通り過ぎた後には、土埃《つちぼこり》に混じって、刻まれた魔物の魔力粒子が舞っていた。

マサムネさんは逆に不動。立ち塞《ふさ》がる壁のように一歩も引かず、それでいて迫りくる敵の全《すべ》てを斬り伏せた。その剣の動きは、等速ではとても目で追えぬほどに速く、鋭かった。

一つ。【剣の錬金術師】リューイさんとの連携。

構造上、どうしても幅の狭い通路を通らなければならない冒険者たち。

そういった箇所でも敵は襲ってくる。

かといって下手に高火力の魔法で迎撃《げいげき》しては崩落しかねない。

そこで【錬金術師】であるリューイさんの出番。

彼は周囲の土から槍《やり》や短刀などを作成。エアリアルさんは彼が作った先から武器を手にとり敵に突き刺し、傷一つ負わずに通路を通り抜けた。リューイさん自身も果敢に戦った。

一番の衝撃は、やはりあれか。

エアリアルさんは風精霊本体の契約者。だからそう、分霊に出来ることは本体にも出来る。

エアリアルさんはスカハさんの『迅雷領域』を再現し、雷の如《ごと》く敵を蹴《け》散らした。

また、レイスくんが【吸血鬼】戦で使った『空気の圧縮と解放』によって敵を吹き飛ばした。

更にはフロアボスのマルコシアスさん相手に一騎打ちを仕掛け、これをヘルさんスタイル――つまり素手――で撃破してしまった。

パーティーメンバーの強みを活かした攻略を指揮し、最高戦力【勇者】持ちとして強大な敵を打倒する。

まさに、勇者の在るべき姿。

第一層から第三層までの攻略を経《へ》て醸成された、魔王城善戦という空気を。

第四層の攻略で覆《くつがえ》してしまった。

不安を抱いていた視聴者も安心したことだろう。

大丈夫、人類には【嵐の勇者】がいるのだ、と。

エアリアルさんのこの動きには、三つのメッセージが隠れている、と僕は感じた。

一つは視聴者に向けたもの。前述の通り、安心してほしいというメッセージ。

一つは魔物に向けたもの。我々はそう容易《たやす》くやられはしないというメッセージ。

最後は冒険者に向けたもの。これが一位だ、登ってこられるかい、というメッセージ。

レイド戦で組んだ各勇者を彷彿《ほうふつ》とさせる技・スタイルを見せつけたのだ。

一位を目指すのなら、そんなエアリアルさんよりも鮮烈な活躍を積み上げねばならない。

彼は確かに、後進の育成に熱心だ。

だがそれは、優しいとか、次代を見据えているとか、そういうことだけではなくて。

きっと、ずっと、彼は待ち望んでいるのではないか。

最強の称号を欲しいままにした男は、自分のライバルとなる者の出現を。

復活権を行使し数を十一へと増やした冒険者たちは、第五層への進出を決定。

第四層攻略によって、また一つ復活権を獲得。

ここまでで、ようやく主軸パーティーは一巡りした。

ヘルヴォールパーティーは、第四層攻略時点では全滅状態。

続く第五層はやや特殊な層でもあるし、彼らもどう出るか……。

「いやぁ、さすがは人類最強！　言い訳のしようのない敗北だった！」

後日、マルコシアスさんが僕の執務室を訪ねてきた。

「己《おの》が不甲斐《ふがい》なさに恥じ入るばかりだ！　すまない参謀殿！」

今日は人間状態。銀髪赤目で大柄。荒々しさと鋭さを感じる顔つきだが、彼の気配と笑顔のおかげか、威圧感はない。

「謝ることはありませんよ。僕ら全員で、最終的に彼らを全滅させればいいんです」

前回同様、契約者であるマルコシアスさんは指輪で召喚《しょうかん》可能。

「あぁ、感謝する！　貴殿のおかげで、オレは奴らと二度戦えるのだからな！　……しかし、それにしても強敵だった。直近の攻略映像は確認していたが、まるで別人のように感じたものだ」

「特にあの日のエアリアルさんは、機嫌が良かったですから」

マルコシアスさんとはまだレメゲトンとしての振る舞いを身に付ける前に知り合ったので、レメとして接する方が楽ということもあり、僕は仮面を外して応対している。

テーブルを挟み、互いにソファーで向かい合う状態。

「む？　機嫌が良かった、とは？」

「あぁ……。ええと、テンション次第《しだい》でパフォーマンスが変わることってありませんか？」

「うむ、あるぞ。漢の中の漢と拳《こぶし》を交える時は、やはり滾《たぎ》る！」

言いながら、マルコシアスさんは拳をグッと握る。

「そんな感じです。もう随分言われてないですけど、昔の攻略のコメントを見ていると、どうやらエアリアルさんは『ピンチになるほど調子が良くなる』タイプだったみたいなんです」

「ほぉ！　それは気が合いそうだ。勝ちの見えた戦いほどつまらんものはない。どちらが勝つか分からない状態で、互いに全力を出す。それでこそ燃えるというものだろう！」

そういう考えもあるか。逆に、勇者が負ける試合など観たくないという人もいる。

楽しみ方や取り組み方は人それぞれ。

「でも、彼のパーティーはずっと不動の一位です。どう格好良く勝つかを楽しみにする人はいても、勝つか負けるかでハラハラする視聴者は小さい子供くらいのものでしょう」

まだ彼らの攻略に慣れていない幼い子たちなら、勝つか負けるか分からずドキドキしながら攻略動画に熱中する筈だ。昔の僕みたいに。

ただ、慣れた大人は違う。勝利は期待の対象ですらない。確定事項と化してしまった。

「彼のパーティーが敗北の危機に瀕《ひん》することは、ほとんどなくなりました」

「ふむふむ。つまり今回のレイド戦、第四層時点で同胞を七人も欠いた事実が、【嵐の勇者】に火を点けたと、参謀殿はそう言うわけだな？」

「ええ。それに、マルコシアスさんは気づかれたと思いますけど——楽しそうだったでしょう？」

言うと、彼は「がはは」と笑った。

「あぁ、確かに！　身長で倍するオレとの殴り合いに興じるあの漢は、実に楽しそうに笑っていたよ。つられてこちらも笑ってしまうくらいにな」

と、そのタイミングでカシュがやってきた。

ぺたんと垂れた犬耳と、ふっくらとした柔らかそうな頬《ほお》、中に星を閉じ込めたかのように綺麗《きれい》な瞳《ひとみ》。犬の亜人の童女。

元小さな果物屋さんは、今は魔王軍参謀秘書を務めている。

「おちゃ、おもちしましたっ……！」

卓上にトレイを置き、その上の茶器をマルコシアスさんと僕の前に運ぶ。

執務室への訪問者ということで、カシュがお茶を淹《い》れてくれたのだ。

カシュはしっかりしてるとはいえ、最初はお湯の扱いは危ないのではと思った。火傷《やけど》とか。

しかし聞いてみれば、【料理人】持ちの姉・マカさんの手伝いで家でも経験があるとのことで、何度かハラハラしながら見守ってみるとこれが実にテキパキとした動きだったので、以来任せることにしていた。

マルコシアスさんがソーサー上のカップを手に取り、口へ運ぶ。

彼が大きいので、子供用のおもちゃでも摑《つか》んでいるようだった。

「うむ、美味《うま》い！　美味い茶まで淹れられるとは、有能な秘書をお持ちで羨《うらや》ましい限りだ！」

マルコシアスさんはカシュとも仲が良い。彼の名前を上手く言えないカシュに対し、彼はマルコで良いと言ったらしく、いつしかマルコさんと呼ぶようになったようだ。

「ええ、自慢の秘書です」

マルコシアスさんに続き僕にも褒められたことで、カシュが頰を染める。耳がぱたぱたしているところを見るに、照れているようだ。

「……えへへ」

その後、僕らはしばらく今後の防衛について語り合った。

これまで、エアリアルさんは各パーティーのやり方を尊重し、サポートに回っていた。

しかし第四層の攻略は、かつての彼を彷彿《ほうふつ》とさせるものだった。

次は第五層。四天王《してんのう》の二人目、【恋情《れんじょう》の悪魔】シトリーの統《す》べる、夢魔《むま》の領域。

さて、どうなるか。

あとがき

三巻お手にとっていただきありがとうございます。

御鷹穂積《みたかほづみ》です。

調べてみたところ、実に三年七ヶ月ぶりの最新巻となるようです。

刊行がここまで遅くなってしまい申し訳ございません。

商業作品の続刊となると作者の意欲だけではどうにもならない面があるのですが、自分としてはずっと出したかったので、こうして刊行する機会に恵まれたことを嬉しく思います。

三巻では、Ｗｅｂ版でいう三章に突入します。

沢山の勇者パーティーが徒党を組み、魔王城に攻めてくるレイド戦が描かれる章です。

主人公レメたちは、これを防ぐ立場となるわけですね。

新キャラだけでなく、これまで登場したキャラクター達も様々な形で登場します。

今回もＷｅｂからの変更点がある他、加筆も施されております。

楽しんでいただければ幸いです。

書籍版の刊行が止まっている間も、美麗な作画で描かれるコミック版が七巻まで刊行されたり、担当編集者さんが二度ほど変更したりなど、時の流れを感じる出来事が沢山ありました。

この他、本作に関わることでいうと、Ｗｅｂ版の本編が完結したりもありました。

そうした中で、既刊に引き続きユウヒ先生にイラストご担当いただくことができて、作者としては本当にありがたかったです。

ずっとユウヒ先生の描く三章キャラ見たかったので……。

レイスもフランもかわいい……!!

だいぶ期間が空いてしまった中、イラストお引き受けくださりありがとうございました。

また、担当の大澤様も、続刊の刊行に際しご尽力いただきありがとうございます。

そして、Ｗｅｂ版や既刊を読み、続きをご期待くださった皆様にも感謝を。

二巻の刊行から時間が経っても、三巻を望む声をいただくことがあり、ありがたかったです。

この三章はこれまでの章に比べてボリュームがあり、三巻時点では終わっておりません。

いわゆる上下巻構成となります。

下巻にあたる四巻、あまりお待たせせずにお届けしたいところでありますが……。

このあたりは、作者にも読めなかったりします。

よい報告ができるよう祈りつつ、今日のところは筆を擱こうと思います。

最後に、本書の制作・販売に関わった全ての方と、久しぶりの新刊にも関わらず作品を忘れずお手にとってくださった皆様に、感謝を捧げます。

ありがとうございました。

御鷹穂積

GAノベル

難攻不落の魔王城へようこそ3
～デバフは不要と勇者パーティーを追い出された黒魔導士、魔王軍の最高幹部に迎えられる～

2023年9月30日　初版第一刷発行

著者　御鷹穂積

発行人　小川 淳

発行所　SBクリエイティブ株式会社
〒106-0032　東京都港区六本木2-4-5
03-5549-1201　03-5549-1167(編集)

装丁　AFTERGLOW

印刷・製本　中央精版印刷株式会社

ISBN978-4-8156-2120-9
Printed in Japan

ファンレター、作品のご感想をお待ちしております。

〒106-0032　東京都港区六本木 2-4-5
SBクリエイティブ株式会社
GA文庫編集部 気付

「御鷹穂積先生」係
「ユウヒ先生」係

本書に関するご意見・ご感想は
下のQRコードよりお寄せください。
※アクセスの際に発生する通信費等はご負担ください。

https://ga.sbcr.jp/

試読版は
こちら!

試読版は
こちら!

第16回 GA文庫大賞
GA文庫では10代~20代のライトノベル読者に向けた
魅力溢れるエンターテインメント作品を募集します!
物語が、華ひらく。
イラスト/風花風花
大賞賞金300万円+コミカライズ確約!
◆募集内容◆
広義のエンターテインメント小説(ファンタジー、ラブコメ、学園など)で、日本語で書かれた未発表のオリジナル作品を募集します。希望者全員に評価シートを送付します。
※入賞作は当社にて刊行いたします　詳しくは募集要項をご確認下さい
リニューアルで選考課程を一新!!!
応募の詳細はGA文庫公式ホームページにて
https://ga.sbcr.jp/